Benjamin Heisenberg

LUKUSCH

BENJAMIN HEISENBERG

LUKUSCH

ROMAN C.H.BECK

Mit 35 Abbildungen

© Verlag C.H.Beck oHG, München 2022
www.chbeck.de
Umschlaggestaltung: Rothfos & Gabler, Hamburg,
nach einer Idee von Benjamin Heisenberg
Umschlagabbildungen: Motive von © Benjamin Heisenberg
und © Shutterstock
Satz: Fotosatz Amann, Memmingen
Druck und Bindung: Pustet, Regensburg
Gedruckt auf säurefreiem, alterungsbeständigem Papier
(hergestellt aus chlorfrei gebleichtem Zellstoff)
Printed in Germany
ISBN 978 3 406 79095 9

myclimate

klimaneutral produziert
www.chbeck.de/nachhaltig

Саймон Риттер

45 лет,
Припятский район.

06.02.2020 около 15:00 его видели в последний раз и с тех пор его местонахождение неизвестно.

Приметы: рост 185 см, среднего телосложения, волосы русые, глаза зеленые.

Был одет: куртка серая удлиненная, черные брюки, синие кроссовки, черная шапка

Может находиться в любом регионе!

Всех, кто обладает информацией о пропавшем, просим звонить по телефонам:

8-800-700-54-52
(бесплатно по РФ) или 02, 102

ПОМОГИТЕ НАЙТИ этого человека

НУЖНА ПОМОЩЬ ДОБРОВОЛЬЦЕВ!

Vermisst in Tschernobyl
Industriefilmer Simon Ritter unter ungeklärten Umständen verschwunden

Süddeutsche Zeitung vom 22.5.2020, «Vermisst in Tschernobyl», von Claus Bosung

VORWORT DES HERAUSGEBERS

Im Sommer 2021 traten Prof. Dr. Burkhard Ritter und seine Frau Agnes mit der Frage an mich heran, ob ich ihnen bei der Veröffentlichung von Dokumenten ihres Sohnes Simon Ritter behilflich sein könnte. Simon wurde zu diesem Zeitpunkt schon über ein Jahr vermisst, aber seine Eltern waren entschlossen, keine Möglichkeit auszulassen, um die öffentliche Aufmerksamkeit für die Suche nach dem Sohn aufrechtzuerhalten. Für mich verstand es sich von selbst, sie mit all meinen Möglichkeiten zu unterstützen.

Mit Simon Ritter verbindet mich eine Freundschaft aus Kindertagen. Er ist nur einen Steinwurf von mir entfernt, in Ückershausen bei Würzburg, aufgewachsen. Im Fußballklub, auf dem Schulweg, im Konfirmandenunterricht und bei langen Abenden im Würzburger Nachtleben verbrachten wir gerne Zeit zusammen. Obwohl es uns beide ins Filmgeschäft zog, verloren wir uns nach dem Abitur aus den Augen. Zum letzten Mal begegnete ich ihm 2013 beim zwanzigjährigen Abiturtreffen in einer Würzburger Jazz-Bar. Schon damals kamen wir auf das junge Schachtalent Anton Lukusch und seinen Begleiter Igor Shevchuk, später Nazarenko, zu sprechen, die als Tschernobyl-Flüchtlingskinder in den späten Achtzigern bei den Ritters gelebt hatten.

Das Auftauchen Igor Shevchuks alias Nazarenko 2019 in Deutschland war der Auslöser für die Nachforschungen, die Simon zuletzt nach Kiew und weiter nach Prypjat bei Tschernobyl führten. Dort verschwand er am 6. Februar 2020, im Gebiet des durch die Reaktorkatastrophe 1986 berühmt gewordenen Atommeilers. Am selben Tag hatte er Verwandte Lukuschs in der Gegend besucht. Um sich zu schützen, reiste er unter falscher Identität. Er wurde zuletzt gesehen, als er den Bus zurück nach Kiew bestieg. Nachforschungen in der Ukraine, Belarus und Deutschland wurden durch die hereinbrechende Corona-Krise und zuletzt durch den Krieg in der Ukraine erschwert. Bis heute blieben alle Ermittlungen ergebnislos.

In seinem Hotelzimmer in Kiew wurde in seinem Gepäck eine lose Sammlung verschiedener Bilddokumente, Texte und Bücher gefunden. Sie belegen, dass er für ein Film- oder Romanprojekt über die Geschichte Anton Lukuschs und seines Begleiters Igor Shevchuk recherchierte. Offensichtlich war er in diesem Zusammenhang auf ein kriminelles Geflecht international operierender Firmen gestoßen. Wie seine Eltern berichteten, wurde der größte Teil der Recherchen und Notizen kurz vor seinem Verschwinden von Unbekannten aus seinem Haus in Ückershausen abtransportiert und vermutlich vernichtet.

Unklar bleibt, ob das im Folgenden veröffentlichte Konvolut an Materialien von Ritter allein oder in Zusammenarbeit mit anderen gesammelt und verfasst wurde. Mehrheitlich werden die Dokumente in der Reihenfolge veröffentlicht, wie sie aufgefunden wurden. Textteile die durch Transport oder Lektüre sichtlich durcheinander geraten waren, habe ich nach bestem Wissen und Gewissen chronologisch und in Sinnzusammenhängen geordnet.

Simons Verschwinden und das damit verbundene Leid seiner Eltern berühren mich tief. Es ist mir ein Anliegen, als Herausgeber seiner Schriften einen kleinen Beitrag zur möglichen Klärung seines Verbleibs zu leisten.

Luzern, im März 2022

Benjamin Heisenberg

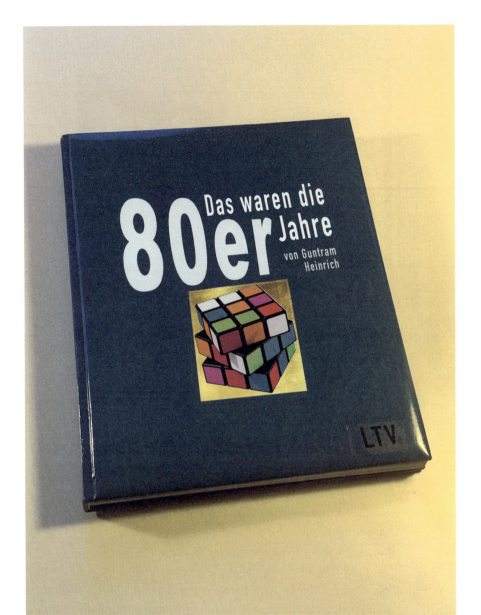

Helmut Kohl vs. Anton Lukusch, Kanzleramt, Bonn, 1987

«DAS WAREN DIE 80ER JAHRE», LTV
Dezember, 1990

LUKUSCH
von Guntram Heinrich

1987, zwei Jahre vor der Öffnung der DDR, bewegte die Geschichte eines Jungen aus der damaligen Sowjetunion die Gemüter der Deutschen. Der kleine Anton Lukusch war als Teil einer großen Gruppe von Tschernobyl-Flüchtlingen mit der NGO Shelta nach Deutschland gekommen: Kinder, zu Hunderten von ihren Eltern in den Westen geschickt, um der hohen Strahlenbelastung zu entkommen. Lukusch, der, wie die meisten von ihnen, aus einfachen, ländlichen Verhältnissen kam, fiel in der Gruppe am Anfang kaum auf. Wenn man von ihm sprach, dann vor allem wegen seiner besonderen Verbindung mit einem starken Jungen namens Igor. Die beiden hatten das Reaktorunglück zusammen aus nächster Nähe erlebt und waren gemeinsam im Krankenhaus behandelt worden. Seitdem wich keiner der beiden von der Seite des anderen. Auf Anton Lukusch wurde man erst aufmerksam, als er durch Zufall das Schachspiel für sich entdeckte. In nur wenigen Tagen gelang es ihm ohne Schwierigkeiten, alle seine Mitschüler sowie anschließend sämtliche Betreuer im Schach zu schlagen. Auch alle folgenden Gegner aus dem Umfeld der Gastfamilien blieben gegen ihn chancenlos.

Im Rückblick hätte man denken mögen, Lukusch sei nur deshalb in den Westen gekommen, um für kurze Zeit ein verblüffendes Gastspiel seines Genies zu geben und anschließend ebenso unvermittelt, wie er aufgetaucht war, wieder zu verschwinden.

Nach einer dreiwöchigen Zwischenphase, in der er von Schachklubs als Kuriosität herumgereicht wurde, verhalf ein weiterer glücklicher Umstand zum endgültigen Durchbruch des kleinen Großmeisters in spe. Die Strahlen-Flüchtlinge erhielten eine Einladung ins Bundeskanzleramt nach Bonn. Sie sollten vor versammelter Presse empfangen werden, um so für die Tschernobyl-Kampagne zu werben. Natürlich stellte man dem Bundeskanzler auch die junge Neuentdeckung vor. Im ersten Spiel verlor der Regierungschef haushoch, in der zweiten Partie gewährte ihm Lukusch durch ein scheinbar versehentliches Opfer ein Höflichkeitsremis. Das Ereignis wurde zum Publikumsrenner im Sommerloch 1987 und sicherte dem Tschernobyl-Programm auf Jahre sein Bestehen.

Anton Lukusch gewann mit dem Bundeskanzler einen aufrichtigen Fan und einflussreichen Förderer. Bald erhielt er Unterricht in den renommiertesten Schachschulen, spielte gegen die deutsche Elite und internationale Stars, doch nur selten fiel sein eigener König.

1988 erklärte sich Bernd Schulthess, ein Unternehmer aus dem Siegerland, bereit, die weitere Ausbildung des Jungen zu ermöglichen. Von nun an lebte Lukusch auf einer abgeschiedenen Burg, in arbeitsamer Einsamkeit, begleitet lediglich von Igor, seinem ungleichen Schatten. Nicht nur ein Betreuer, auch eine Köchin, ein Fahrer und zeitweise zwei Sicherheitsleute gehörten in dieser Zeit zur Entourage der beiden Strahlenflüchtlinge.

Die Ereignisse des Jahres 1989 überschlugen sich und Lukusch geriet in Vergessenheit. Als er im Frühjahr 1990 mit einer Partie gegen den Supercomputer NEC SX-3/44R zurück ins Interesse der Öffentlichkeit kam, lag er auf Platz 45 der Weltrangliste und hatte bereits gegen die gesamte Schachweltspitze gespielt. Wie bekannt wurde, hatte man ihn in der Zwischenzeit wegen seiner außerordentlichen analytischen Fähigkeiten als Unternehmensberater beschäftigt. Obwohl in Deutschland nur wenig beachtet, verhalf ihm erst das Spiel gegen den gefürchteten Rechner zu internationaler Beachtung. Erst jetzt berichtete das russische Fernsehen und man feierte ihn als Karpow jr.

Wenige Wochen nach dieser Ehrung, drei Jahre nachdem Anton nach Deutschland gekommen war, erhielt die Redaktion eines Nachrichtensenders in Kiew ein Schreiben, in dem seine Großmutter Valja Lukusch um die genaue Adresse ihres im Westen zur Berühmtheit avancierten Enkels Anton Lukusch nachsuchte. Ein Kamerateam fuhr in das kleine ukrainische Dorf, wo sich die Lukuschs niedergelassen hatten, und überredete Antons Großmutter zu einem Besuch im Westen. Das Team begleitete sie, denn man wollte ihr Wiedersehen mit dem prominenten Enkel genau für die Öffentlichkeit festhalten. Was jedoch geschah, widersprach gründlich allen Erwartungen. Beim Rundgang durch das Schloss, in dem Lukusch wohnte, konnte man sehen, wie sich Valja Lukuschs Miene mehr und mehr verdunkelte, und als er zu Ende war, nahm sie Anton an der Hand. Sie machte deutlich, dass die Verhältnisse und Sitten, an die ihr Enkel hier herangeführt wurde, in keinster Weise mit ihren Vorstellungen von einer guten Erziehung übereinstimmten, sie würde deshalb Anton und auch Igor mit zurück in die Ukraine nehmen. Alles Bitten und Beschwören half nicht, sie reiste mit beiden Jungen aus.

Lukusch spielte nur noch wenige Partien. Er verschwand so schnell aus dem öffentlichen Interesse, wie er gekommen war, ohne wirkliche Spuren zu hinterlassen und ohne selbst davon berührt zu werden. In einem Gespräch mit ukrainischen Medien beschrieb er sein Schicksal mit Gelassenheit als einen von höherer Hand gelenkten Weg, auf den er keinen Einfluss habe, dem er jedoch immer neu und mit Spannung entgegensehe.

«Sie sind zu früh, Ritter!» Jochen Wehner, der Mann, der '87 Anton Lukuschs Schachtalent entdeckt hat, grinst mich an. Ich murmle eine Entschuldigung, aber die scheint ihn nicht zu interessieren. Das Blitzen in seinen Augen verrät, dass er die Provokation liebt. Er zieht das enge T-Shirt zurecht, während ich mich an ihm vorbei durch die Tür drücke. Meine Schulter streift unbeabsichtigt seine austrainierte Brust. Ich kann ihn riechen und darüber das Deo. Er registriert das alles mit Freude. Wahrscheinlich hat er noch vor einer Minute diesen straffen neunundsechzigjährigen Körper gestählt und ist einfach stolz darauf. Seit ich ihn auf Facebook gefunden habe und wir dort befreundet sind, hat er regelmäßig Bilder seines Torsos unter einem gespannten T-Shirt gepostet. Ich weiß also, wie das aussieht. Oft fotografiert er sich nur vom Hals abwärts, dann wirkt er zwanzig Jahre jünger. Wer das Profilbild mit den Postings vergleicht, muss ins Zweifeln kommen, ob der Kopf des unsicher lächelnden älteren Herrn mit schütterem grauem Haar tatsächlich von diesem Muskelpaket getragen wird.

Jochen Wehners Leben ist von drei Leidenschaften und einer Liebe geprägt. Das gesteht er mir bei der kleinen Führung durchs Haus, die er mir unbedingt geben will. Das Haus ist nicht groß, die Führung kurz, aber der Mann hat viel zu erzählen. Eigentlich seien es zwei Lieben, aber sein Hund Ares sei vor sechs Jahren gestorben. Wehner sammelt passioniert Kunst und Fotos von seinen Leidenschaften und seiner Liebe. So habe ich die Antwort, lange bevor er endlich selbst damit herausrückt. Nur die Einordnung, welches der Themen Leidenschaft und welches Liebe ist, liefert er mir zuletzt nach.

Leidenschaften:
Henriette (seine Frau)
Schach
Training

Liebe:
Maria (seine Tochter)

Seine Frau Henriette ist ganz klar Leidenschaft. Sie hat ihn schon in der Schule erwählt. Da war er noch ein begabter Nachwuchsfußballer, dribbelstark und auch nicht auf den Kopf gefallen. Sie: immer kess und anspruchsvoll. Die Königin des Abi-Jahrgangs. Er hat sie erobert und nie wieder hergegeben. Aber das hat gekostet. Vor allem, weil Wehners berufliche Laufbahn alles andere als geradlinig war. Das Studium der Sportwissenschaften brach er ab, wegen eines Bandscheibenvorfalls beim Hanteltraining. Es folgten sechs Monate schmerzhafter Zwangspause. Henriette weigerte sich zu arbeiten. Sie war schon schwanger mit Maria. Danach hieß es erst mal Geld verdienen für alles, was eine junge Familie mit anspruchsvoller Mutter so braucht. Also heuerte Wehner bei seinem Schulfreund Häusermann-Reisen an. Jahrelang fuhr er Bus (den Zweier-Führerschein hatte er vom Wehrdienst mitgebracht). Henriette sprach nie über seinen Beruf, nicht mit ihm, nicht mit ihrer kleinen Tochter und auch sonst mit niemandem. Sie hatte einen angehenden Sportstar geheiratet, oder wenigstens einen angehenden Spitzensportwissenschaftler – keinen Busfahrer.

Wehner studierte weiter, im Fernstudium, abends, wenn Henriette fernsah und Maria schlief. Er musste aufpassen, tagsüber nicht am Steuer einzuschlafen, aber die Kinder und Senioren, die er herumkutschierte, machten ihm Freude. Wenn seine Reisegruppen durch Schlösser, Freizeitparks und Outletcenter pflügten, nutzte er die Pausen, um zu trainieren oder auf seinem kleinen batteriebetriebenen «Mephisto 2000» die berühmten Schachpartien Karpows und Kasparows nachzuspielen. Warum man den Schachcomputer «Mephisto» getauft hatte, wollte ihm erst nicht in den Kopf, aber irgendwann, bei einer verkorksten Partie, begriff er, dass dieses Gerät ihn, den Dr. Faustus, in eine Hölle aus vertrackten Varianten führte. Er musste sie aufsuchen, um die Grenze seines geistigen Fassungsvermögens zu spüren und sich mit den Schachgöttern zu messen, für die Mephisto ein elektronischer Wicht in den Niederungen des Schachzirkus war.

15

«Bisschen monothematisch, was?»

Er hat wohl meinen Blick auf das x-te Ölbild eines Schachbretts bemerkt. Ansonsten hängen hier nur Bilder von Henriette und Maria in allen Lebenslagen.

Er öffnet einen kleinen hölzernen Hängeschrank in der Kehre des Treppenaufgangs ins Obergeschoss. Die Überraschung ist gelungen. Ich kann es kaum glauben und verschlucke meinen Kommentar zu den Bildern an dem seltsamen Laut, der mir entweicht. Anton Lukusch sieht mich aus dem kleinen Schränkchen heraus an, oder jedenfalls seine Augen. Ich kenne das Foto, das der Maler als Vorlage gehabt hat. Der Blick ist ihm gelungen, die Physiognomie nicht wirklich. Anton schaut mich mit diesem Ausdruck eines stoischen Esels an, unlesbar, aber tief und ruhig und geduldig. Hier ruht eine Natur in der Natur. Keine Distanz nach innen und außen, keine Ironie, kein Drama – *einfach Kurt, ohne Helm und ohne Gurt, einfach Kurt*, schießt es mir dabei durch den Kopf.

«Nicht mal Henni weiß, dass ich ihn hier habe», grinst Wehner, «denkt, das ist mein Werkzeugschrank.» Er lacht laut. «Hammer, oder? Hat auch der Willi gemalt.» Willi ist ein Freund, zuerst auch in der Familien-Busfahrer-Falle gelandet, aber jetzt erfolgreichster Porträtmaler im Ochsenfurter Gau.

«Das war Oktober '87, Kleinrinderfelder Schachmeisterschaft», sage ich. «Achtzehn Siege, kein Remis.»

«Ich heiße Jochen», sagt Wehner und drückt mir so fest die Hand, dass ich mich gar nicht freuen kann über seine Zuneigung.

Mein «Simon» kommt gequetscht.

«Mensch! Ich hab mich so gefreut, als ich deine Nachricht auf Facebook gesehen hab. Seit der Junge '90 von der *Omma* abgeholt wurde, hab ich doch nix mehr vom Anton gehört.» Er spricht das *Oma* mit zwei M, wie man das in Franken macht. «Der Einzige, wo mit mir über den Bub noch redet, ist der Jörg vom Schachklub, aber der kommt nimmer, wegen Prostata.»

Wehner ist eine Goldgrube. Ich habe das geahnt. Er hat nicht nur alle TV-Sendungen mit Lukusch mitgeschnitten, sondern auch alle Artikel säuberlich abgeheftet. Während er mir seine digitalisierten Super-8-Aufnahmen von Lukusch zeigt, redet er ununterbrochen auf mich ein.

«Henni will nix mehr von dem Bub hören! Sie hat mich damals fast verlassen, wegen dem Lottoschein.»

Die Geschichte kenne ich noch nicht.

«Keiner weiß das», lächelt er, «deshalb hab ich dich ja heute da herbestellt, weil Henni in der Physio ist. Sie hasst diese Geschichte. Wenn ich es nicht in meinen Werkzeugschränken versteckt hätte, wär das alles schon vernichtet. Sie meint es nicht böse, aber sie sagt, man muss im Leben nach vorne schauen, vor allem, wenn man sich immer so saumäßig ärgert, wenn man wieder drüber nachdenkt. *Des is hald ihre bosidive Mendalidäd.*»

Wenn das keine Leidenschaft ist …

Wir beginnen ganz von vorne. Ich habe die Geschichte schon einmal im *Schach Echo* von 1988 gelesen, aber sie jetzt von Wehner selbst zu hören, wird mir hoffentlich helfen, den Weg des kleinen, vergessenen Genies Anton Lukusch besser zu verstehen.

«Mir haben diese Kinder leidgetan», seufzt Wehner. «Als die schon das erste Mal bei mir in den Bus eingestiegen sind, hab ich gesehen, dass die nicht aus dem Westen sind. Das hat man nicht nur an den Kleidern gesehen, sondern an den blassen Gesichtern, und wie die alles angeschaut haben. Wir sind erst mal zum Tierpark nach Sommerhausen und danach haben wir im Hotel Sonne am Biebelrieder Dreieck zu Mittag gegessen. Der Hotelier hatte draußen für die Kinder ein kleines Büfett aufgebaut mit Brotzeit und ein paar Leckereien, das haben die komplett leer gegessen. Zwei Mädchen haben sich danach bei mir im Bus übergeben, weil die zu viel reingeleiert haben. Da hab ich mich nicht gefreut, aber übel nehmen konnte ich's ihnen auch nicht. Danach hab ich sie zur Homburg bei Gössenheim rausgefahren, das ist so eine Ruine im Wald, von Würzburg aus Richtung Veitshöchheim, Zellingen, Karlstadt. Da haben die Kinder im Wald herumgetobt und Versteck gespielt. Ich war derweil im Bus und habe Musik gehört und auf meinem Mephisto Schach gespielt. Den konnte ich am 12-Volt-Zigarettenanzünder laden. Na ja, dann ist der Anton vom Herrn Schombert in den Bus gebracht worden, weil er mit einem Jungen im Laub gerauft hat und dabei in eine Pfütze gefallen war. Der war komplett dreckig. Der Schombert hat ihn also bei mir gelassen, damit er sich umzieht und ein wenig aufwärmt. Ich hab mich nicht so für ihn interessiert, weil ich mitten in einer haarigen Partie steckte. Der Anton wollte erst mal hinten auf so einem kleinen Nintendo zocken – aber da war die Batterie alle. Das muss man sich mal vorstellen. Wenn die Batterie von dem Ding nicht alle gewesen wäre, hätte das alles *gombled anderschd* ausgehen können!»

Wehner macht eine rhetorische Pause und schaut mich bedeutungsvoll an. «*Gombled anderschd.*» Ich halte seinen Blick.

«Für mich hätte das viel verändert und für einige andere auch. Für Anton, glaube ich, gar nichts.» Jochen Wehners Weg mit Lukusch erinnert mich an einen klassischen Zen-Aphorismus:

Als ich begann, Zen zu lernen, waren Berge Berge. Als ich glaubte, Zen zu begreifen, schienen die Berge keine Berge mehr zu sein, doch als ich Zen verstand, waren Berge wieder einfach Berge.

Lukusch hat diesen Weg nie gemacht und wohl nie gebraucht. Aber den Menschen, die den Aufstieg seines Sterns begleiteten und später sein schnelles Verschwinden, muss es wie ein seltsamer Traum erschienen sein, in dem Berge plötzlich keine mehr waren und für eine Weile alles möglich schien.

«Ich hatte den Mephisto auf der Fahrerkonsole aufgestellt. Ich weiß noch genau, im Radio lief ständig dieser Achtzigerjahre-Techno-

Hit BIG FUN von Inner City. Den Takt hab ich genommen, um nicht zu lange zu grübeln. Der Anton ist nach vorne gekommen und hat sich neben mich gestellt. Einfach so – nix gesagt. Ich hab nur kurz aufgeschaut, ihm zugenickt und mich nicht weiter um ihn gekümmert. Der Bub hat das Spiel verfolgt, und das hat angefangen, mich zu stressen, weil ich gnadenlos gegen Karpow abschmierte. Ich meine – klar hab ich immer gegen Karpow verloren, aber nicht, wenn jemand zugeschaut hat. Der wusste ja nicht, wer Karpow war, der hat nur gesehen, dass ich verliere. Irgendwann habe ich mich entnervt zurückgelehnt und das Spiel aufgegeben.»

Wehner zögert lächelnd. «Der Bub hat sicher gar nicht gemerkt, dass ich genervt war. Der hatte inzwischen die Züge verstanden und schon weitergedacht, aber das hab ich erst begriffen, als wir anfingen zu spielen.»

Er schaltet den Fernseher aus und starrt vor sich hin. Unbewusst lässt er den Bizeps des rechten Arms kontrahieren und gleich darauf den linken. Das scheint seine Angewohnheit beim Denken zu sein: links, rechts, links, rechts, links, links … Ich kann mich plötzlich nicht mehr konzentrieren und verpasse ein paar Sätze.

«Nee, der hat nicht viel gesagt, aber er war unheimlich höflich. Obwohl der ja erst mal ein bisschen einfach rüberkam, so von außen gesehen.» Jochen Wehner lacht wieder laut auf. «‹Wenn er will sich Zeit nehmen›, hat der Anton geantwortet. Er! Also hab ich ihm das ganze Spiel erklärt und schnell gemerkt, dass er das längst selbst gecheckt hatte. Nur so was wie Rochade kannte er natürlich nicht. Aber da hat er mich schon langsam zu interessieren begonnen, weil er so schlau war.»

Sie spielten: Anton entspannt seitlich neben dem Brett sitzend, der Mann frontal auf das Brett konzentriert. Draußen tobten die Kinder durch den Wald, brieten Bratwürste und sangen ukrainische und deutsche Lieder. Im Bus versanken Wehner und der kleine Junge in eine Welt aus schwarzen und weißen Feldern. Antons Leben, das bisher unbewusst, organisch, schicksalsbestimmt gewesen war, sollte bald in allzu strukturierte Formen gegossen werden. Seine Fähigkeiten wurden erkannt. Er wurde eingeordnet und herausgefordert, eingeteilt und eingesetzt. Er hatte das Schachbrett betreten, und schnell wurde sichtbar, dass er es nicht als Bauer verlassen würde.

Ein Schlüssel geht im Türschloss, und Wehner wird plötzlich hektisch. Er rafft alle Lukusch-Devotionalien zusammen in den Alukoffer und stellt sich gerade noch rechtzeitig neben die Couch, auf der ich sitze. Die Frau in der Tür ist anders, als ich erwartet habe. Sie hat sich eine Strähne im Haar dunkel gefärbt und lächelt uns ganz freundlich an. Die Schönheit der Abi-Queen von damals hat Henriette immer noch, aber nicht mehr so sehr äußerlich, sie leuchtet aus ihr heraus.

«Herr Ritter ist wegen dem Sofa im Keller da», lügt Wehner. «Er kann es leider doch nicht gebrauchen.» Sie nickt und er schiebt mich an ihr vorbei nach draußen. Hat sie mich erkannt? Sie muss den Namen verstanden haben, aber in ihrem Blick erkenne ich nicht, was sie denkt.

Am Auto erzählt er die Geschichte leise zu Ende. Anton und Wehner saßen den ganzen Nachmittag in voller Konzentration zusammen. An einen seiner Züge erinnerte er sich besonders, denn Anton bewegte sich erst gar nicht, sah dann ganz grimmig auf und schüttelte spielerisch drohend mit der Faust. Er fluchte auf Ukrainisch und bat den Busfahrer um eine Tasse Tee. Wehner drehte sich weg, um einzuschenken. Als er wieder auf das Schachbrett sah, hatte Anton zwei Figuren vertauscht. Wehner begriff sofort und zog Anton lachend die Kappe vom Kopf. Der Junge musste das Spiel wieder herstellen, dann ging es weiter. Draußen kam Wind auf. Sturmböen wirbelten Blätter um den Bus. Anton machte seinen nächsten Zug. Die ersten Tropfen trommelten gegen die großen Fenster. Der Busfahrer schaute kurz auf und vertiefte sich dann wieder ins Spiel. Ein regelrechter Orkan brach draußen los.

Kurz darauf wurde an die Tür des Busses getrommelt. Der Sturm peitschte den Kindern durch Kleider und Haare. Einer hielt sich am anderen fest, bis sie im sicheren Bus waren. Durchnässt fielen sie übereinander und verteilten den Matsch und die Blätter im Gang und auf den Sitzen. Man fragte nach Anton, aber Wehners Bemerkung, der Junge hätte von ihm Schach gelernt und nach der ersten verlorenen Partie in fünf weiteren gewonnen, ging im Lärm der Kinder unter. Auf der Heimfahrt wanderte Wehners Blick immer wieder in den Rückspiegel zu Anton, der mit dem kleinen Schachcomputer ganz konzentriert auf seinem Platz saß. Um ihn herum wildes Treiben, Lukusch unberührt, nur in der Welt des Spiels. Wehner, der erst im Erwachsenenalter das Schach für sich entdeckt hatte, empfand eine fast telepathische Seelenverwandtschaft mit dem Bub: «Ich bin mit den singenden und kreischenden Kindern losgefahren, aber um mich herum ist es ganz leise geworden und ich hab im Kopf nur noch die Geräusche der Figuren auf dem kleinen Brett ganz hinten im Bus gehört. Das war so eine schöne Fahrt ...»

Wehner weiß noch alles, als wäre es gestern gewesen. Ob er damals auch bemerkt hat, wie sehr ich in seine Tochter verknallt war? Ich selbst kann mich an diesen Ausflug nur vage erinnern. Anton interessierte mich damals nicht. Ich empfand ihn in den ersten Wochen als Last, die mir von meinen Eltern ans Bein gebunden worden war. Später stand er mir meist im Weg, als es um Maria ging, und wurde irgendwann ein Freund, als ich mich damit abgefunden hatte, dass Maria nichts mit mir anfangen würde.

Vitrine im Deutschen Schachmuseum
Mitte hinten: Unterschrift Lukuschs auf der Hülle des
Mephisto-Schachcomputers
Mitte: Anton bei seinem ersten Schachturnier im SC Heuchelhof
Rechts: Urkunde Deutscher Schachpreis 1989, Einreisedokumente
Links: Ordner mit der Dokumentensammlung von Dr. Ritter

Igor Shevchuk ist wieder aufgetaucht. Bei Eurosport, in einer Schachsendung aus dem Hessischen Hof in Frankfurt, habe ich ihn genau erkannt. Der heutige Igor sieht dem von damals nicht mehr sehr ähnlich, aber seine Augen sind noch wie früher. Dunkelbraun, nicht offen oder wach, aber mit Instinkt und einer Konzentration, die nicht vom Durchschauen kommt, sondern vom absoluten Aufmerksamkeitstunnel, in dem er sein Gegenüber wie eine fette Schlange paralysiert. Er trägt mittlerweile Anzug und Rollkragenpullover. Die Haare sind mit Gel flach gedrückt, mit einem hellen Scheitel dazwischen, wie schwarze Gräten am hellen Rückgrat eines Fisches.

Ich konnte mir früher vorstellen, dass der massige Junge einen guten Geschäftsmann abgeben würde. Dass ich ihn hier in Deutschland als Schachgroßmeister wiederfände, darauf wäre ich nicht im Traum gekommen.

Aber wo ist Anton Lukusch? Auf keinem Foto, in keinem Fernsehbericht ist er zu sehen, dabei müsste er sich in unmittelbarer Nähe aufhalten. Nicht umsonst taucht Igor in so vielen alten Fotos von Anton auf. Sie waren buchstäblich unzertrennlich, weit über das Maß hinaus, von dem die Öffentlichkeit damals wusste. Wieder und wieder habe ich erfolglos die Aufnahmen aus dem Hessischen Hof nach einem Gesicht durchsucht, das dem gealterten Anton ähneln könnte. Vielleicht steht er immer hinter der Kamera oder hält sich im Nebenzimmer auf, aber zumindest in den bewegten Magazinbeiträgen im Fernsehen hätte Anton zu sehen sein können. Wenn sich seit '87 nicht viel geändert hat, kann er nicht weit sein.

Igor hat seine Beziehung zu Anton Lukusch anscheinend nicht zum Thema gemacht und in der Presse hat ihn offenbar niemand erkannt. Auch einen anderen Namen hat er sich zugelegt: Nazarenko. Unter einem Clip aus dem luxuriösen Foyer des Hessischen Hofs in Frankfurt hat Eurosport einen Sprecher folgenden Text sagen lassen: «Igor Nazarenko, der Großmeister aus Minsk, spricht fließend Deutsch mit den zahlreichen Journalistinnen und Journalisten, die den Favoriten für die Frankfurt Open bestürmen.» Eurosport hat ein Interview mit ihm geführt, das eingeblendet wird. Igor spricht so makellos Deutsch, wie ich es als Kind nie von ihm gehört habe: «Ich spiele die Frankfurt Open zum ersten Mal – überhaupt ist es mein erstes Turnier auf deutschem Boden, aber ich spüre, dass die Stadt von Goethe und Otto Hahn mir Gluck bringen wird.» Er sagt «Gluck», aber das ist auch alles, was ihn von einem Muttersprachler unterscheidet.

«Woher sprechen Sie so gut Deutsch, Herr Nazarenko?»

Igors Augen verengen sich nur um ein My. «Ein guter Freund hat es mir beigebracht – ich war mal als Kind hier, in Ferien.»

«Viel Glück für das Turnier!»

Er sagt nichts, nickt nur.

Lukusch sprach Deutsch, als Sohn einer russlanddeutschen Familie, Igor aus einer belarussischen brachte bis zum Ende kaum ein Wort heraus. Er verständigte sich problemlos mit Händen und Füßen oder ließ übersetzen. Aber es ist Igor, zweifelsfrei. Ich habe Fotos verglichen aus dem Fotoalbum meines Vaters und ich habe sein Gesicht damals so gut studiert wie kaum ein anderer. 1987, eines Abends in der Klinik, habe ich, für ein paar Momente, meine ganze Aufmerksamkeit nur auf Igor gerichtet. Seine Züge haben sich in meine Erinnerung eingebrannt, als mein Vater und ich zu ergründen suchten, wie unzertrennlich die beiden wirklich waren.

Damals wurden die besonders schwer betroffenen Kinder aus Tschernobyl auch in Deutschland noch in regelmäßigen Abständen im Krankenhaus untersucht, und mein Vater machte den Versuch beim Schichtwechsels des Personals, als etwa zehn Minuten niemand auf der Station war. Er wolle mich in der Klinik auf Hausstauballergie testen lassen, hatte er zu Hause meiner Mutter erklärt, aber auf der Station gestand er mir, dass ich Teil eines ganz anderen Plans war.

Anton und Igor schliefen bereits vor dem laufenden Fernseher und wachten auch nicht auf, als wir die Bremsen ihrer Betten lösten und sie, so vorsichtig wir konnten, mit den angeschlossenen Geräten aus dem Zimmer rollten. Mehrfach murmelte Anton im Schlaf und kratzte sich an den festgeklebten Elektroden des EKG. Wir hielten inne, mit angehaltenem Atem, bis er sich wieder beruhigt hatte. Mein Vater schob Anton nach rechts, am unbesetzten Schwesternzimmer vorbei. Ich manövrierte Igor, seinem Handzeichen gehorchend, den langen Gang entlang Richtung Ostflügel, Meter um Meter, weg von Anton, gespannt darauf wartend, was passieren würde. Igor hatte den Kopf zur Seite gedreht und atmete rasselnd unter der Last des eigenen Gewichts. Ich war so auf ihn konzentriert, dass ich die Entfernung zu meinem Vater und Anton nicht beachtete, aber nur wenig später blieben wir gleichzeitig stehen und sahen uns um. Die Züge der Kinder waren schlaff geworden. Kein Kampf, kein Drama, kein Erwachen. Nur die Maschinen explodierten förmlich vor Warntönen. Sie wurden beide einfach still, als das Leben aus ihnen wich. Dann brach die Hölle los. Es gelang uns gerade noch, die beiden zurück ins Zimmer zu fahren, bevor es von Schwestern und Ärzten wimmelte. Augenblicke später tauchten die ersten Pulsschläge wieder auf den Messgeräten auf. Sie mussten nicht reanimiert werden, aber wirklich gut ging es ihnen noch nicht.

Später im Auto startete mein Vater den Motor, schaltete ihn aber gleich wieder ab und schnaufte hörbar aus. «Simon, das war haarscharf!» Er machte eine lange Pause, bevor er weitersprach. «Das ist – gelinde gesagt – erstaunlich.»

Die zusammengewachsenen Augenbrauen, die ungleichen Nasenflügel, der Mund, der auch heute noch links immer leicht zu lächeln scheint, und das schwere Kinn, das schon damals fast in seinem fleischigen Hals verschwand. Es ist Igor, zweifelsfrei. Keine Ahnung, warum er sich heute Nazarenko nennt, keine Ahnung, warum nicht Anton statt seiner am Schachbrett sitzt.

Eigentlich hatte ich Lukusch vergessen. Das heißt, manchmal habe ich von ihm erzählt, als Anekdote beim Abendessen – eine Erzähltrophäe, mit der man sich die Aufmerksamkeit am Tisch sichern kann – vor allem Frauen liebten die Geschichte des kleinen, stoischen Ausnahmetalents. Igor kam darin kaum oder gar nicht vor. Dass gerade er jetzt in Frankfurt Schach spielt, gibt mir neue Rätsel auf. Schon vor einer Weile habe ich begonnen, mich wieder für die beiden zu interessieren. Ein Foto von Anton am Würzburger Hauptbahnhof war der erste Anlass.

Wir drehten einen Kurzfilm, dessen Herzstück eine lange Dialogszene im Bahnhofsrestaurant war. Das Restaurant ist mittlerweile der unvermeidlichen Hochglanz-Einkaufspassage des modernen deutschen Bahnhofs gewichen, aber damals empfing es uns noch mit dem ganzen Charme eines abgelebten Spannteppichs.

In einer Drehpause entdeckte ich das Bild von Anton Lukusch an einer der viereckigen Säulen im Raum, deren Kanten mit Metall verstärkt waren, damit die Koffertrolleys keine Schäden hinterließen. Mit dem gleichen Sicherheitsgedanken hatte man wohl auch das Foto in einem dicken Metallrahmen mit zwei massiven Schrauben in den Beton gedübelt. Es zeigte Lukusch bei einem Schachturnier, das anscheinend hier im Restaurant stattgefunden hatte. Wie auf einer Textzeile unter dem Bild zu lesen war, handelte es sich um die Fränkische Meisterschaft der Junioren, 1987. Lukusch musste gewonnen haben, denn jemand hatte mit einem dicken Filzstift «Sieger» auf das Foto gekritzelt. Darunter stand ein Schriftzug, den ich erst auf den zweiten Blick als die Unterschrift Antons entzifferte. So viel war sicher, Anton hatte zu diesem Zeitpunkt noch nicht oft Autogramme gegeben. Die Unterschrift, die auf dem kleinen Mephisto-Schachcomputer im Deutschen Schachmuseum zu sehen ist, stammt von 1989 und sieht weit geschliffener aus. Hinter Anton war Jochen Wehner auf dem Foto zu sehen, muskulös und immer leicht angespannt. Dabei war er sicher stolz, auch in der zweiten Reihe hinter seinem Schützling noch im Zentrum der Aufmerksamkeit zu stehen.

Das Foto wurde während eines Spiels aufgenommen – vielleicht das Finale. Wehner, als Trainer, sah gebannt auf das Schachbrett. Er hatte einen kleinen Block mit Stift in der Hand, auf dem er wahrscheinlich die Spielzüge der Partie notierte. Anton verzog keine Miene. Er hatte seinen Zug schon gemacht und sich zurückgelehnt. Die rechte Hand war ausgestreckt und unscharf, weil sie gerade auf die Schachuhr niedersauste.

Erst auf den zweiten Blick habe ich unter den Menschen im Hintergrund meinen Vater und auch Igor entdeckt. Beide schienen mit ihren Gedanken gerade nicht bei Anton und dem Schachbrett zu sein. Ich kann mich nicht erinnern, dass mein Vater bei diesem Turnier dabei war, aber ich weiß noch, wie Anton mit dem Pokal nach Hause kam, der geformt war wie ein übergroßer goldener Turm auf einer Marmorplatte. Nachdem Anton viel später die Familie verlassen hatte, blieb der Pokal im Kinderzimmer und wurde als Lego-Star-Wars-Planet, Playmobil-Turm und zuletzt als Aschenbecher zweckentfremdet. Dabei konnte ich erst mal gar nicht verstehen, wieso Anton keiner seiner Trophäen irgendeine Beachtung schenkte. Er ließ alles zurück, bis auf die hellblauen Nike-Air-Schuhe, die ihm meine Mutter gleich nach seiner Ankunft schenkte. Man kann sie auf dem Foto unter dem Tisch nicht sehen, aber ich bin mir sicher, dass er sie auch bei den Fränkischen Meisterschaften trug. Er hatte sie sogar beim Besuch im Kanzleramt an, und dafür musste er kämpfen, denn meine Mutter hätte ihm natürlich lieber neu gekaufte dunkle Lederschuhe für den Anlass verpasst. Die Trophäen dagegen haben Anton nicht interessiert. Abgesehen von den Nike Airs hat sich Anton für nichts Materielles interessiert. Ich habe ihn mal danach gefragt, weil ich das nicht verstehen konnte. Anton antwortete im Akzent der Russlanddeutschen und er sagte, wie immer, wenig.

«Warum hast du die Hellblauen genommen?»

    «Gab keine anderen.»

    «Dann hätte ich gewartet. Hellblau ist total *gay*.»

    Er sah mich fragend von der Seite an.

    «Wenn ein Mann mit einem Mann zusammen ist.»

    «Ah.» Er nickte. «Was hat mit hellblau zu tun?»

«Äh – nichts – egal.» Ich ließ mich nicht abbringen: «Warum überhaupt Nike Air? Warum nicht Converse oder Adidas?»

Er sah mich von der Seite an.

«Warum nicht andere Schuhe?»

Ich wurde immer unversehens lauter, wenn ich mit ihm sprach, weil ich das Gefühl nicht loswurde, nicht verstanden zu werden.

«Revolution.»

«Revolution??»

«Revolution.» Er nickte und wiederholte: «Revolution.»

Ich hob fragend die Hände, aber mehr kam nicht. Es war frustrierend, weil dieser ukrainische Nerd so gar nicht daran interessiert war, sich verständlich auszudrücken.

Erst viel später habe ich die Bedeutung begriffen und mich gefragt, wie politisch Lukusch eigentlich dachte. Wie mir Maria auseinandersetzte, bezog er sich auf einen Werbefilm für Nike Airs, der von dem Beatles-Hit «Revolution» untermalt wurde. Der Werbeclip war in Dauerschleife auf dem Fernseher gezeigt worden, der in Antons und Igors Krankenhauszimmer von der Decke gehangen hatte. Nach der Reaktorkatastrophe hatte man die Kinder in einem finnischen Spital behandelt. Dort setzte sich also der Wunsch nach Nike-Air-Schuhen tief in Antons Hirn fest – vielleicht bis hinunter in dieselben Synapsenschleifen, in denen sich auch seine parapsychologische Bindung zu Igor einnistete.

All das tauchte plötzlich vor meinem inneren Auge auf, als ich auf das Foto in dem dicken Metallrahmen stieß, festgeschraubt, als habe jemand die Erinnerung an Anton Lukusch für immer und ewig an diesem tristen Ort erhalten wollen. Und heute denke ich wieder an dieses Bild, aber eher an Igor, wie er da hinten steht und in die Gegend guckt. Erst jetzt begreife ich, dass der untersetzte Igor, damals Ringer, selbstbewusst und bräsig wie die Alphamänner, mit denen er seine Kindheit verbrachte, dass dieser Igor meinen Vater ansieht. Ganz ruhig und auf einfache Weise analytisch mustert er ihn. Er muss damals mitbekommen haben, wie unglücklich Papa darüber war, dass Wehner, die Hilfsorganisation Shelta und andere, Antons aufkommende Bekanntheit für ihre eigenen Zwecke zu nutzen begannen. Wenn ich mir die Aufnahme aus dem Bahnhofsrestaurant vor Augen führe, schaut Igor meinen Vater fast abschätzig an. Für Igor hat es immer nur Gewinner und Verlierer gegeben und dazwischen Statisten.

Ob ich mich wirklich mit dieser Geschichte beschäftigen wolle, hat mich Jochen Wehner zuletzt nachdenklich gefragt, als ich schon im Auto saß. Wahrscheinlich ist ihm im Gespräch auch bewusst geworden, wie viel Unheil und Chaos damals mit den Jungs einherging. Ich habe ihm nur die halbe Wahrheit gesagt: Ich müsse einfach, aus Freundschaft zu Anton. In Wirklichkeit haben Anton und Igor mich an Maria erinnert. Immer noch spielt mein vegetatives Nervensystem verrückt, wenn ich an sie denke. Davon muss Jochen Wehner nichts wissen. Seine Tochter wohnt nicht einmal weit entfernt von mir, in Würzburg. Ich könnte sie jederzeit anrufen, aber das ändert nichts. Soweit ich weiß, ist sie verheiratet – Kinder, Mann, Haus, Job, vielleicht noch einen Hund –, führt jedenfalls ein Leben, zu dem ich nicht mehr gehöre.

Was sollte sie auch von mir wollen?
Ich habe dieses Jahr einen Imagefilm für das Reisebüro Hellmann und ein Schulungsvideo für Reisebegleiter von Tui-Bayern gedreht. Ein Film muss noch geschnitten werden, aber in den Zwischenzeiten gähnt mich die Leere des Alltags an. Wenn ich über die Straße auf das abgeschabte Metalltor des ehemaligen

Schweinebauern Heurich schaue, überfällt mich regelmäßig eine «Out-of-Body-Experience» der dritten Art. Ich trete aus mir heraus, fremd innerhalb und außerhalb des eigenen Körpers, befallen und beängstigt von der eigenen Wahrnehmung, in Panik vor dem selbstzerstörerischen Risiko dieser Entfremdung. *Dodal brudal,* wie man bei uns in Franken sagt.

Ich habe keine Kinder, die später durch meine «Werke» stöbern werden, es gibt niemanden, der die zehn Terabyte Daten auf meiner Cloud archivieren und in einer Doktorarbeit ihre Bedeutung für die deutsche Gesellschaft des frühen Jahrtausends herausstreichen wird. Ich habe kein Geld, um dem Bayerischen Staat ein Filmmuseum für meine belanglosen Videos zu stiften.

Ich werde im Nirwana der Bedeutungslosigkeit verschwinden, Protagonist eines Lebens ohne Widerhall, «auf fremdem Boden, unbeweint», wie Ibykus, der Götterfreund. Und selbst wenn der Boden kein fremder, sondern meine Heimat ist, wird auch in Ückershausen nicht viel mehr bleiben als ein dürrer Eintrag im Sterberegister. Auch das habe ich Jochen Wehner nicht gesagt, aber ich habe auch nicht gelogen. Anton war mein Freund, er hat zusammen mit Igor bei uns gewohnt, wir waren ihre Gastfamilie, und er war (leider) der Freund von Maria Wehner.

Bisher ist das einzige überregional bekannte Werk aus Ückershausen das Kochbuch *«Iss Wurschd»* mit fünfzig Wurstrezepten, niedergeschrieben von der Wirtin Melanie Kreil vom Gasthof Schwarzer Adler. Das ist hier im Dorf die *Messladde,* aber ich weiß: Antons und Igors Geschichte ist außergewöhnlich, sie könnte bleiben. Und sie wird mein Vorwand sein, um Maria wiederzusehen.

«Du wirst es nicht glauben: Igor Shevchuk, unser belarussischer Bud Spencer, spielt jetzt Schach auf Großmeisterniveau.» Maria Wehner musste unwillkürlich lachen bei dem Gedanken an Simons ersten Satz am Telefon. Noch einmal zog sie ihrer Tochter den Kamm durch die langen Haare. Das Kind sah auf zu ihr und lächelte froh, ohne zu verstehen, was die Mutter so belustigte, aber erleichtert, dass die schlechte Laune von vorher verflogen war. Schon zum fünften Mal in diesem Jahr gingen Läuse in der Schule um und die «Hygienemaßnahmen» in der Familie wurden so routiniert wie frustriert durchgezogen. Keiner sprach bei der lästigen Prozedur. Maria hatte Zeit zum Nachdenken. Ihre Tochter lauschte derweil den *Drei Ausrufezeichen* aus ihren Kopfhörern.

«Und wo ist Anton geblieben?», hatte sie Simon am Telefon gefragt, nachdem er ihr in allen Einzelheiten von Igors Auftritt beim Schachturnier im Hessischen Hof erzählt hatte. Lukusch und Igor waren im wahrsten Sinne des Wortes unzertrennlich gewesen, aber jetzt tauchte Igor allein und völlig verändert auf, als wären die zwei ungleichen Jungs irgendwann in den vergangenen dreißig Jahren zu einer Person verschmolzen: Antons Geist in Igors Körper. Sie musste an das Referat ihrer Tochter über die Laternenfische denken. Das Männchen verbeißt sich beim seltenen Treffen in der Tiefsee einfach in das Weibchen und hält gnadenlos fest. Und dann – auf wundersame Weise – verschmelzen die Fische langsam und werden eins. Angesichts der seltsamen Verbindung der beiden jungen Ukrainer schien ihr ein so fantastischer Vorgang nicht unmöglich. Sie verwarf den Gedanken. Man sollte dem Übernatürlichen nie zu viel Raum im Leben geben, das wusste sie nur allzu gut. Plötzlich sehnte sie sich danach, Anton wiederzusehen.

Zum letzten Mal wusch sie die kleinen weißen Nissen aus dem Kamm, dann tippte sie ihrer Tochter auf die Schulter. «Noch mal waschen und dann nicht föhnen, gell!» Sie sprach laut, damit das Kind sie über das Hörspiel hinweg verstand. Die Kleine nickte. 1987, als die Kinder aus Tschernobyl gekommen waren, hatten die Deutschen verlauste Gestalten, in Lumpen, mit Hungerbäuchen und hohlen Augen erwartet, aber die Ukrainer waren ganz normal gewesen. Die Kleider waren zwar nicht up to date, aber die Kinder wirkten beinahe enttäuschend gesund und munter. Natürlich hatten sie im Unterricht Filme vom Unglücksreaktor gesehen und von den verstrahlten Landschaften und Städten. Darin waren auch Menschen zu sehen gewesen, die Wäsche aufhängten, einkaufen gingen oder im Garten arbeiteten. Aber irgendwie hatten die Kinder etwas Spektakuläreres erwartet, als die zwei moosgrünen Bundeswehrbusse auf den Schulhof fuhren und die Strahlenflüchtlinge ausspuckten. Maria wurde von ihrer Freundin Yvonne nach hinten in die zweite Reihe der Zuschauer gezogen. Yvonne hatte immer wieder die Fantasie, sie könnte die Strahlung spüren, die von den Ukrainern auf sie überging. Die panische Angst, verstrahlt zu werden und den frühen Krebstod zu erleiden, lebte in ihr, seit man in Deutschland Pilze und Gemüse aus bestimmten Regionen aufgrund der Strahlenbelastung mied. Deshalb hatte Yvonne sich auch geweigert, ein Gastkind aufzunehmen, obwohl ihre Eltern dazu bereit gewesen waren. Marias Familie war grundsätzlich nicht interessiert. Henriette, ihre Mutter, betonte zwar, wie leid ihr die Kinder täten, aber selbst aktiv zu werden, kam ihr gar nicht in den Sinn. Für sie bestand kein Unterschied darin, ob die Kinder in Tschernobyl oder hier vor der Tür standen, sie hatte ihr Leben und die ihres. Man konnte Geld spenden oder Kleider, oder für jemanden beten, aber ein Kind für ein paar Wochen in die Familie aufnehmen, das war einfach unpraktisch. Auch Marias Vater hatte sich erst für Anton interessiert, als er entdeckte, dass dieses Kind besser Schach spielte als irgendwer sonst in seinem Umfeld. Jochen Wehner war mit sich, mit der schönen Henriette und dem Geldverdienen beschäftigt. Für Solidarität, vor allem für die Genossen aus dem sozialistischen Osten, hatte er, der sich mit dem Arbeiter grundsätzlich identifizierte, ein offenes Ohr. Aber erst seit der Entdeckung des Schachtalents wurde Anton Lukusch zum zentralen Angelpunkt in der Familie Wehner.

Hatte Anton Igor vielleicht trainiert? Hatte die Zeit aus dem ungleichen, widersprüchlichen Paar eine funktionierende Zweckgemeinschaft gemacht, oder waren die beiden gar Freunde geworden? Maria fand die Veranstaltung, von der Simon gesprochen hatte, im Netz. Das Frankfurter Open im Hessischen Hof war schon fast vorüber, aber Igor Shevchuk alias Nazarenko war noch immer ungeschlagen. Die Website des Turniers zeigte ihn natürlich am Schachbrett, gegenüber einem freundlichen Mathematiker aus Kassel, den Igor problemlos matt gesetzt hatte.

Maria ging durch das Haus der Großmutter. Der Schlüssel hing noch am Haken hinter der Hundehütte, wo früher der Hund mit den zwei verschiedenfarbigen Augen lag. Sie war nicht allein, aber wer bei ihr war, vermochte sie nicht zu sagen. Der Wunsch, sich umzudrehen, beschlich sie, doch es gelang ihr nicht. Geradeaus den Gang entlang, auf das Jugendporträt des Urgroßvaters zu, durch die niedrige Küche mit dem Holzherd in das

33

Zimmer mit dem Sekretär. Aber wo sonst das Möbelstück stand, stieß sie im Halbdunkel auf eine Badewanne. Sie spürte eine Berührung. Ein junger Mann schob sich an ihr vorbei. Wächsern seine Haut im Zwielicht. Er stieg ins Bad. Sie wandte sich ab. An der Stelle des Klaviers stand jetzt ein Badeofen. Die Klappe offen, das Feuer heruntergebrannt, nur noch ein paar glimmende Kohlen warfen einen rötlichen Lichtschein ins Zimmer. Ein schwappendes Geräusch hinter ihr. Der junge Mann hatte sich unter Wasser gleiten lassen. Jetzt tauchte er prustend auf und sah sie an. Es war Anton, aber er war älter geworden: kleine Falten sichtbar auf der Stirn und von den Nasenflügeln abwärts. Sie freute sich. Es fühlte sich richtig an, hier mit ihm zu sein. Sie begann sich auszuziehen. Warum sie das Nachthemd ihrer Großmutter trug, wusste sie nicht. Sie hängte es an den Haken neben dem Badeofen, wo es tagsüber immer gehangen hatte. Anton war wieder untergetaucht. Sie berührte die Wasseroberfläche mit dem Fuß und schreckte zurück. Fast hätte sie sich am kochend heißen Wasser verbrüht. Der junge Mann kam wieder hoch, und ihr entfuhr ein kleiner Schrei. Nicht Anton, sondern Igor, massig, gealtert und behaart, tauchte da aus der trüben Brühe auf. Sie wickelte sich in ein Handtuch und wich zurück. Er richtete sich auf. Ein schwerer Riese, nach vorne gebeugt, um nicht an die niedrige Decke zu stoßen. Was war mit Anton geschehen und was wollte Igor von ihr? Sie zog sich zurück, bis hinter den Badeofen. Wasserlachen bildeten sich auf dem alten Holzboden, aber das kümmerte ihn nicht. Mit schweren Schritten kam er auf sie zu. Sein Mund öffnete sich …

«Mama! Ich hab schon dreimal gerufen!» Ihre Tochter musterte ärgerlich das Gesicht der Mutter, die das Foto auf der Website anstarrte. «Mama?! Was ist los – kennst du den?»

Maria, zurück aus dem Traum, musste sich fassen. «Nein, nein, hat mich nur an was erinnert.» Das Kind sah sie zweifelnd an. «Ich finde die Beinschoner nicht.» Erst jetzt nahm Maria den Gi

34

mit dem braunen Gurt wahr, in dem das Mädchen schon angezogen vor ihr stand. Natürlich, sie musste zum Karate. Sie würde sich verteidigen können in Situationen wie jenen, von denen ihre Mutter träumte. «Ich hab sie gewaschen, die liegen im Trockner.» Ihre Tochter rauschte ab. Maria atmete aus. Sie musste daran denken, wie sie Anton im Schulgarten kennengelernt hatte, gemütlich im Gras liegend. Da war nichts von der Bedrohung zu spüren gewesen, die im Traum von Igor ausgegangen war. Sie hatte das schon einmal geträumt. Auch am Tag. Das war vor vielen Jahren gewesen, als sie las, dass in Prypjat ein weiterer Reaktor nur knapp einem Meltdown entgangen war. Wie heute war sie an Lukusch und Igor erinnert worden, und plötzlich hatte ihr der Traum aus dem Haus der Großmutter vor Augen gestanden, wie heute beim Anblick Igors. Aber wie hatte sie damals schon sein Gesicht von heute sehen können? Genau dasselbe Gesicht, das heute im Hessischen Hof saß, war damals aus dem Bad gestiegen. Der dicke Körper hatte nasse Fußtapser auf den Holzdielen hinterlassen. Dabei hatte sie Igor heute auf dem Foto zum ersten Mal gesehen, seit die beiden Jungs '90 zurück nach Prypjat gegangen waren. Nein – man sollte dem Übernatürlichen nie zu viel Raum im Leben geben …

EXT – SCHULGARTEN (1987) – TAG
MARIA WEHNER (14) manövriert eine Schubkarre mühsam durch das Gartentor des Schulgartens. Im Hintergrund ist die Schule mit den großen Kippfenstern zu sehen. Schüler schauen gelangweilt nach draußen, manche lachen sie aus. Maria lässt sich nicht beirren. Die Werkzeuge in der Schubkarre klappern auf dem Weg durch den Garten zu einem großen Beet in einer abgeschiedenen Ecke. Hohe Büsche verdecken die Sicht vom Schulgebäude

auf den hinteren Teil des Gartens. Maria setzt sich die Kopfhörer auf die Ohren, schaltet den Walkman an und beginnt, das Beet zu jäten. Ein Lehrer kommt und tippt ihr auf die Schulter.

> MARIA
> (laut)
> Was?!

Sie schaut fragend.

> HERR SCHOMBERT
> Kannst du die mal absetzen?
> (Er deutet auf seine
> Ohren, sie nimmt die
> Kopfhörer ab)
> Jetzt ist es 15:15, also du machst
> zwei Stunden, bis 16:45. Und räum
> die Werkzeuge wieder zurück in den
> Keller. Die Frau Schmid kommt am
> Ende. Wenn du dich unerlaubt
> entfernst, gibt es noch mal
> Nachsitzen obendrauf.

Maria reagiert nicht. Er deutet auf das Beet.

> HERR SCHOMBERT
> Dieses und das da hinten solltest
> du in der Zeit schon hinkriegen,
> ja?

Er nickt, wartet auf ein Zeichen ihrer Zustimmung, aber nichts kommt.

> HERR SCHOMBERT
> Also, frohes Schaffen.

Sie beginnt wortlos zu jäten. Er dreht sich um und geht, nicht ohne dabei einen prüfenden Blick auf die anderen Anpflanzungen zu werfen. Maria arbeitet sehr gemächlich. Sie hat sich etwas zu trinken mitgebracht und macht eine Pause, sobald Schombert weg ist. Ihr Blick wandert über die Schule, die Straße, den Garten und bleibt an einem Farbtupfer hängen. Durch einen der Büsche schimmert es hellblau im grünen Rasen. Sie schaut sich um und geht etwas näher hin. Da liegt jemand. Sie hat den Jungen schon gesehen. Er gehört zu den verstrahlten Ukrainern, die an die Schule gekommen sind. ANTON liegt mit geschlossenen Augen im Gras. Maria kann nicht anders, als ihn weiter anzusehen. Er scheint völlig in der Natur aufzugehen. Die Hände greifen ins Gras, der Kopf ist zur Seite geneigt, um die Halme am Gesicht zu spüren. Er atmet tief, aber er schläft nicht. Sie dreht sich um und beginnt mit ihrer Arbeit. Irgendwo piepst es. Anton erscheint hinter ihr und schaut ihr zu. Sie dreht sich um und mustert ihn kurz. Er kommt und kniet sich neben sie. Seine Bewegungen sind ganz fließend und schnell. Er hat das schon oft gemacht. Maria muss grinsen über den kleinen Profigärtner. Anton sticht eine Pflanze mit Wurzel und grünen, dreispitzigen Blättern aus der Erde und hält sie ihr hin. Sie bemerkt ihn erst mal nicht, und er muss sie leicht stupsen, um ihre Aufmerksamkeit zu kriegen. Sie schaltet die Musik aus. Er streckt ihr die Pflanze entgegen. Sie schaut ihn fragend an. Er nickt und ermuntert sie, sie zu nehmen. Sie nimmt sie und riecht daran.

> MARIA
> Was ist das?

> ANTON
> (lächelt)
> Baumwolle.

> MARIA
> Was?!

> ANTON
> Baumwolle.

Er deutet auf ihren Pullover.

> ANTON
> Baumwolle.

37

                    MARIA
                 (verwirrt)
          Ah.

Anton jätet weiter. Sie macht wieder eine Pause
und schaut ihm beim Arbeiten zu, ganz zufrieden
darüber, dass sie nicht muss. Eine Weile geht
das so, sie kaut an einem Halm herum. Sie will
die Musik wieder anschalten, aber dann kommt ihr
ein Gedanke. Sie tippt Anton an und hält ihm den
Kopfhörer hin. Er lächelt nicht, schaut nur
einen Moment und setzt ihn sich dann auf.
Er lauscht und beginnt langsam zur Musik zu
wippen. Maria grinst ihn an. Sie machen nebeneinander weiter, nah, damit sie beide hören
können. Nach einer langen Weile klingelt es.
Anton holt einen Wecker aus der Tasche und
schaut drauf. Er wischt sich die dreckigen Hände
am Gras ab und steht auf.

                    MARIA
          Musst du los?

Er nickt.

                    ANTON
          Igor.

Sie schaut verständnislos.

                    MARIA
          Danke.

                    ANTON
          Ich bin Anton.

                    MARIA
          Maria.

Er nickt, dreht sich um und geht ruhig in Richtung Schule davon.

                    ◄►

38

Maria hat mir am Telefon die Geschichte von ihrem ersten Treffen mit Anton erzählt. Ich musste sie erst gar nicht auf die Idee bringen, mit mir zu Igor nach Frankfurt zu fahren. Sie kam ganz von selbst zu dem Entschluss. Wir wollen am Nachmittag los, aber Maria muss das erst mit Jürgen, ihrem Mann, regeln.

Sie ist es auch, die mich darauf gebracht hat, davor noch auf dem Schwalbenhof zu forschen. Dort lebten meine Brüder, meine Eltern und ich damals, als Anton und Igor im Sommer '87 aus Prypjat zu uns kamen.

Der Hof hat sich kaum verändert. Zwei mächtige Windräder werfen neuerdings ihre Schatten rhythmisch über die Dächer. Wer die wohl genehmigt hat, so nah an bewohntem Gebiet? Sie staken dürr in den weiten Himmel über der Hochebene, getrieben vom Wind, der über die riesigen, flurbereinigten Felder des Ochsenfurter Gaus fegt. Ich biege vor dem Vierkanthof rechts von der Straße ab und parke hinter der großen Scheune. Das Dach wurde geflickt und die obersten Ziegel des welligen Giebels mit Zement fixiert. Aber die Rückwand der Scheune sieht noch aus wie zu meiner Zeit: zahllose Löcher im Lehm, in denen die Schwalben nisten, die dem Hof seinen Namen gegeben haben. Nur eine kleine, klapprige Tür führt ins Innere des großen Gehöfts. Wie oft habe ich die Tür an dem Plastikbändel, der den Riegel vor- und zurückschob, geöffnet. Als meine Eltern nach Würzburg zogen, suchten sie nach einem kindergerechten Ort auf dem Land und fanden durch Zufall die neu ausgebaute Wohnung im Gesindehaus des Schwalbenhofs. Über vierzig Jahre waren sie dort Mieter. Heute wohnen sie in Ückershausen in ihrem eigenen kleinen Haus, direkt neben mir.

Bevor ich Siegwart sehe, kommt sein Deutsch Kurzhaar auf mich zugestürmt. Der Jagdhund bellt und schlabbert gleich danach meine Hände ab. Siegwart grinst. Ich wische den Speichel an der

39

Hose ab und schüttle ihm die Hand. Er ist schwerer geworden, der Bauch verdeckt mittlerweile die Gürtelschnalle. Er trägt eine grüne Jägerhose und eine Strickjacke über dem grünen Hemd. Es ist Sonntag, da bleiben die Arbeitskleider im Schrank. Er mustert mich schalkhaft durch die Schlitze zwischen Brauen und dicken, geröteten Backen. Siegwart hat den Hof mit sechzehn Jahren von seinem Vater übernommen, mit Schulden und einer Menge Investitionsbedarf. Dreißig Jahre hat es ihn gekostet die Schulden abzuzahlen, aber bitter hat es ihn nicht gemacht, nur etwas einsilbig.

«Und?»

«Gut. Und selbst?»

Er nickt nur.

Mittlerweile hat sich noch ein langer Drahthaardackel zu uns gesellt.

Auf dem Resopaltisch in der Küche steht schon eine Kiste für mich. Aber bevor ich hineinschauen kann, stellt Siegwart sie auf die Anrichte und schenkt uns Kaffee ein. Ich setze mich. Es riecht streng nach gekochtem Wild und Bier. Durch die offenen Türen kann ich in den Garten sehen. Bettwäsche flattert im Wind. Die Scheiben des Gewächshauses fehlen und hohe Dornenstauden wachsen wild durch das Metallgerippe.

«Keine Orchideen mehr?»

Siegwart schüttelt den Kopf und winkt schnaubend ab.

«Ha! *Des kannste vergess...* das war so aufwendig! Ich mach hundertzwanzig Hektar allein, ich hab keinen Geldscheißer für so was.»

Der Dackel springt an mir hoch und legt den Kopf auf meine Knie. Siegwart folgt meinem Blick. Das helle Licht von draußen wird immer wieder vom Schatten der Windräder unterbrochen. Sie geben unserem Gespräch einen seltsam ruhelosen Takt.

«Der Anton war schon *subber* mit den *Orrrchiteen*, aber der hat Zeit gehabt – Zeit ohne Ende. *Des* hab ich doch *ned*!»

40

«Klar», sage ich versöhnlich.

«Der Anton ist jetzt auch in Frankfurt, oder?»

«Glaub nicht, hab nur Igor gesehen, im Fernsehen.»

«Der *Verregger.*»

Ich nicke, weiß aber nicht genau, worauf Siegwart anspielt.

«*Weißt nimmer?* Der hat mir fast die große Scheune *abgefaggelt.*»

Ich schaue erstaunt.

«Das weißt du nicht?! Geraucht hat er, mit dem Doll! Weißt – der Rene, der, wo später von deinem Vater das Geld geliehen hat?»

Ja, Rene Doll ist mir noch gut in Erinnerung. Er hat uns regelmäßig mit seiner Bande aufgelauert und uns verprügelt – bis Anton und Igor kamen. Igor war stärker und viel brutaler. Das hat Rene Eindruck gemacht und sie wurden Freunde – jedenfalls solange Anton und Igor bei uns wohnten, danach war alles wieder beim Alten. Obwohl Rene uns vertrimmte, hat meine Mutter ihn mehrmals, gegen unseren Willen, zum Kindergeburtstag eingeladen. Das hat ihn tatsächlich eine Zeit lang verwirrt und besänftigt, aber nach ein paar Monaten ging die Schlägerei wieder los. Wir machten große Umwege um das Dorf, um ihm und seiner Gang zu entkommen. Zu Hause wurde er aufs Gröbste von seinem Vater vermöbelt – so hatte die Hackordnung eine gewisse tragische Logik. Umso erstaunlicher war es, dass Rene Doll später aus dem Nichts bei meinem Vater aufkreuzte und fragte, ob er ihm Geld leihen könnte. Wofür, wusste niemand, aber mein Vater hat ihm tatsächlich einiges geliehen, und einen Teil davon hat Rene auch zurückgezahlt.

Auf diese Geschichte bezieht sich Siegwart. Die Freundschaft zwischen Rene und Igor war für alle ein Problem. Für Lukusch, weil er sich nicht von Igor entfernen konnte und ständig mit den beiden umherziehen und sich piesacken lassen musste, für meine Eltern, die Renes radikale Ader kannten und die Verantwortung für Igor und Anton trugen, und nicht zuletzt für Wehner, der sich mit Igor und Rene auseinandersetzen musste, wenn er Anton zu Schachevents mitnahm. Nicht nur einmal haben Igor und Rene ehrwürdige fränkische Schachklubs ins Chaos gestürzt, und Wehner konnte die Wogen nur glätten, weil alle Anton beim Spielen sehen wollten und wussten, dass man Anton nur mit Igor und Igor nur mit Rene bekam.

Siegwart hat sich einen Obstler in den Kaffee gekippt und holt jetzt die Kiste zum Tisch: «Das ist alles von den Zweien, was ich noch hab. Den Rest haben wir weggeschmissen.» Ich stöbere schnell durch die Sachen. Man hat für den Umzug gepackt: unten die schweren Sachen, Bücher und Videokassetten, oben Kleider und ein Packen Briefe an meine Eltern. Die Bücher sind wahrscheinlich von meiner Mutter. *Tristram Shandy* in Originalausgabe, Kurzgeschichten von John Cheever, *Aufzeichnungen eines Jägers* von Turgenew und einiges mehr. Die Videokassetten stammen von meinem Vater, der oft Fernsehsendungen aufgenommen hat, alle minutiös beschriftet: *Rainman*, *Hospital* von Wiseman, *Shoah* von Lanzmann, *Tootsie*, *Einer flog übers Kuckucksnest*, aber auch *Steffi's 50ster* und *Dänemark 1981*. Auch ein paar Aufnahmen, die ihn für seine Arbeit in der Neurologie interessierten, und Selbstgedrehtes. Eine Ausgabe der Zeitschrift *Parapsychologie* vom Februar 1987 liegt noch unter den Kleidern, die alle von meinen Eltern stammen müssen. Ich sehe Siegwart fragend an, der schon den zweiten Kaffeeschnaps trinkt. Ist das alles?!

Schadenfreude war früher schon Siegwarts größtes Vergnügen. Wenn jemand in hohem Bogen vom Pferd fiel oder sich den Kopf an den niedrigen Türen im Haus stieß, lachte er so ausgelassen wie sonst selten. Auch jetzt grinst er zufrieden über meine Enttäuschung und hat plötzlich eine weitere Videokassette in der Hand. Er schiebt sie mir wie eine Drogenlieferung über den Tisch.

«Anton beim Schachspiel '90.»

«'90?! Von meinem Vater gedreht?»

Siegwart nickt: «Japan! Man hört ihn reden. Hab aber nur den Anfang geschaut. Weil ich Schiss hatte. Die *Gassedde* ist so alt, vielleicht kann man die nur einmal schauen. Das war, wie er gegen den Supercomputer angetreten ist.» Draußen hört man die Schwalben pfeifen. Die Kassette ist verstaubt, die Beschriftung schnell gekritzelt – ganz untypisch. Ich muss mich anstrengen, um sie zu entziffern: *Anton & NEC SX-3/44R '90, Anton und HK 1987.*

«Komm, ich hab extra den VHS-Player aus dem Keller geholt.»

Das Sofa vor dem Fernseher ist voller Hundehaare. Eine Flinte mit Munition liegt auf dem Sessel daneben. Ich hole mein Handy heraus, um den Film mitzuschneiden, falls die Kassette tatsächlich beim Abspielen kaputtgeht. Der Dackel springt hoch und setzt sich neben mich. Siegwart räumt den Sessel frei, setzt sich schwerfällig und zündet sich eine Zigarette an.

«Wenn der Igor jetzt in Frankfurt ist, muss doch der Anton auch mit dabei sein.»

«Ja, deswegen bin ich ja überhaupt hellhörig geworden. Ich hab ihn nirgends gesehen.»

Vor dem Film hat mein Vater einen Farbbalken mit Piepston aufgenommen. So rauschend, wie das Bild ist, hat er diese Kassette aus mehreren anderen zusammenkopiert. Die Perspektive der Kamera ist seltsam. Er sitzt in einem länglichen Raum, weit hinter ein paar Leuten, die Kamera nach vorne gerichtet, auf einen kleinen Tisch mit einem Monitor und einem Schachbrett, an dem Anton sitzt. In der linken Bildhälfte sind die großen Rechnerschränke zu sehen, in denen der NE CSX-3 läuft, der damals schnellste Rechner der Welt. Vorne stehen Kameras des japanischen Fernsehsenders ASAHI. Man hat sogar eine Kamera an eine Traverse im Raum gehängt, um das Schachbrett senkrecht von oben drehen zu können. Neben Anton, den Blick auf den Monitor gerichtet, sitzt ein Wissenschaftler, der Antons Schachzüge in den Rechner eingeben wird. Der Leiter der Veranstaltung spricht auf Japanisch. Anton wird begrüßt, steht folgsam auf und verbeugt sich kurz. Die wenigen Zuschauer klatschen. Während der Mann weiterspricht, wandert Antons Blick im Raum nach hinten, direkt in die Kamera. Er schaut meinen Vater an. Einen Moment hält er den Blick, dann stellt sich jemand vor die Kamera. Es wird etwas auf Japanisch gesagt und das Bild bricht ab. Mein Vater hat die Kamera abgeschaltet. Weißes Rauschen.

Siegwart raucht ruhig weiter.
«Aber lebendig muss er noch sein, sonst wär der Igor auch *dod.*» Er lacht und hat völlig recht. Wenn sich nicht irgendeine parapsychologische Variable geändert hat und Igor sich Antons entledigen konnte. Aber das sage ich nicht. Siegwart hat die seltsame Verbindung zwischen den Jungs immer schon mit der Ironie des Skeptikers begleitet. Wie viele Menschen, mit denen ich auf dem Land gelebt habe, ist er sich bewusst, dass eine gewisse Demut gegenüber den Geheimnissen der Natur angebracht ist. Man muss nicht alles verstehen, aber glauben muss man es deshalb trotzdem nicht. Offen infrage gestellt hat er die parapsychologische Verbindung von Anton und Igor, meinem Vater zuliebe, nie. Er weiß, wie sehr mein Vater darunter leidet, dass er diesen spektakulären Beweis nie hat zu Ende führen können.

Das Bild kommt verzerrt wieder, muss sich erst mal aus dem Signalchaos herstellen. Die Kamera ist jetzt zwischen den Leuten hindurch auf einen Monitor gerichtet, auf dem das Schachspiel für die Zuschauer im Raum gezeigt wird. Mein Vater flüstert leise mit. Er filmt heimlich. «Der Läufer ist nicht gedeckt – hm.»

Eine Frau vor ihm dreht sich missbilligend um. Er schweigt. Der Computer zieht den ungedeckten Läufer von e2 zurück nach g4. Anton schlägt den Bauern des NEC auf d5. Der schwarze Springer ist bedroht und wird in Sicherheit gebracht – Anton zieht seinen Läufer nach e5 und hat sich eine sehr gute Position herausgearbeitet. Mein Vater macht ein schnaufendes Geräusch hinter der Kamera und schwenkt rüber auf Anton. Der schaut in diesem Moment wieder in die Kamera. Er sollte zufrieden sein, aber es kommt mir vor, als läge ein stiller Hilferuf in diesem Blick.

Er weiß nicht, wohin. Er spielt sein Spiel. Er gewinnt – aber was und wofür?

Weiter vorne hat jemand Antons Blick bemerkt und dreht sich zu meinem Vater um. Es ist Hoffmann, der Betreuer, den die belgischen Firma SBI (Strategic Business Investors) engagiert hatte, in der Anton seit Mitte 1988 als «Strategischer Berater» beschäftigt wurde. Anton und Igor waren mit Hoffmann und einigen anderen Bediensteten vollkommen abgeschirmt auf einem Schloss namens Henningsburg im Siegerland untergebracht worden. Man hatte einen jungen, energetischen Lehrer gesucht, der exklusiv, 24/7, für die beiden Jungs verfügbar sein würde, und fand Matthias Hoffmann. Allerdings wandelte sich seine Aufgabe wohl bald vom Betreuer und Lehrer zum Bewacher des wertvollen Jungtalents.

Neben Hoffmann kann ich jetzt auch Victoria von Weidburg erkennen, die Chefin der NGO Shelta, die Anton, Igor und die anderen '87 nach Deutschland brachte. Es wundert mich, dass auch sie den weiten Weg nach Japan gemacht hat, um Anton spielen zu sehen. Sie hatte zu dieser Zeit schon lange keinen Anlass mehr gehabt, ihn als Maskottchen für ihre Hilfsorganisation einzusetzen. Wie immer bei wichtigen Anlässen trägt sie Korallenschmuck und ein Kleid im charakteristischen Rot des

Logos ihrer Organisation. Die Haare hat sie im Stil der Hollywood-Diven der Vierzigerjahre gewellt, und wenn ich es richtig sehe, baumelt von ihrem Handgelenk die kleine Kamera, mit der sie schon damals Fotos von sich mit allerlei Berühmtheiten machte. Vom Präsidenten bis zur Putzhilfe hat sich Weidburg perfekt mit jedem und jeder verständigen können, immer eine unterhaltsame Geschichte zum Besten gebend, die keine wirkliche Beziehung herstellte, sondern einfach das Gefühl zwanglosen Beisammenseins. Die Selfies waren Teil dieser Charmeoffensiven, und es ist ihr auch dank dieses Talents gelungen, die NGO in kurzer Zeit weltweit bekannt zu machen. Nur die Kinder, für die sie sich mit Shelta einsetzte, brachten sie regelmäßig aus der Fassung.

Links neben Hoffmann und Weidburg sitzt eine massige Gestalt, den Kopf regungslos nach vorne geneigt. Das muss Igor sein. Wahrscheinlich hat er sich, wie immer, seinen Nintendo mitgebracht, die kleine Spielkonsole, mit der er sich bei den langweiligen Auftritten seiner berühmten zweiten Hälfte die Zeit vertrieb. Hoffmann und Weidburg tuscheln vorne. Hoffmann winkt einem Mitarbeiter des Veranstalters. Der Mitarbeiter kommt auf meinen Vater zu. Die Kamera schwenkt nach unten und wird ausgeschaltet.

Als Nächstes hat mein Vater die offizielle Übertragung des Spiels aus dem Bayerischen Rundfunk angehängt. Der BR hat die Aufzeichnung der Japaner übernommen, aber mit einem Kommentar zweier Schachprofis.

Kommentator 1: «Der junge Ukrainer hat die Flügeloffensive des NEC-SX3 jetzt erfolgreich durch den Gegenschlag im Zentrum erwidert. Natürlich mit dem …»

Kommentator 2 (lacht): «Bauern.»

Kommentator 1: «Genau, das ist sein Spiel. Es bleibt abzuwarten, welche Antwort der Supercomputer findet, um einem erfolgreichen Königsangriff zuvorzukommen. Die Rechenzeit des

Computers hat sich seit den ersten Zügen bereits vervierfacht, während Anton Lukusch konstant innerhalb von dreißig bis fünfzig Sekunden zieht. Was wird der Rechner tun, Stefan?»

Kommentator 2: «Apropos Bauer. Der Junge kommt ja vom Bauernhof und sein Spiel erinnert mich an einen Satz aus Kmochs *Die Kunst der Bauernführung*. Darin stellt er ganz lapidar zu dieser Art der Spielphilosophie fest: ‹Der Hebelangriff auf die gegnerische Bauernkette mit einem eigenen Bauern – zur rechten Zeit – erlaubt uns, Linien für die Figuren zu öffnen sowie starke gegnerische Bauern zu schwächen oder sie ganz zu beseitigen.› Der Junge hat diese Bücher nie gelesen, aber er spielt ganz hervorragend eine dynamische Variante dieses Prinzips. Der NEC dagegen ist mit all diesen Taktiken und Hunderttausenden von Spielen gefüttert worden, sodass man denken sollte, er könne damit umgehen, aber er gerät zunehmend in die Defensive.»

Kommentator 1: «Warum der Lukusch noch immer in den Vierzigern der Weltrangliste rangiert, ist unbegreiflich, wenn man ihn so spielen sieht.»

Kommentator 2: «Absolut. Na ja – ich wollte ja nicht so viel über seine sonstigen Tätigkeiten reden, aber to make a long story short, er hat in den letzten Monaten nur EIN großes Turnier in Aarhus mitgespielt, weil er bei SBI beschäftigt war, und sonst nicht mehr …»

Kommentator 1 (unterbricht): «Ah, Stefan, der Computer hat sich tatsächlich für den Springer entschieden …»

Ich spule vor. Anton hat dieses Spiel verloren, daran erinnere ich mich. Warum eigentlich? Es war seine einzige Niederlage, nach der Anfangsphase, in der er von Wehner lernte. Vier Großmeister spielten ein Remis gegen ihn heraus. Warum hat er gegen den NEC verloren? Ich stelle mir diese Frage zum ersten Mal. Damals lebte Anton schon lange nicht mehr bei uns, und wir Kinder interessierten uns kaum für seinen weiteren Weg. Nur meine

Eltern diskutierten oft über ihn und die Art, wie er behandelt wurde.

Nach einer Stunde und zwölf Minuten häufen sich die Großaufnahmen von Anton. Um das Spiel zu dramatisieren, zeigt ASAHI sogar immer wieder die blinkenden Lichter aus dem Inneren des Rechners.

Kommentator 1: «Das sah erst mal gut aus, dieser Platzwechsel der Dame nach e5, aber in der Folge hat der NEC Schach geboten, die Damen sind aus dem Spiel. Und Lukusch hat einen Bauern weniger. Das wird sehr schwer für ihn werden, wenn der NEC nicht noch unerwartet einen Fehler macht.»

Kommentator 2: «Ja, Ole, der Zug sah erst mal nicht so schlecht aus. Die Dame aus der Bedrohung genommen – aber auf den zweiten Blick ein Fehler.»

Ich spule noch mal die letzten Minuten zurück und schaue sie mir ohne Ton an. Antons Ausdruck hat sich geändert. Er schaut zweimal in den Raum, einmal, nach der Richtung zu urteilen, zu meinem Vater, aber dann nach vorne, dorthin, wo Hoffmann und Igor sitzen müssen. In der Folge ändert er die Sitzhaltung und irgendwie wirkt er – entspannt. Dabei ist er gerade am Verlieren. Oder verliert er, weil er sich entspannt hat.

Siegwart hat jetzt den Dackel auf dem Schoß und krault ihn am Bauch. Ich lehne mich zurück, während das Video weiterläuft, und sehe ihn an.

«Das war der Fehler?»

«Ja.»

«Da hat er *ned* aufgepasst.»

«Ich weiß nicht.»

«Meinst nicht?»

Plötzlich fällt mir Siegwarts Satz ein: «Der hat Zeit gehabt – Zeit ohne Ende.» Ich spule noch mal zurück. Bevor er die Dame zieht, nimmt er sich ganze drei Minuten Bedenkzeit und dann macht er den Fehler. Auch das kann ein Zufall sein, oder Zeichen seiner Verunsicherung, aber mein Eindruck ist, der Anton, der damals in Japan spielte, hat etwas zurückgewonnen: Zeit. Es kann sogar sein, dass er die Partie auf Anweisung von Hoffmann oder Igor oder der Firma SBI verlor, aber auch das wäre in Wahrheit Ausdruck seiner Befreiung. Dabei wirkt er am Anfang der Partie so verloren. Hat er sich tatsächlich in dieser einen Stunde ganz geräuschlos und unbemerkt in eine Situation gespielt, in der er seine Freiheit durch die Zerstörung seines Ruhms und seiner Verpflichtungen wiedergewann? Es wäre ihm absolut zuzutrauen, dass er das absichtlich tat. Es ist aber auch möglich, dass es, wie so vieles im Leben des Anton L., mit ihm geschah.

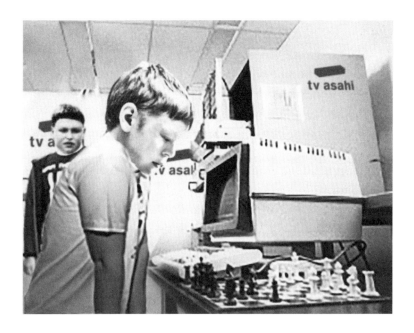

«Wie geht's deinen Eltern?»

«Gut. – Also okay. Sie machen Spaziergänge und sehen immer noch viele Leute. Meinem Vater fehlt die Klinik, meine Mutter läuft nicht mehr so gut.»

Siegwart starrt nachdenklich über den Parkplatz hinweg auf die abgeernteten Stoppelfelder, die sich nach Süden bis zum Wald erstrecken, der nur noch als dunkles Band die riesige gelbe Fläche begrenzt. Ich packe die Kiste ins Auto.

«Grüße.»

«Mach ich.»

«Max aus, Platz!»

Der Dackel hat mich wieder angesprungen. Der große Schatten des Windrads huscht wie ein riesiges Metronom über uns hinweg.

«Machst du mal wieder einen Film?»

«Ich schreibe an einem.»

«Über den Anton.»

«Ja – auch – vielleicht.»

«Den Letzten hab ich gesehen. In Ochsenfurt, im Casablanca.»

Er sagt nicht, ob er ihm gefallen hat. Wir schauen auf den riesigen Berg Weizen in seiner Scheune, der darauf wartet, abtransportiert zu werden. Die Schwalben machen Sturzflüge über unsere Köpfe hinweg.

«Über den kann man schon einen Film machen.»

Ich warte ab, was er noch sagen wird.

«Auf ARTE kam mal eine Doku, die sie mit den Ukrainern zusammen gemacht haben, ein oder zwei Jahre später. Da war er ganz gut dargestellt, und man hat auch viel von der Stadt da bei dem Reaktor gesehen, wo er in der Nähe gelebt hat, mit seiner Oma. Das waren die, die auch gefilmt haben, wie er von der Oma von der Henningsburg abgeholt worden ist – und der Jochen Wehner ist auch kurz vorgekommen.»

Ob Siegwart mir das die ganze Zeit schon erzählen wollte,

weiß ich nicht. Aber er wartet nicht, ob ich etwas dazu sagen werde.

«Aber weißt du was?» Die rhetorische Pause ist lang, er schaut mich herausfordernd an. «Der Igor kommt da gar nicht vor und das hat mich total gewundert, weil – der war ja immer dabei, IMMER, und *des* wäre ja schon eine Geschichte gewesen, dass die *ned* auseinander können. Aber die haben nur *des* mit dem Schach und so weiter erzählt.»

Es ist Wind aufgekommen, der uns den Staub des riesigen Schotterplatzes ins Gesicht weht. Da kann man nur die Augen zusammenkneifen, wie Siegwart das jetzt immer macht. Ich bin schon ins Auto gestiegen und habe das Fenster heruntergelassen, da spricht er das aus, was mir die ganze Zeit durch den Kopf geht:

«Es ist schon bissl komisch, dass damals der eine gar nicht vorkommt und heute der andere.»

«Genau. – Danke für die Sachen.»

Er klopft mit der Hand aufs Dach, als Abschied. Leicht vornübergebeugt, wie er dieser Tage ist, kann ich ihn im Rückspiegel zu dem Berg Weizen gehen sehen. Er nimmt eine Handvoll und riecht daran, mit der anderen hält er Max zurück, der daran schnuppern will.

Stimmt meine Hypothese, hat Anton bewusst oder unbewusst dafür gesorgt, dass sein Aufstieg ein Ende hatte. Fest steht, er wurde kurz nach dem Spiel in Japan von seiner Großmutter abgeholt, gegen den Willen der Mutter, die aber nicht stark genug war, um zu widersprechen, nicht mal die Shevchuks konnten sie aufhalten. Igor ist natürlich mit ihnen abgereist. Er war dick geworden, vom guten Essen in der Henningsburg und dem vielen Herumsitzen. Außer der ARTE-Doku, die ich bereits bestellt habe, gibt es keine Berichte von einem der beiden, bis vor etwa zehn Monaten die ersten Schachzeitschriften von Nazarenko berichtet haben. Angeblich hat er in einem Klub außerhalb von Minsk gelernt, aber der Name des Klubs ist nirgends gelistet und von den Nazarenkos – früher Shevchuks – weiß man nur, dass sie Kieswerke besitzen, unter anderem ganz am Rand der Sperrzone Tschernobyls in der Ukraine. Ihre erste Kiesgrube war nur wenige Kilometer neben dem Reaktor, nicht weit vom Hof der Lukuschs.

Während ich über die Schnellstraßen des Ochsenfurter Gaus zur Autobahn fahre, bildet sich hinter mir eine Schlange. Es wird gehupt und aufgeblendet, aber das ist mir egal. Ich kann beim Denken nicht schneller fahren und außerdem diktiere ich parallel meine Fragen in mein Telefon, und – für mich, als Teil einer vordigitalen Generation immer noch unbegreiflich – das Telefon schreibt mit:

«Warum ließ die SBI Anton 1990 gegen den Supercomputer spielen – welches Interesse hatten sie an Öffentlichkeit für Anton?»

«Wie viel Einfluss übten zu diesem Zeitpunkt die NGO Shelta und deren Vorsitzende Weidburg noch aus?»

«Und: Welche Rolle spielten damals Lukuschs Mutter Katerina, seine Großmutter Valja und die Shevchuks?»

Beim nächsten Feldweg biege ich rechts ein. Nicht wegen der aufgebrachten Leute, die mir jetzt im Vorbeifahren den Vogel zeigen, sondern weil mir das Paket Briefe in der Kiste eingefallen ist. Zuoberst war ein Schreiben eines Kollegen an meinen Vater, deshalb interessierte es mich nicht weiter. Aber ich weiß, dass es Briefe von Mutter und Großmutter an Anton gab. Vielleicht habe ich «Gluck», wie Igor sagen würde.

Was die beiden Frauen Anton damals schrieben, weiß ich nicht. Die Blätter sind verschwunden. Aber tatsächlich finden sich zwischen den Briefen an meine Eltern zwei Umschläge der Lukuschs mit beigelegten Fotos. Auf dem einen Kuvert kann man die Schrift der alten Valja in der gefassten Form der alten sowjetischen Schule erkennen. Katerina Lukuschs Schrift auf dem zweiten wirkt kindlicher und einfacher, wie aus einem Poesiealbum. Antons Großmutter hat zwei Bilder beigelegt. Eines zeigt Anton, an einem sonnigen Abend, an einen Zaun gelehnt, das andere ihr einfaches Blockhaus in Kopatschi.

Eine ganze Weile betrachte ich nur das Bild Antons. Es muss vor dem GAU aufgenommen worden sein. Damals hatte er noch keine hellblauen Nike Airs.

You say you want a revolution
Well, you know
We all want to change the world
You tell me that it's evolution
Well, you know
We all want to change the world

Dieser Anton will nirgendwo hin. Er hat sich im Krankenhaus in Lennons Lied wiedergefunden, weil es der Revolution eine Absage erteilt. Alle wollen mal die Welt verändern – na und! Für ihn kam es anders: Erst änderte sich seine Welt, dann änderte er sie. Was dann geschah, versuche ich herauszufinden.

Vielleicht wollte Valja ihn mit den Bildern daran erinnern, wo er herkam und wie es war, als er dort lebte. Vielleicht wollte sie ihn sich seiner selbst versichern, in all dem Trubel, mit all den wechselnden Orten und Menschen, mit denen er es zu tun bekam. Vielleicht wollte sie ihn daran erinnern, dass es ein Zuhause gab, zu dem er zurückkehren konnte, wenn er nicht mehr konnte oder der Spuk irgendwann vorüber sein würde. Wann die Briefe Anton erreichten, weiß ich nicht, aber er mag an sie gedacht haben, als er in Japan beschloss, gegen den NEC zu verlieren.

Der zweite Brief von Katerina Lukusch enthält ein Bild von ihr, im Kleid, bei einem eleganten Anlass, mit Igors Bruder Misha. Sie dachte wohl, Anton würde sich freuen über ein Bild der Mutter in ihrem mondänen neuen Leben. An Antons Stelle hätte ich zuallererst Misha gesehen, den Mann, mit dem die Mutter jetzt ihre Zeit verbrachte, statt mit dem Sohn – auf dem Platz seines abwesenden Vaters.

Ich habe Anton weinen sehen nach einem Telefonat mit seiner Mutter. Katerina Lukusch redete minutenlang auf Anton ein. Ab und an nickte er oder antwortete einsilbig. Manchmal lächelte er leicht, doch nachdem er aufgelegt hatte, liefen ihm Tränen über die Wangen. Er muss gespürt haben, wie sich ihr, mit seiner Abwesenheit und seinem Ruhm, zum ersten Mal die Chance bot, den kleinen Ort im Nirgendwo zu verlassen, an den sie durch Anton gefesselt gewesen war. Alles, was er ehrlich von sich zu berichten gehabt hätte, wäre nur störend in ihrem Überschwang gewesen. Er freute sich für sie. Wie seine Schachfiguren ließ er sich von einem Feld ins nächste schieben, ins Licht, in den Schatten und wieder ins Licht. Aus der Küche konnte ich ihn zusammengesunken im Wohnzimmer sitzen sehen. Eine Weile rührte er sich nicht, dann stand er in Gedanken auf und wischte sich die Tränen erst aus dem Gesicht, als er die Tür zum Hof öffnete, um nach dem Hund zu rufen.

Ich wohne neben meinen Eltern an einer kleinen Straße, die in die Felder führt. Vom Ortskern herkommend biegt man am Kriegerdenkmal für die Gefallenen des Ersten Weltkrieges links von der Hauptstraße ab. Die Straße macht am Denkmal eine steile Rechtskurve, was dazu geführt hat, dass schon etliche Betrunkene geradeaus durch die Buchsbaumhecken in das Bauwerk aus rotem Sandstein gerauscht sind. Zwei junge Männer sind dabei gestorben. Sie haben sich zu den Toten gesellt, die teils im gleichen Alter in den

Ardennen fielen. So mancher Gefallene ist nicht mehr recht leserlich, und die hohe Sandsteinstele mit dem Torso des traurigen Soldaten mit Topfhelm und Schwert steht nicht mehr ganz gerade. Ein-, zweimal hat man sie wieder ins Lot gebracht und neu einzementiert, aber irgendwann begnügte man sich damit, sie mehr schlecht als recht aufzurichten, bis der Nächste die Kurve verfehlte.

Auch in Tschernobyl steht ein Denkmal für die Menschen, die beim Einsatz nach dem Reaktorunglück ums Leben kamen. Zwei Hände aus Beton, die den abstrahierten Reaktorblock tragen, und darüber im schwarzen Stein eine Glocke. Zuunterst hat man einen flachen, runden Sockel gebaut, gepflastert, wie die Mitte eines Kreisverkehrs und darauf die klassische Basis aus schwarzem Marmor mit den eingravierten Namen der Helden. An die zahllosen Strahlengeschädigten der Zivilbevölkerung wird nicht erinnert. Zu viele Namen, zu schwer die Last. Wie in Saigon oder Sarajevo muss man auf die Friedhöfe gehen, um die endlosen Reihen an Kreuzen zu sehen, die vom Leid dieser Jahre erzählen.

Als ich auf den kleinen Platz vor dem Haus einbiege, kommt mein Vater vom Garten her zu mir herüber. Er nimmt es als gelegene Ausrede, um eine Pause vom Jäten des Gemüsebeets zu machen. Im Garten führt meine Mutter ein unangefochtenes Regiment. Sie kontrolliert meinen Vater wie einen treuen, aber unbegabten Angestellten.

«Hier bist du aber noch nicht weit gekommen, Burkhard!», höre ich sie ihm hinterherrufen.

Er hat mir die Fotos gleich mit den schmutzigen Gartenhandschuhen abnehmen wollen, aber ich halte sie lieber selbst und berichte von Igors Auftritt in Frankfurt, von meinem Besuch bei Siegwart, von der Kiste mit den Briefen und dem Video aus Japan.

Er lächelt mich an. «Das tut dir gut – das interessiert dich richtig!»

Ich mag es nicht, wenn meine Eltern als Therapeuten auftreten und immer erst mal über mich und mein Befinden sprechen und nicht über die Inhalte, die mich gerade bewegen.

Zur bevorstehenden Reise mit Maria sage ich deshalb lieber nichts, sonst folgen sicher analytische Nachfragen und forschende Blicke.

«Igor spielt jetzt Schach – hm.» Er schmunzelt in sich hinein. Mein Vater spricht dieser Tage manchmal sehr bedacht, mit langen Pausen. Früher, als wir klein waren und er noch Assistenzarzt, sprach er schneller, impulsiver. Er hat sich das Professorale erst später angeeignet, vor allem im Umgang mit seinen Patienten, die manchmal, geschwächt durch Operationen oder Medikamente, Mühe hatten, ihm zu folgen. Es ist mittlerweile schwer, einen wirklichen Dialog mit ihm zu führen, denn er macht die Pausen mitten im Satz und spricht genau dann weiter, wenn sein Gegenüber zu sprechen anhebt.

Seltsamerweise scheint er sich diebisch über die Neuigkeiten von Igor zu freuen.

«Das ist interessant! Dabei ist ihm Schachspielen ja wirklich nicht in die Wiege gelegt…» – lange Pause. Ich will gerade etwas sagen, da spricht er doch noch weiter – «… worden. Er war ein gutmütiger Typ, mit Kraft. Das hat ihm sozusagen Macht über die anderen Kinder gegeben, das fand der gut und…»

Wenn er so ruhig nachdenkt, erinnert er mich immer an das Gesicht des Basset Hound im Dorf, den wir «Das Schiff» nannten, weil sein Körper so lang war, dass der Bauch auf der Erde schleifte. Die Backen meines Vaters überlappen fast den Unterkiefer. Wenn er lacht, wackelt das ganze Gesicht, sodass man unweigerlich auch lachen muss. Meist aber hängt es entspannt und zieht die Tränensäcke so weit herunter, dass man das Rot unter den Augen sehen kann. Ich habe die Grundzüge von ihm geerbt. Wenn ich in den Spiegel schaue, weiß ich, wie dieses Gesicht altern wird.

«Das Bild habe ich nie gesehen. Hat das Katerina geschickt?»

Er schaut auf das Bild von Antons Mutter und Misha. Er lächelt nicht mehr.

«Ja.»

«Erstaunlich. Ich hatte vergessen, dass sie ihm auch geschrieben hat. Das war sicher das einzige Mal.»

Je weiter er in Erinnerungen eintaucht, je weniger er neu denkt, desto flüssiger wird seine Sprache.

«Weißt du, der Anton war für Katerina Lukusch einfach sehr weit weg – in Deutschland. Sie war, glaube ich ...» Er schaut über mich hinweg. «Eher schlau als intelligent, eher so leichtlebig als einfühlsam. Sie hat Anton mit sechzehn bekommen, nach einer Winternacht mit einem Bahnarbeiter vom Janiw-Bahnhof, bei Kopatschi. Das hat mir die Großmutter am Telefon erzählt. Der Mann hatte eine Familie in Moskau. Katerina und Valja haben ihm nichts von der Schwangerschaft gesagt und Anton ist ohne Vater aufgewachsen. Seine Großmutter Valja kümmerte sich um die Erziehung, bis er in den Westen verschickt wurde. Allerspätestens als die SBI ihn als Berater eingesetzt hat und über die Hilfsorganisation immer mehr Geld an seine Mutter geflossen ist, hat Katerina die Chance ergriffen und ist bei Valja ausgezogen. Sie hat es sich in Kiew gut gehen lassen. Kann man ihr ja nicht wirklich verübeln. An Mishas Seite haben sich ihr die Türen sehr prominenter Kreise geöffnet. Das waren damals Parteikader, die unter dem langsam sinkenden Stern der Sowjetunion die Fundamente ihres späteren Aufstiegs im internationalen Kapitalismus gelegt haben. Es gab auch ein paar Unternehmer, wie Shevchuk, die schon im Kommunismus selbstständig hatten wirtschaften dürfen. Die haben die Gunst der Stunde genutzt, um dem Staat günstig Unternehmen abzukaufen. Ich glaube, Katerina hat diese Goldgräberstimmung in der Hauptstadt erlebt und instinktiv begriffen, zu wie viel Reichtum ein findiger und energetischer Mann wie Misha es in dieser Lage bringen konnte. Weil – nur ein paar Monate, nachdem sie das Dorf und Valja verlassen hat, sind sie und Misha Shevchuk ein

Paar geworden und nur ein Jahr später hat sie Antons Halbschwester Jelena zur Welt gebracht.»

«In welchem Jahr war das?»

«Ich … würde sagen, '89. Misha hat ja in dieser Zeit die ganze Kommunikation übernommen. Danach sind deine Mutter und ich gar nicht mehr gehört worden. Er hat die Jungs halt als Geschäft gesehen.»

«Was glaubst du, wie es Igor bei alldem gegangen ist?»

Mein Vater lacht auf.

«Igor?! Igor war pragmatisch. Zu Hause ist ja nicht viel Aufhebens um ihn gemacht worden. Er war halt bei allem dabei.» Mein Vater krault sich unter dem Kinn und denkt nach. «Da war dieses Leben im Luxus mit Anton erst mal nicht uninteressant. Vielleicht ist es ihm später langweilig geworden. Aber er hat für sich gesorgt. Er war unabhängig – soweit das mit Anton ging – und er war mutig. Immerhin ist er ja alleine in Richtung des Reaktors losgelaufen, um Anton zu finden!»

Igor wurde nach der ersten Explosion losgeschickt. Valja hatte bei den Shevchuks angerufen und darum gebeten, unweit des Reaktors in einem kleinen Garten ihrer Datsche zu suchen, wo er oft gärtnerte. Igor lief los und fand ihn dort. Die beiden mochten sich nicht sonderlich. Wenn ich Anton richtig verstanden habe, glich ihre «Beziehung» damals ziemlich der zwischen Rene Doll und mir. Aber das änderte sich an diesem Tag, weil Igor, als er die zweite Wolke aufsteigen sah, geistesgegenwärtig über den Zaun hechtete und sich auf Anton warf. Anton hatte keine Ahnung, wie ihm widerfuhr, aber die zweite große Explosion von Block B fuhr über ihre Köpfe hinweg und mit ihr das Dach der Datsche, das Anton sonst mit Sicherheit erschlagen hätte.

Alexej Shevchuk, Igors Vater, hatte geschäftlich mit dem Kraftwerk zu tun und kannte das Risiko gut genug, um zu wissen, dass die Kinder eine lebensgefährliche Dosis Strahlung abbekommen hatten. Er wusch sie sofort und brachte sie noch am selben Tag in ein Krankenhaus außerhalb der Sperrzone.

Aus einem Bericht auf Ukrainisch, den sich mein Vater hat übersetzen lassen, geht hervor, dass die Ärzte schon damals bemerkten, dass es nicht möglich war, die zwei Jungs zu trennen, ohne dass sich ihr Zustand sofort drastisch verschlechterte. Das Phänomen wurde nicht untersucht, weil schlichtweg keine Zeit und keine Kapazitäten vorhanden waren. Man hatte alle Hände voll zu tun, die Strahlenopfer zu behandeln und mit dem Exodus der Evakuierten zurechtzukommen. Der diensthabende Arzt der Klinik führte die Bindung auf die traumatische Erfahrung des Reaktorunglücks zurück, die die beiden zusammen gemacht hatten. Er folgerte auf ein Phänomen, das die Russen von Afghanistan-Veteranen berichteten, die, in Zweiergruppen eingeteilt, zusammen die schlimmsten Situationen durchlebt hatten. Das Unzertrennlichkeits- oder Bunker-Syndrom, wie man es nannte, war eindeutig psychologisch als posttraumatisches Stresssyndrom eingeordnet worden. Der Name war den zusammengewachsenen Zwillingen Chang und Eng Bunker entlehnt, die in Siam (heute Thailand) aufwuchsen und auf die die Bezeichnung *Siamesische Zwillinge* zurückgeht.

Mein Vater unterbricht seinen kleinen Vortrag, weil er wohl bemerkt hat, dass ich gedanklich abgeschweift bin.

«Was, wenn Anton an Krebs gestorben ist, wie so viele der Betroffenen?»

Mein Vater atmet geräuschvoll ein, aber ich warte nicht, bis er spricht.

«Kann er Igor das Schachspielen bis zu so einem Niveau beigebracht haben? Oder ist Anton Lukuschs Fähigkeit auf übernatürliche Weise nach seinem Tod auf Igor Shevchuk alias Nazarenko übergegangen? Bisschen zu sehr Akte-X, oder?»

«Akte was?»

Jetzt habe ich ihn verwirrt.

«Du weißt, Simon, ich bin kein Parapsychologe, so …», er wendet sich zögerlich zum Garten und meiner Mutter, «... sosehr mich das damals interessiert hat. Die wenigen parapsychologischen Versuche mit den Kindern haben damals – wenn ich es richtig erinnere – eine Art Verknüpfung beschrieben...» Er hält wieder inne. Ich werde langsam nervös, aber er spricht doch weiter: «... die man mit einem Gleichgewicht kommunizierender Gefäße verglichen hat. Was eine Übertragung von Fähigkeiten...» – geräuschvolles Einatmen – «... von einem Pol auf den anderen, mit einer solchen Ausgeglichenheit macht, darüber müsste ich erst mal ...», er kneift die Augen zusammen und legt den Kopf in den Nacken, «... nachdenken.» Wer soll diesen verhackstückten Gedanken folgen? Ich verkneife mir die Frage, warum er damals nicht weiter mit den Jungs geforscht hat, sonst komme ich heute nicht mehr zu Maria.

PARAPSYCHOLOGIE
Zweimonatsschrift

2/1987

Dr.Wilhelm Graf zu Imhof: Untersuchung des Lukusch-Shevchuk-Phänomens • **Peter Denkea Gückert:** Weltlaus • **George Dünther Pickstein:** Die Multipolonen • Gerstreich ohne **Dolf Birernkerter Thomas Ponns** „Rondelle" und die Deutschen Jean Lady, Iring Setscher • **Erich Giller, Walter Goss, Hans Dreber, Mals Tercer** Dietszhe und wir • Ein Symposion **Gerd Stammans:** Wie aktuell ist Klopenbauer? • **Nicobens Bodbart,** Besuch bei Winfrid Sanner • **Thor Stöckel / Hans Drwax-Selisch:** Marc Taschs Konfessionen • **Hellgut Dreckel / Karl Heinz Lodrer** In memoriam Marbrrit Jonsen

Heft 2, 29. Jahrgang, Februar 1987 Ralf Verlag Stuttgart

A.) Shevchuk

Reizwort	Reaktion	Reaktionszeit in Sekunden	Widerstand Galvanometer
Kopf	Hut	1,4	+3
grün	Ampel	1,6	+4
Wasser	dunkel	5,0	+20
stechen	Mücke	1,6	-2
lang	Warten	1,2	-1
Schiff	Wasser	3,4	-15
fragen	Lehrer	1,6	-2
Wolle	Mutter	1,6	2
bös	Vater	1,4	12
Frosch	glitschig	4,0	-10
krank	gesund	1,8	-3
Tinte	Schule	4,0	-8
schwimmen	ertrinken	3,8	-11

B.) Lukusch

Reizwort	Reaktion	Reaktionszeit in Sekunden	Widerstand Galvanometer
Kopf	denken	1,0	0
grün	Wiese	0,6	-1
Wasser	Leben	2,0	2
stechen	Blitz	1,6	1
lang	warten	2,0	-6
Schiff	schwimmt	1,1	-3
fragen	antworten	1,1	2
Wolle	Oma	1,0	0,5
bös	freundlich	1,0	-0,5
Frosch	quakt	4,0	-15
krank	tot	4,0	15
Tinte	schwarz	1,0	6
schwimmen	ertrinken	3,8	19

Die Untersuchung ergab nun wesentliche Unterschiede zwischen dem Körper-Geist-B (Lukusch) und, seinem Kontroll- oder Spiegelgeist Körper-Geist-A (Shevchuk). A ist mehr materiell gesinnt und interessiert sich gar nicht für Spiritismus, B dagegen ist ein würdevoller, philosophisch veranlagter Osteuropäer, der niemals aus seiner Rolle fällt; die Reaktionen der beiden Persönlichkeiten waren demgemäß ausgesprochen ungleichartig. Die Störungen traten gewöhnlich nicht bei denselben Wörtern auf, was auf eine durchaus verschiedene Affektreaktion und Prägungshistorie hindeutet. Dies zeigte z.B. das Reizwort «Frosch» deutlich an, dass bei Shevchuk einen heftigen Ausschlag des Galvanometers hervorrief, während Lukusch sich ganz entspannte.

In einzelnen Fällen übernahmen auch andere Wesenheiten die Kontrolle. Die erzielten Ablenkungen der Magnetnadel des Galvanometers stimmten weder mit denen des normalen Körper-Geist-B, Lukusch, noch mit jenen Shevchuks überein. Die jeweilige Redeweise, Mimik und Gestik des Körper-Geistes in Trance können als für beide als sehr charakteristisch und eigen bezeichnet werden. Lukusch: regungslos, ruhiger Puls, tonloses Sprechen. Shevchuk: Schnaufen, starke Mimik, Schweiss, unterschiedliche Stimmlagen und Sitzpositionen.

Dr. Wilhelm Graf zu Imhof bei Assoziationstests mit A. Lukusch am Psi-Zentrum, Bamberg

PARAPSYCHOLOGIE, ZWEIMONATSSCHRIFT
Heft 2 März, 1987

DAS LUKUSCH-SHEVCHUCK-PHÄNOMEN
von Dr. Wilhelm Graf zu Imhof, Psi-Zentrum, Bamberg.

(Von Simon Ritter markierte Passagen [Anm. d. Hrsg.])

Experimentelle, parapsychologische Untersuchung des Lukusch-Shevchuk-Phänomens, im Jung'schen Assoziationsverfahren und mittels Galvanometer, in Trance und bei wachem Bewusstsein.

Fragestellung: Ist der Körper-Geist A (Igor Shevchuk) im Verhältnis zum Körper-Geist B (Anton Lukusch) ein «Bi-Persönliches» zweigesichtiges Wesen, ein Kontrollgeist, oder lediglich durch traumainduzierte bzw. psychosoziale Abhängigkeit gebunden?

(…)

Zu Beginn der Untersuchung bestand ausreichend Grund zur Annahme, dass die angeblich «telepathischen» Mitteilungen der Probanden Shevchuk und Lukusch Produkte des Unbewussten und der Traumabewältigung seit der Reaktorexplosion, der Trennung von den Eltern, des Aufenthalts in medizinischen Einrichtungen und der Reise in die Fremde darstellten – oder sogar durch bloßen Schwindel zustande kamen.

(…)

Redeweise, Mimik und Gestik der beiden Körper-Geister in Trance müssen als sehr divergent bezeichnet werden. Lukusch: regungslos, ruhiger Puls, tonloses Sprechen. Shevchuk: Schnaufen, starke Mimik, Transpiration, unterschiedliche Stimmlagen und Sitzpositionen.

(...)

Es wurde beobachtet, dass sowohl Lukusch als auch Shevchuk teils mit «fremder» (aberrationaler) Stimme sprachen und stark verzögert reagierten. Lukusch wies deutlich überdurchschnittliche Differenzen dieser Art auf, was darauf hinweist, dass stärkere Dissoziation stattgefunden hat. Traumata sowie kognitive Aufgaben (Schach, evtl. Hellsichtigkeit, Trennung von der Mutter und die Verbindung zu Shevchuk) werden vermutlich in supraalternen, parapsychologischen Körper-Geist-Schichten verarbeitet.

(...)

Weiterhin wurde eine Reihe von Versuchen (Rorschach, Bernreuter, Page, Thurston) mit den Testpersonen im Wach- und Trancezustand vorgenommen.

(...)

Im Überblick über alle durchgeführten Versuche (...) können wir die beobachtete Körper-Geist-Verbindung von A zu B und B zu A ohne hierarchische Kontrollinstanz erstmals als eine parapsychologische, humanoide Spiegel-Symbiose bezeichnen.

(...)

1. Jung'scher Assoziationsversuch mit Galvanometer (Exzerpt)

1. A.) Shevchuk

Reizwort	Reaktion	Reaktionszeit in Sekunden	Widerstand Galvanometer
Kopf	Hut	1,4	+3
grün	Ampel	1,6	+4
Wasser	dunkel	5,0	+20
stechen	Mücke	1,6	-2

lang	warten	1,2	-1
Schiff	Wasser	3,4	-15
fragen	Lehrer	1,6	-2
Wolle	Mutter	1,6	2
bös	Vater	1,4	12
Frosch	glitschig	4,0	-10
krank	gesund	1,8	-3
Tinte	Schule	4,0	-8
schwimmen	ertrinken	3,8	-11

2. B.)   Lukusch

Reizwort	Reaktion	Reaktionszeit in Sekunden	Widerstand Galvanometer
Kopf	denken	1,0	0
grün	Wiese	0,6	-1
Wasser	Leben	2,0	2
stechen	Blitz	1,6	1
lang	warten	2,0	-6
Schiff	schwimmt	1,1	-3
fragen	antworten	0,5	0
Wolle	Oma	1,0	0,5
bös	freundlich	1,0	-0,5
Frosch	quakt	4,0	-15
krank	tot	4,0	15
Tinte	schwarz	1,0	6
schwimmen	ertrinken	3,8	19

«Wir haben aber nicht die gleichen Chancen im Leben, Maria.»
Maria reagiert nicht gleich, also rede ich weiter.
«Ich meine – unser Äußeres, unsere Fähigkeit, offen auf Men-

schen zuzugehen, unser Geschick, andere zu lesen, und ganz viele weitere Eigenheiten bestimmen unsere Entwicklung, unsere Prägung und unser Fortkommen.»

«Ja, und?»

Maria Wehner, heute Stoll-Wehner, und ich haben uns endlich aufgemacht, nach Frankfurt am Main, in den Hessischen Hof, zu Igor Shevchuk, heute Nazarenko. Über die Frage, wie Anton jetzt wohl aussieht, ob er mit Igor reist und wie Igor uns heute als Schachgroßmeister empfangen wird, hat sich unsere Unterhaltung hoffnungslos verrannt. Ich habe reflexhaft die Aufgabe übernommen, Igor gegen Marias Misstrauen zu verteidigen.

Wie früher ärgert mich Marias Art zu diskutieren, die mir immer das Gefühl gibt, als seien meine Argumente banal oder falsch. «Was, ja und? Du bist einfach von Vorurteilen geritten, Maria. Nicht erst seit Black Lives Matter muss dir doch klar sein, wie extrem und subtil sich ganz alte Prägungen in unserem Denken manifestieren. Igor war nicht sympathisch, aber er hat uns nie was getan. Er war grimmig und ein bisschen dunkel. Aber warum assoziieren wir Helligkeit mit dem Guten und Dunkelheit mit dem Bösen? Kolonialismus, Märchen, christliche Symbolik, all das schwingt da mit. Dabei gilt für die Natur das Gegenteil: Ohne Ausgewogenheit von Licht und Schatten, von Land und Wasser wäre Leben auf der Erde nie entstanden.»

Sie gähnt und schaut sich im Spiegel des Aufzugs an.

«Komm mal zum Punkt.»

«Ich finde, ebendiese Vorurteile gehen viel, viel weiter! Dass wir sozusagen Polarität und Moral so stark in den Mittelpunkt unserer Gesellschaften stellen, kommt wahrscheinlich, weil wir unsere instinkthafte Seite mit einer klar strukturierten, rationalen Seite kontrollieren wollen, weil sie uns unheimlich ist. Da brauchen wir Gut und Böse, Richtig und Falsch und so weiter. Und dann kommt schnell der Schluss: Instinkthaft ist gleich böse, rational, aufgeklärt und bewusst ist gleich gut. Dabei ist es ...» Sie unterbricht mich.

«Simon! Es ist ganz einfach: Ich finde, man hat die Wahl im Leben, sich innerlich zu entwickeln. Selbst wenn man so oder so geprägt oder auch belastet ist. Ich bezweifle, dass Igor das getan hat. Keiner kennt die Zukunft – oder keine. Wir können uns nicht immer dahinter verstecken, dass wir 'ne schwere Kindheit oder schlechte Augen oder zu große Füße hatten. Am Ende machen wir irgendwas und dann haben wir die Entscheidung dafür getroffen und dann sind wir auch dafür verantwortlich.»

Dieser flapsige Ton von Maria nervt. Sie ist von ihrem Vater immer auf Händen getragen worden und jetzt von ihrem Mann wahrscheinlich auch. Da ist es leicht, daran zu glauben, dass einem die Zukunft immer offensteht und alles eine Frage der inneren Entwicklung ist. Ich werde langsam sauer.

«Ich glaube, wenn du ein Flüchtling in irgendeinem libyschen Lager bist, dann kannst du dich mental dahin entwickeln, dass du das Lager besser aushältst, aber das bringt dich da auch nicht raus. Und Igor scheint sich ja entwickelt zu haben, immerhin spielt er jetzt sehr gut Schach.»

«Das macht ihn ja noch nicht zu einem guten Menschen, oder? Das Gute kommt zu uns, wenn wir uns dem öffnen. Das ist wie mit der Heilung. Echte Heilung kommt nicht durch Medikamente oder Therapie, das ist immer nur Symptombekämpfung.»

«Zimmer 534.» Ich muss mich zusammenreißen. Das ist der falsche Moment, um einen richtigen Streit anzufangen. Jetzt habe ich sie so lange nicht gesehen und trotzdem gelingt es uns innerhalb von Minuten aneinanderzugeraten. Wir zählen die Zimmernummern im komplett vergoldeten Gang zur Grand Panorama Suite.

«Puh, das ist ja Schischi hier.»

Maria hasst ausgestellten Prunk. Das war schon früher so. Sie hat Jochen Wehners Arbeiterselbstverständnis übernommen. Der hat diesen Stolz entwickelt, weil er den Chic, den Henriette gerne gehabt hätte, nicht finanzieren konnte. Eine Weile hat ihn das runtergezogen, dann beschloss er, stolz zu sein auf das, was er mit eigener Hände Arbeit geschaffen hatte, und Maria nahm das für sich an. Aber ohne Ablehnung des Unerreichten ging das nicht – so viel zu den Möglichkeiten innerer Entwicklung, denke ich mir.

Vor der Türe hält Maria mich noch mal auf.

«Ich glaube kein Wort von deinem Es-gibt-kein-Gut-und-Böse-Sermon und du in Wirklichkeit auch nicht, sonst wärst du nicht so unglaublich *opinionated*.» Jetzt denkt sie nicht nur amerikanisch, sondern spricht auch noch so. «*Anyway* – jeder hat selbst die Verantwortung für sein Leben – basta. Du willst Igor einfach nicht vorverurteilen und das finde ich gut – aber ich glaube trotzdem, dass er Dreck am Stecken hat. Woher weißt du überhaupt, dass er hier in der Suite wohnt?»

«Ich hab sein Zimmer in der Fernsehsendung gesehen und mit den Zimmern auf der Website verglichen.»

Das macht ihr Eindruck. Sie dreht sich um und klingelt (die Grand Panorama Suite hat eine eigene Klingel!).

Das Zimmermädchen heißt Irina. So steht es jedenfalls auf ihrem Namensschild – Irina Stević. Warum hatte sie die Tür zum Zimmer bei der Reinigung geschlossen? Maria und ich schauen an ihr vorbei durch die Suite. Sieht aus, als sei sie fast fertig. Aus dem Bad sind Geräusche zu hören. Wo ist Igor? Macht er sich frisch?

«Zimmer in zehn Minute fertig», sagt Irina Stević.

«Wir suchen Igor Nazarenko.»

Sie schaut uns fragend an.

«Den letzten Gast?»

«Ah, auscheck zehn Uhr und Viertel.»

«Haben Sie ihn noch gesehen?», fragt Maria.

Irina überlegt einen kleinen Moment, ob sie antworten soll.

«Kurz. Er geht raus, ich komme hinein.»

Maria wundert sich. «Und Sie haben bis jetzt geputzt?»

Irina nickt nur vielsagend.

«Anderthalb Stunden. So viel haben Sie doch sonst für den ganzen Gang.»

Hinter uns taucht eine andere Angestellte auf.

«Fertig, Irina?»

«Ja, Frau Börner, noch Matratze raus und Handtücher in Wagen.»

«Die Männer kommen gleich, Irina.»

Frau Börner, eine drahtige, hergerichtete Mittdreißigerin, schaut uns von oben bis unten an.

«Tut mir leid. Die Suite ist leider noch nicht bezugsbereit. Wenn Sie unten noch einen Kaffee trinken wollen, Sie können in zehn Minuten rein.»

«Nein – wir waren auf der Suche nach Herrn Nazarenko.»

«Ah so. Der ist schon weg.» Sie scheint ihre ganze Professionalität aufbringen zu müssen, um nicht mehr zu sagen.

«Sieht so aus, als hätte er mal wieder gewütet», sage ich aufs Geratewohl.

«Ah – das kennen Sie schon?»

Ich nicke verständnisvoll.

«Die waren hier zu dritt und wir haben bis jetzt aufgeräumt. So eine Sauerei! Die Matratze müssen wir austauschen. Die Kommode auch. Den gesamten Satz Handtücher müssen wir wegschmeißen!»

Maria und ich warten einfach ab, ob sie noch weiterredet. Zwei Männer vom Hotel gehen an uns vorbei ins Zimmer.

Frau Börner spricht leiser weiter, damit uns die Gäste nicht hören, die hinten am Lift stehen. «Die haben die Frotteetücher als Klopapier verwendet. Ja, da vergeht's einem, oder? Gut, es wird gezahlt, aber – wer macht so was? Und in der Tür zum Bad war so ein Loch!» Sie zeigt es mit der Hand. «So!» Sie winkt ab und tritt zur Seite, um die Männer vorbeizulassen, die die riesige Matratze nach draußen wuchten. Sie ist von zahllosen Flecken aller Farben übersät. Dahinter kommt Irina mit einem Metallwagen voller Handtücher, der so stinkt, dass mir schlecht wird.

71

Frau Börner bittet uns höflich zum Aufzug. Ich will noch mehr erfahren und erzähle ins Blaue. «Bei uns in der Pension hat er so gewütet, das ganze Bidet war kaputt – können Sie sich das vorstellen, in Scherben. Katastrophe!» Sie schüttelt angeekelt den Kopf. «Die Leute können sich das leisten, aber egal, wie reich man ist, das sind Schweine.» Maria nickt. Ich bohre weiter: «Bei ihm war doch sicher wieder dieser schmale, blonde Typ, der so gar nichts sagt und nur herumsteht?»

Frau Börner schüttelt den Kopf. «Nein das waren zwei Männer, der eine drahtig, muskulös, Typ Dolph Lundgren, der andere einfach dick. Ein blonder, schmaler war nicht dabei.»

Das erstaunt mich. «Ah, komisch, bei uns war der noch Teil der Truppe. Sie haben wirklich alles kaputt gemacht und dann die Kreditkartenzahlung für den Schaden nicht autorisiert.» Maria spielt mein Spiel mit und wird ganz vertraulich zu Frau Börner. «Sie wissen nicht, wo die hingereist sind?»

Der Aufzug öffnet sich. Zwei ältere Pärchen in Beige und Lachs warten, bis wir draußen sind, und steigen dann ein. Frau Börner zögert einen Moment und schaut sich um. «Ich müsste Ihnen sagen, Sie müssen an der Rezeption fragen, aber die dürfen Ihnen nichts sagen. Ich war bei den Verhandlungen heute Morgen dabei, wo es um die Bezahlung des Schadens ging. Die Herren haben eine Adresse in der Nähe von Minsk angegeben, aber davor spielt Herr Nazarenko noch ein Turnier in Anderlecht in Belgien.»

Wir verabschieden uns freundlich von Frau Börner. Sie wünscht uns viel Glück. Draußen unter dem großen Vordach des Entrees holt sie uns noch mal ein. «Hallo!» Wieder nimmt sie den leisen, konspirativen Ton an. «Ich – ich will trotzdem noch eins sagen. Ich weiß ja, er schuldet Ihnen noch Geld, aber ich wollte Sie einfach nicht gehen lassen, ohne Ihnen noch zu sagen, dass Herr Nazarenko sehr zuvorkommend und auch ordentlich war, wie ich ihn beim Frühstück erlebt habe. Und oben war das dritte Bett ganz sauber. Einfach damit Sie keinen falschen Eindruck haben.

Wenn Sie mich fragen – wenn Sie mich fragen, waren die beiden Herren diejenigen, die … Sie verstehen.» Ich nicke und mit einem Mal kommt mir eine Frage: «Hatten die Männer Frauenbesuch?» Sie wartet, bis der Hoteldiener mit ein paar Koffern im Inneren verschwindet. «Viermal Escort, in vier Nächten. Auch das war NICHT billig.» Sie rollt mit den Augen.

«Anderlecht – kenn ich nur vom Fußball.»
Maria sagt nichts. Sie schaut geradeaus in die Fußgängerzone vor uns. Wir sind im Auto vor dem Hotel sitzen geblieben. Die Portiers werden langsam ungeduldig, weil wir nicht wegfahren. Wahrscheinlich wagen sie nicht, uns wegzuschicken, weil Frau Börner so vertraulich mit uns war.
«Ich kann jetzt nicht schon wieder weg. Olivia hat am Wochenende Gasshuku.» Sie sagt das nicht wirklich zu mir.
«Wer ist Olivia?»
«Meine Tochter.»
«Ah. Und Gasshuku?»
«Trainingswochenende im Karate.»
Maria schaut mich von der Seite an. Wahrscheinlich denkt sie, wie so viele Leute mit Kindern, es würde mich traurig machen, selbst keine zu haben. Aber das Gegenteil ist der Fall. Maria ist eine super Frau, aber um die Familie beneide ich sie nicht. Ich habe mich selbst nie mit Kindern gesehen, nicht als Vater und schon gar nicht als Großvater. Ich spiele gerne mit ihnen Fußball oder Playstation, aber das reicht mir vollkommen an Familiengefühl.
«Sie hat viel besser über Igor gesprochen als über die anderen beiden.»
Maria ist in Gedanken zurück bei Frau Börner.
«Ja. Hätten wir sein Foto nicht gesehen … Eigentlich hat sie vom Verhalten her Anton beschrieben.»

«Wusstest du, dass er sich irgendwann von Igor entfernen konnte?»

«Nein. Das hast du nie erzählt.»

«Ja, ganz am Ende ihrer Zeit in der Henningsburg, nachts. Er konnte sich konzentrieren und entfernen, aber nur, wenn Igor schlief. Ich habe ihn heimlich da besucht und wir sind zusammen ab in den Wald.»

«Das hast du mir NIE erzählt.»

Maria lächelt.

«Das hab ich niemandem erzählt.»

«Ja und dann?»

Sie zuckt mit den Schultern.

«Nichts. Es war schön, aber er ist wieder zurückgegangen. Er hat ja nie rebelliert, gegen seine *Omma* oder seine Mutter. Das hat mich damals so wütend gemacht, als man ihn weggebracht hat, dass er sich wie ein Lamm allem fügt.»

Sie weiß, dass Anton 1990 in Japan gegen den NEC verloren hat, aber ich habe ihr nicht von meinem Gedanken erzählt, dass er das ganz bewusst tat, um dem ganzen Hype ein Ende zu setzen. Irgendetwas in mir freut sich heimlich darüber, wenn Maria wütend auf Anton ist, wenn sie sich von ihm verlassen fühlt. Schon 1987 habe ich heimlich gehofft, sie würde schneller merken, dass man mit Anton keine Beziehung führen konnte. Aber sie merkte es nicht und übersieht mich bis heute vollkommen als bessere Partie oder, noch viel schlimmer, einfach als Mann.

Unsere Reise könnte uns zusammenbringen, aber ob ich Anton überhaupt finden will, weiß ich nicht. Und von dem Artikel im *Kyiv Star* habe ihr auch ganz bewusst nichts erzählt. Ich will nicht, dass sie die Hoffnung verliert, und jeder von uns einfach zurück in sein altes Leben schlüpft.

Kyiv *Star*

vol. 23, issue 13 | UKRAINE'S GLOBAL VOICE | www.KyivStar.com | 26.05.2006

What to do in Kyiv
See Entertainment Guide on pages 12-13

ZHYTOMYR: TRAGIC ACCIDENT WHEN SECOND WORLD WAR BOMB EXPLODES, ONE DEAD   P.3

In the early afternoon of May 24th A German bomb from World War II was detonated in a controlled manner at a plant in the Korosten Mine, Zhytomyr Region. A tragic accident occurred. The army experts, who evacuated the area over a large area, are said to have overlooked a man who was in a tunnel not far from the site at the time of the blast. Why he was there and how he got there, even though the entire mine had been checked several times, has not yet been clarified. Continue P.3

Inside: National 2, 10 – 19 | Business 6 – 9 | Lifestyle 12, 13, 20 – 22 | Opinion 4, 5 | Employment/Real Estate/Classifieds

CURRENCY WATCH
Hr 26.55 to $1
March 29 market rate

KYIV STAR
26.05.2006

ZHYTOMYR: TRAGISCHER UNFALL BEI SPRENGUNG
EINER WELTKRIEGSBOMBE, EIN TOTER
von Daria Petrenko

Am frühen Nachmittag des 24.5. wurde in einem Werk
der Korosten-Mine, Region Zhytomyr, eine deutsche
Bombe aus dem Zweiten Weltkrieg kontrolliert zur
Sprengung gebracht. Dabei ereignete sich ein tragischer Unfall. Die Experten der Armee, die das Areal
weiträumig evakuiert hatten, sollen einen Mann übersehen haben, der sich zum Zeitpunkt der Sprengung in
einem Stollen unweit des Sprengungsortes aufgehalten
hatte. Warum er sich dort aufhielt und wie er dorthin
kam, obwohl die gesamte Mine mehrmals überprüft
worden war, konnte bisher nicht geklärt werden. Auch
die Identität des Mannes ist bis zum jetzigen Zeitpunkt
nicht bekannt. Erst durch den Bericht von Anwohnern
des Gebietes wurde der Unglücksfall heute bekannt. Die
Behörden sowie die Betreiber der Mine antworteten auf
die Anfrage dieser Zeitung, man habe vor einer Veröffentlichung die Hintergründe des Unfalls klären wollen.

Die Mine der Shevchuk-AG wurde schon häufig für
Sprengungen von Weltkriegsbomben und Landminen in
Anspruch genommen, da sich das Areal gut kontrollie-
ren lässt und die Druckwellen keine Beschädigungen an
Wohngebäuden anrichten können.

Alexej Shevchuk, CEO der Shevchuck AG, äußerte
sein tiefes Bedauern über das tragische Unglück. Wie ein
Unternehmenssprecher mitteilte, konnte ausgeschlossen
werden, dass es sich um einen Mitarbeiter der Korosten-
Mine handelt. Ein Ermittler, der nicht namentlich genannt

werden wollte, wies auf die Möglichkeit eines Suizids hin. Von Mitarbeitern der Mine habe es Hinweise auf einen bisher nicht auffindbaren blonden Mann gegeben, der in näherer Vergangenheit regelmäßig auf dem Gelände gesehen worden sei. Da aber der Körper des Opfers durch die Explosion gänzlich zerstört wurde, müsse damit gerechnet werden, dass die Identifizierung langwierig und kompliziert würde, sollten keine Vermisstenmeldungen oder Hinweise aus der Bevölkerung eingehen. Die Korosten-Mine ist Teil des in Minsk ansässigen Shevchuk-Konzerns, der international über 50 Minen hält. Firmengründer Alexej Shevchuks Vermögen wird auf über 100 Millionen Dollar geschätzt.

Maria liefen die Tränen über die Wangen, der Wind trieb sie ihr aus den Augenwinkeln. Wie sollte sie ihm klarmachen, dass nur er selbst Herr seiner Lage war. Niemand konnte ihn besitzen, niemand ihn zwingen. Die Unterwerfung, die Ehrerbietung, die er seiner Mutter und Großmutter entgegenbrachte, machten sie wütend. Das Rauschen des hohen Bambus im Wind, seine Biegsamkeit, allen Stürmen zum Trotz, war ihr fremd. Sie hasste es, auf Entscheidungen anderer zu warten, sich einer Gruppe anzupassen oder den allzu oft vorgeschobenen Alternativlosigkeiten. Aber insgeheim bewunderte und beneidete sie Lukusch dafür, wie aufgehoben er sich in dieser klaren Hierarchie fühlen musste. Wie gerne hätte sie ihre Eltern und Großeltern so verehrt und den Stolz, die Größe, die Güte und Kraft an ihnen entdeckt, die sie verehrungswürdig gemacht hätten. Aber das waren so normale Leute. Träge, teils zänkisch, teils lieb, teils hinterfotzig in ihren kleinen westdeutschen Leben. Sie hing an ihnen, sie lachte und feierte mit ihnen und begleitete ihren Vater zu Streiks und

Kundgebungen, aber all das war zu gewöhnlich, um verehrt zu werden. Der Sozialismus, den ihr Vater predigte, war im Begriff, den Kampf zu verlieren. Die Leute im Osten wollten doch in Wirklichkeit nur volle Supermärkte und Reisefreiheit. Der Kapitalismus würde auch sie einverleiben und all die Demos und Parolen ihres Vaters und seiner Freunde würden dem Triumph von Angebot und Nachfrage weichen. Anton war im Sozialismus abgereist und würde irgendwann in den Kapitalismus zurückkehren. Für ihn war das vollkommen gleichgültig. Er würde immer in Zusammenhängen des großen Ganzen denken beziehungsweise nicht denken, sondern einfach SEIN. Anton, Mutter, Großmutter, Ukraine, UdSSR. Seine Bescheidenheit war Freiheit, aufgehoben in diesem System, in dem der Staat für die Eltern und die Eltern für ihre Kinder und Enkel dachten und sorgten. Jeder erfüllte seine Pflicht, jeder wusste, was zu tun war. Rebellion oder Individualismus waren nicht vorgesehen. Aber so durfte es nicht weitergehen. Sie konnte diesem verdammten stillen Unglück, in dem er jetzt steckte, nicht länger zusehen. Sie wusste nicht, was ihre Aufgabe im Leben war, aber sie war sich sicher, dass sie ihm helfen musste, diesem seltsamen Schicksal zu entkommen. Die ganze Welt änderte sich in diesem Herbst 1989, nur der Junge war wie paralysiert, wurde von Meeting zu Meeting gezerrt, vor Kameras und Mikrofone, und es kam ihm nicht in den Sinn, sich zu beschweren oder aufzubegehren.

Er hatte gar nicht bemerkt, dass sie weinte. Seine Hände fuhren gekonnt in den Boden und hoben die Dahlienknollen heraus. Mit ein paar Handgriffen entfernte er die Erde und legte die Knollen vorsichtig in die Kiste, in der sie im Keller überwintern würden. Erst am Ende der Reihe hob er den Kopf und sah sie an. Sie lächelte und er lächelte auch. «Ein Garten macht – zufrieden», hatte er beim letzten Mal gesagt, als sie zusammen im Schulgarten arbeiteten. Und er hatte eine lila Pflanze genommen, die jemand auf den Kompost geworfen hatte. «In Deutschland Unkraut. Zu Hause, bei uns – ein Geschenk für eine Frau!» Beide hatten gelacht, als er ihr die Pflanze feierlich überreichte.

Sie wusste nicht, wann sie ihn zu lieben begonnen hatte. Aber das Gefühl für ihn überschwemmte sie und sie wehrte sich nicht. Noch hatten sie nicht mehr als eine Handvoll ganze Sätze gewechselt, aber wenn seine grauen Augen auf ihr ruhten oder er die Pflanzen ganz genau ansah und mit den langen, weißen Fingern die Blätter rieb, dann spürte sie ein Ziehen im ganzen Körper, das so heftig war, dass ihr schwindlig wurde. Und wenn er, was er selten tat, lächelte, dann machte ihr Herz einen kleinen Satz, und sie war den Rest des Tages so gut gelaunt, dass ihre Mutter sie zweifelnd musterte, als sei sie krank.

Die Tränen kamen wieder und Maria wischte sie ab. Der Wind wirbelte Staub auf.

«Anton? – Anton!» Er hielt nicht inne, sondern nickte nur zum Zeichen, dass er zuhörte.

«Deine Mutter hat keine Ahnung, was hier los ist. Sie kriegt einfach jeden Monat das Geld, aber es ist nicht okay, was die machen. Das haben deine Gasteltern auch gesagt. Und wenn die dich jetzt in eine andere Schule stecken, dann bist du ganz allein – mit Igor. Willst du das?»

Anton schüttelte unmerklich den Kopf und grub weiter.

«Du musst deiner Oma sagen, dass du das scheiße findest.»

Darauf reagierte er gar nicht.

«Oder deiner Mutter.»

Er machte weiter, vielleicht ein bisschen unrunder als zuvor.

«Katterrrinnna.» Sie grinste traurig. Seine Züge entspannten sich und er lächelte in sich hinein. Sie machte sich über seine Aussprache lustig und er genoss es.

«Kommst du morgen wieder um die Zeit?»

Er schüttelte den Kopf.

«Was musst du machen?»

«Paris, *Scharl dö Gol.*»

«Was *Scharl dö Gol?*»

«Flughafen.»

«Und?»

«Meeeetingg.»

«Hast du das deinen Gasteltern gesagt?»

Er schüttelte den Kopf. Sie schnaubte aus. Noch vor einem Jahr waren sie hier im Garten wie auf dem Präsentierteller gewesen. Durch die großen Fenster hatten alle Klassen beim Nachmittagsunterricht auf sie hinuntersehen können. Gemeinsam hatten sie an den Rändern des Gartens die Bambusse angepflanzt, sodass sie in diesem Sommer eine ganz private grüne Laube hatten. Kaum jemand in der Schule interessierte sich für diesen Garten. Sie waren meistens alleine und genossen es beide. Immer wenn Igor nebenan in der Turnhalle beim Ringen war, trafen sie sich hier. Meist schwiegen sie und pflegten die Beete, manchmal legten sie sich einfach auf das Stück Rasen in der Mitte und hörten Musik, oder Maria rauchte eine Zigarette, wenn sich ihre Eltern wieder mal gestritten hatten.

Maria stellte sich vor, wie Anton neben all den Anzugträgern an langen Tischen saß. Getränke in der Mitte oder von Bedienungen gereicht, die sich so weit wie möglich unsichtbar machten. Sie sah nur Männer an diesen Tischen, keine Frauen, und viele waren Anton nicht wohlgesinnt. Seine Anwesenheit ein Ärgernis, sein Rat eine Beleidigung. Ob er das spürte? Er musste merken, wenn ihm das Wort abgeschnitten wurde oder die Manager sich von Anfang an weigerten, mit dem Investor zu sprechen, wenn dieser sich von einem Teenager beraten ließ, mochte der auch noch so intelligent sein. Sie konnte diese Männer verstehen. Anton war ein guter Schachspieler, aber davon, wie man eine Firma mit 20 000 Angestellten führte, verstand er doch gar nichts.

«Kommst du dann am Donnerstag?»

Er machte eine langsame Geste.

«Nicht?»

«Nein.»

«Am nächsten Montag?»

«Nein.»

Es schnürte ihr die Kehle zu. Der Kloß im Hals schmerzte so sehr, dass sie sich räusperte und laut schlucken musste. Am liebsten hätte sie ihn fest umarmt, aber sie wusste, dass ihn das erschrecken würde. Also wandte sie sich ab, öffnete die Werkzeugkiste und grub darin, bis sie die Schachtel Zigaretten gefunden hatte, die sie dort versteckt hielt. Er beobachtete sie, wie sie die Zigarette im Wind anzündete und die ersten Züge nur paffte. Es brauchte immer eine Zeit, bis sie den Rauch einatmen konnte, dann beruhigte sie sich und sah ihm gefasst in die Augen.

«Du kommst gar nicht mehr.»

Er sah sie einfach an. Es war also alles umsonst. Sie hätte sich die Bemühungen sparen können. Man hatte über seinen Kopf hinweg entschieden und über ihren sowieso. Er würde woanders wohnen und in die Schule gehen, abgeschirmt vor all jenen, denen er etwas bedeutete. Ob ihr Vater das schon wusste? Jetzt weinte sie ungeniert vor ihm. Sollte er doch sehen, was mit ihr geschah. Zum ersten Mal ärgerte sie sich über diese Liebe zu einem Menschen, der ihr nichts von sich zeigen konnte, oder jedenfalls nicht so wie andere. Warum hatte sie sich nicht in einen normalen Jungen verliebt, der sie jetzt in den Arm genommen oder sich entschuldigt oder sie einfach hilflos angestarrt hätte, erschrocken und verwirrt über die Tränen eines Mädchens seinetwegen. Aber dieser Junge sah sie ganz ruhig an, wie eine der Pflanzen, die er pflegte. Er wartete einfach ab, bis der Anfall vorüber war und die Tränen versiegten.

«*Jeff's Burger.*»

«Was *Jeff's Burger?*», fragte sie trotzig.

«Ich werde in die Mall gehen.»

Sie rauchte und versuchte ihn durch die tränenden Augen anzusehen. Anton legte die letzte Dahlienzwiebel in die Kiste.

«Donnerstag und Montag.»

«Immer?»

«Wenn bin ich da, bin ich da.»

So viel wie heute hatten sie noch nie miteinander gesprochen und Maria behielt jedes Wort in Erinnerung. Die Schulglocke klingelte, aber Anton rührte sich nicht von der Stelle. Maria nahm ihm die Kiste aus der Hand.

«Ich mach das, du kannst gehen.»

«Jeff's Burger?»

Sie zögerte einen Moment. Mit welchem Recht tat er das? Wenn ich da bin, bin ich da – glaubte er, sie würde auf ihn warten, wie die Frauen im Western, die sich nach jedem Abenteuer mit wehendem Haar am Zaun dem Helden entgegensehnten. Das kannst du vergessen!

«Jeff's Burger.» Sie hatte ihm die zwei Worte entgegenschleudern wollen, aber ihre Stimme klang weich und schicksalsergeben. Sie packte die Kiste mit den Blumenzwiebeln und rempelte an ihm vorbei zum Keller. Sie war froh, als das feuchte Halbdunkel sich um sie schloss, und sie wusste, sie würde ihn nicht mehr sehen, wenn sie sich umwandte.

Als sie die Kiste in eines der Wandregale stellte, atmete sie langsam, bewusst aus. Der Kloß in ihrem Hals war verschwunden, die Tränen getrocknet. Sie würde den Schulgarten nicht mehr betreten. Er war untrennbar mit Anton verbunden. Er blühte für ihn, vielleicht für sie beide, und das, was sie gemeinsam dort in ihrer zweisamen Ruhe erlebten. Aber alleine, ohne ihn, würde die Ruhe zur unerträglichen Stille werden, zu feindlichem Schweigen in einem wuchernden Schulgarten, weiter nichts.

Diesmal hat Wehner mich angerufen, immer wieder. Seit Maria ihm von unserer Tour zum Hessischen Hof erzählt hat, telefoniert er mir fast täglich hinterher.

«Ich hab», schreit er auf meine Mailbox, «die Geschichte noch *ned* zu Ende erzählt! Vom *Loddo!*»

Von dem Turnier in Anderlecht hat ihm Maria nichts gesagt. Sie will sein Herz schonen. Er hat schon einen Infarkt hinter sich. Und wahrscheinlich würde er uns begleiten wollen, und das will Maria nicht, was mich natürlich freut, weil es heißt, dass sie mit mir alleine fahren will. Wenn wir überhaupt fahren, wenn sie das Wochenende «frei kriegt» …

Jochen Wehners Geschichte vom *Loddo* interessiert mich aus einem ähnlichen Grund wie der Artikel in der *Parapsychologie*. Nicht nur Wehner raunte hinter vorgehaltener Hand von Antons hellseherischen Fähigkeiten, auch in der Schule hielt sich noch lange das Gerücht, Anton verdiene jetzt Millionen, weil er Ereignisse verlässlich voraussehen könne. Die Realisten begründeten es mit seinen analytischen Kräften, diejenigen, die einfach eine gute Geschichte liebten, schrieben seinen neuen Job den übernatürlichen Kräften zu, die er wie viele ihrer Comic-Idole von Marvel und DC bei seinem atomaren Unfall erworben haben musste.

Jochen Wehner ist, soweit ich weiß, kein Comic-Fan und überhaupt ein recht haptischer Typ, deshalb bin ich gespannt, was es wirklich mit der *Loddo*-Geschichte auf sich hat.

Der Schachklub im Heuchelhof ist noch immer hinter der Pizzeria Da Mario. Sie wirkt, als wäre sie vom Gewicht des darauf lastenden Hochhauses flach gepresst worden, so niedrig sind die Betondecken. Wehner und Henriette lebten damals mit Maria in einer Wohnung im achten Stock über der Pizzeria. Wehner liebte das, wegen des weiten Blicks über die Autobahnbrücke auf Würzburg, auch wenn die Aussicht von Wohntürmen rechts und links flankiert wurde. Henriette hätte natürlich lieber ein Haus in einem der Dörfer in der Umgebung gehabt, aber für einen Kredit dieser Größenordnung reichte sein Gehalt lange nicht.

«Mit dem Geld vom *Loddo* wär des *allerweil anderschd gweng.*»

83

Sie hätten sich ein großes Haus kaufen können, nicht nur die kleine, feuchte Schmiede am Rand von Ückershausen. Ja – Jochen hatte sich durchgekämpft und sie auch. Er legte das Haus trocken, trotz schlechtem Rücken und Busfahren, trotz Fernstudium und einer Frau, die immer stiller wurde. Sie kümmerte sich um Maria, kochte und machte vormittags die Buchhaltung der Malzfabrik in Rechenberg. Sie hatte einen Sportler mit Potenzial geheiratet und er *des schönste Madla* vom ganzen Jahr. Beide ließen sich nicht unterkriegen, jeder auf seine Weise – aber nicht zusammen. Sie sahen einander zu, wie sie strampelten und sich mühten, sie unterstützten und erregten sich, aber bei aller Schönheit, die sie ineinander sahen, bei aller Wertschätzung füreinander blieb ein Abstand, der sie anfangs irritierte, dann betrübte und schließlich zum Teil ihrer selbst und ihrer Verbindung wurde. Sie lebten eine Liebe mit Abstand. Noch in der Leidenschaft und im Tod würde der Abstand zu ihnen gehören, unsichtbar und schmerzlos geworden, wie ein Spreißel, den die Haut umschlossen und einverleibt hatte.

Henriette wusste, dass auch der Lottogewinn daran nichts geändert hätte, und dennoch war die Verzweiflung damals so groß gewesen, dass Jochen es vermied, jemals wieder vom Abend des 19. Mai 1990 zu sprechen. Maria hatten sie nichts davon erzählt. Wozu auch? Warum das Kind mit einer verpassten Chance auf ein ganz anderes Leben belasten? Obwohl Jochen nachweisen konnte, wo und wann er den «Glücksschein» erworben hatte, es keinen anderen Anwärter auf den Gewinn gab und er sogar beweisen konnte, dass er sich die Zahlen vorher auf einen Zettel notiert hatte, verweigerte die Lotteriegesellschaft die Auszahlung. Man hatte wohl Sorge, dass eine kulantere Lösung auf künftige Fälle abfärben würde. Wie Jochen Wehner den Lottoschein verlor, ist ihm bis heute ein Rätsel.

Man hatte Wehner im Burggarten der Henningsburg festgenommen. Hoffmann sah ihn auf dem Überwachungsmonitor, wie er mit Anton sprach, der die Blumen goss.

«Ich hab *des* wie einen Banküberfall geplant, Simon», er sagt nicht Banküberfall, sondern *Banggraub,* auf Fränkisch. «Ich hab mir zweimal ein Wochenende Zeit genommen und bin zur Henningsburg gefahren. Das war ja kein Hochsicherheitstrakt, aber es gab immerhin fünf Kameras im Außenbereich.»

Wir sitzen uns gegenüber mit einem Bier, hinten im Schachklub, wo jetzt noch nichts los ist.

«Henriette hab ich gesagt, ich muss Prüfungen für mein Fernstudium schreiben. Sie wollte ja da schon nix mehr vom Anton hören. Ich habe ja gewusst, dass der Anton gern im Garten ist, und ich habe gesehen, dass der Garten gut gepflegt war. Also hab ich eins und zwei zusammengezählt und die Rechnung ist aufgegangen. Klar, die haben ja alles für ihn hergestellt und natürlich auch an einen Garten gedacht – klar!»

«Dafür haben sich übrigens meine Eltern eingesetzt, damit er wenigstens etwas hatte, was ihm Spaß macht.»

Jochen schiebt den Kopf kurz vor. Das wusste er anscheinend nicht. Wenn er nachdenkt, lässt er wieder die Brustmuskeln unter dem engen T-Shirt spielen.

«Na ja – egal. Ich hab mir einfach den Radius von der Kamera angeschaut und dann überlegt, wo ich da rüberklettern kann. Und am dritten Wochenende ist der Anton aufgetaucht. Ich hab den ganzen Tag im Wald beim Schloss gesessen gehabt und gewartet. Dann bin ich halt da rübergeklettert und hab ihn gefragt. Der war auch überhaupt nicht erstaunt, mich zu sehen, obwohl ich ja gar nicht hätte da sein dürfen. Ich hab ihn nach der Lottozahl gefragt und er hat nicht mal zu gießen aufgehört. Der hat so einen Moment auf die Blumen geschaut und dann gesagt: 4, 14, 15, 48, 5, 17 und 18. Genau so, einfach so, in einem Rutsch. Ich kann die heute noch auswendig und damals hab ich mir die auch einfach gemerkt.»

Wehner lacht.

«Nicht aufgeschrieben?»

«Nee, ich hab die mir einfach gemerkt, beim ersten Mal.»

«Warum hast du geglaubt, dass er hellseherische Fähigkeiten hat?»

«Warum?»

«Ja, wie bist du auf die Idee gekommen? Das hat ja mit Intelligenz nichts zu tun. Warum sollte er das können?»

Jetzt lacht Jochen noch mal, aber ganz anders als vorher.

«Dein *Baba* hat mich drauf gebracht – ja, irre, gell?! Ich hab deinen Vater nach dem Einkaufen, beim Dom, in Würzburg getroffen. Er ist gerade aus der Klinik gekommen. Er hat mich ja fast ein bisschen gemieden, weil er fand, ich wäre wegen dem Schach und so schuld daran gewesen, dass der Anton überhaupt in diese ganze Spur gekommen ist. Aber an dem Tag war er irgendwie verändert. Er hat mich ganz nett begrüßt und gefragt, wie es mir geht. Ich hab ihm erzählt, dass ich mich so ärgere, dass die den Anton so eingesperrt haben und da ist er auch sauer geworden. Er hätte einen Artikel über den Anton und den Igor schreiben wollen und war wohl schon ganz weit, als die Weidburg und die von der Firma ihn abgezogen haben. Und dann hat er mir erzählt, wie er mit dir nachts in der Klinik die beiden Betten auseinandergeschoben hat und was dann los war. Ich hab ihm versprochen, das nicht zu erzählen, aber mir ist dabei natürlich eine andere Idee gekommen.»

Er nimmt einen großen Schluck Alkoholfrei aus seinem Glas und stülpt danach die Unterlippe über den Schaum auf der Oberlippe. Jochen Wehner ist eigentlich ein Genießer, der alles gerne intensiv macht, Trainieren, Trinken, Schachspielen – leidenschaftlich, wie die Liebe zu Henriette.

«Ich hab mir gedacht, da kann der Ritter lange messen, da wird er keinen Beweis finden, weil das telepathisch ist. Mein Großvater war ja so einer, der Hand aufgelegt hat und zu dem sie alle im Dorf und in der Gegend gekommen sind, wenn sie 'ne Frage hatten oder krank waren. Na ja, und da war die Überlegung, wenn der Anton so gelagert ist, dann hat das, was der beim Schach und bei denen von der Industrie macht, gar nichts mit Intelligenz zu tun, sondern einfach mit dem dritten Auge – hellsichtig, verstehst? Ich hab das nicht gewusst, aber ich hab es geahnt, und wo ich schon mal so weit war, hab ich gedacht, dann mach ich jetzt die Probe aufs Exempel.» Er macht eine Pause und trinkt wieder. Er hebt die Augen zur Decke, wenn er das Glas kippt. Das gibt dem Vorgang fast etwas Sakrales, und ich habe das Gefühl, er käme von weit her zu mir zurück, als er Blick und Bier wieder senkt.

«4, 14, 15, 48, 5, 17 und 18.» Er starrt auf die Striche, die der Wirt auf seinen Bierdeckel gemacht hat. «Das vergesse ich nicht mehr.»

«Und wie ging es dann weiter?»

«Ganz einfach. Der Hoffmann von der SBI kam mit zwei so Stieren in den Burggarten und hat mich nicht besonders freundlich gebeten mitzukommen. Das hab ich auch ohne Widerstand gemacht. Ich hatte ja bekommen, was ich wollte. – Ach ja, und dem Anton hab ich auch noch was dagelassen. Das hat er, glaube ich, gar nicht gemerkt. Ich hab ihm ein Foto von der Maria und ihm in die Tasche gesteckt, als er sich gebückt hat. Irgendwie wollte ich nicht ohne was zu ihm gehen, und ich wusste ja, dass er sie wirklich sehr gern mag.»

Jochen macht eine Pause und lächelt in sich hinein. Der Gedanke an diesen Moment scheint ihm wirklich Freude zu machen. Seine Züge sind weich geworden, kein Zeichen mehr von der Spannung über Sieg und Niederlage, sondern stille Zufriedenheit über diese Geste.

«Ich glaube, das hat ihn gefreut. Keine Ahnung – aber ich glaube das einfach.»

«Und dann?»

«Dann bin ich in den nächsten Lotto-Shop in Wesernhagen gefahren und hab den Lottoschein ausgefüllt und den Beleg mitgenommen. Ich weiß noch genau, dass die Frau an der Kasse – so eine graugesichtige Alte –, dass die alles mit einer Kippe in der Hand gemacht hat. Den Beleg habe ich ganz sorgfältig in mein Portemonnaie *(Boadmonä)* und in die Innentasche von meinem Anorak gesteckt. Da hab ich den aufbewahrt.»

«Und dann?»

«Was dann, was dann – scheiße dann!», schnauzt mich Jochen an.

«Dann kam der 19. Mai und ich hab mich vor den Fernseher gesetzt und auf die Lottozahlen gewartet. Die Henriette hat sich zu mir gesetzt und dann kamen die Zahlen und ich bin *dodal ausgerasded*. Ich hab's ja gewusst, aber wenn es dann wirklich so kommt, bist du doch total woanders. Ich hab so laut geschrien, dass die Henriette geschimpft hat. Und dann haben wir getanzt und gefeiert mit dem Champagner, den ich vorsorglich gekauft hatte. Die Maria hat bei einer Freundin übernachtet. Und plötzlich wollte ich den Zettel, also den Beleg, sehen und hol meine Geldbörse raus und – der ist weg. Die Henriette hat mich angeschaut. Die hat gar nicht verstanden, was los war, bis ich wieder sprechen konnte. Dann hat sie ganz pragmatisch gemeint, er muss ja da sein, und zum Suchen angefangen.»

Das Licht geht an. Zwei Straßen Neonröhren über den langen Tischen. Der Wirt stellt uns wortlos zwei frische Helle hin. Er holt die Schachbretter aus dem Wandschrank und verteilt sie ordentlich auf den Tischen. Mit dem Licht ist auch die Lüftung angesprungen und die blau leuchtende Fliegenfalle. Es wird unangenehm kühl. In ein paar Minuten werden die Junioren des SC Heuchelhof hereinkommen. Viele sind es nicht, aber ein kleiner Thailänder macht Jochen große Freude – aus dem könnte was werden.

«Wir haben gesucht, bis kein Stein mehr auf dem anderen stand – also sozusagen. Aber – na ja, umsonst. Alles umsonst. Henriette hat nichts gesagt, aber ich wusste ja, was sie dachte. Ich hab öfter mal Sachen verloren. Zwei Jacken habe ich auf Busparkplätzen liegen gelassen und so … aber den Schein – das ging zu weit!»

Zehn Minuten später sitzen die Jugendlichen schon an den Tischen. Alle haben Jochen höflich gegrüßt. Er gehört zu den «Alten Herren», ist Faktotum und Legende des SC Heuchelhof. Jochen ist hier jemand, weil er damals Anton entdeckt hat. Den einzigen Spieler aus dem Umfeld des SCH, der auf internationalem Niveau Bekanntheit erlangte.

Ich sehe Anton 1987 vor mir, wie er von Tisch zu Tisch geht und gegen die Alten Herren von damals spielt. Er überlegt nie länger als zehn Sekunden, und am Ende besiegt er sie alle. Ohne großes Triumphieren oder auch nur einem Lächeln. Er schenkt jedem eine kleine höfliche Verbeugung und holt sich dann eine Spezi. Die Heuchelhofer klatschen begeistert. Besonders hier schlägt ihm ungetrübte Zuneigung entgegen. Hier ist einer von ihnen, ein Junge aus armen Verhältnissen, der es geschafft hat, aus eigener Kraft beziehungsweise eigener Intelligenz.

Anton, wie immer eher pflanzlich als fleischlich, war eine wunderbare Projektionsfläche für allerlei Wünsche und Träume. Er war nicht arrogant oder anbiedernd. Er zeigte keine übertriebenen Gefühle oder ausgestellte Coolness. Er war einfach da und tat, was ihm gegeben war, wie eine Pflanze Schatten spendet, weil sie Blätter hat.

Es war Antons Geburtstag, deshalb waren meine Eltern, Geschwister und ich dazugekommen. Die Frauen des SC Heuchelhof hatten ihm einen Kuchen gebacken. Igor, der immer dabei sein musste, wenn Anton unterwegs war, versuchte ein hübsches Mädchen vom Heuchelhof anzuquatschen, die aber nur Augen für den süüüßen Anton hatte. Das Nächste, woran ich mich erinnere, ist, dass Igor aus dem Hintergrund an den Tisch mit dem Kuchen trat und sich als Erster ein riesiges Stück herausschnitt. Er hatte keinen Teller dabei, sondern nahm sich das Stück einfach mit der Hand. Das ging so schnell, dass es den Frauen nicht gelang, ihn aufzuhalten. Es wurde herumgeschrien und sich empört, aber Anton hielt sie zurück, als sie Igor zwingen wollten, ihm das Stück zu überlassen. Also zog Igor ab, zurück in seine Ecke, mit dem Stück, auf dem die große Rosendeko befestigt war, ganz aus Marzipan. Er hatte nicht etwa an der Ecke angeschnitten, sondern ganz direkt dort, wo das Beste zu finden war.

Maria hat ihrem Mann, Jürgen, wieder nicht gesagt, wohin wir fahren. Für ihre Familie braucht sie eine Auszeit und macht ein zweitägiges Achtsamkeitsseminar, ohne Handyempfang und Internet. Zwei so spontane Abwesenheiten in so kurzem Abstand, wird ihr Jürgen da nicht mal hellhörig? Ich frage mich, warum sie nicht einfach die Wahrheit sagen kann. Ihr Vater, Jochen, ist gar nicht so. Er trägt sein Herz auf der Zunge und muss sich immer sehr zurückhalten, um Heimlichkeiten nicht gleich auszuplaudern. Die Familie ihrer Mutter hingegen besteht eigentlich nur aus Fassade und Geheimnis. Paradoxerweise wissen alle, was verschwiegen wird und wie es hinter der Fassade aussieht, aber darüber soll einfach nicht gesprochen werden. Im Gegensatz zu Jochen gibt es für Henriette ein ganz klares Innen und Außen, wir und die. Maria würde es nie zugeben, aber sie betreibt das auch – nur nicht ganz so konsequent – wie ihre Mutter.

Heute bin ich schon wütend aufgestanden. Warum, weiß ich selbst nicht, und das ärgert mich noch mehr. Wie immer müssen meine Liebsten als Erste unter dieser Spannung leiden. Maria geht mir auf die Nerven, weil sie wieder gelogen hat und weil sie sich vorsätzlich Kleider anzieht, die sie «weiblich» findet, die aber einfach unvorteilhaft sind. Das könnte und sollte mir völlig egal sein, aber ich werde gemein, wenn ich wütend bin, und muss mich extrem zusammenreißen, um ihr nicht von ganz anderer Seite eins reinzuwürgen. Das kostet Kraft und macht mich noch ungehaltener.

Ich habe sie in Würzburg abgeholt, im Frauenland. Das Land, auf dem der Stadtteil erbaut wurde, gehörte bis zur Säkularisierung mehrheitlich Frauenklöstern, daher der Name. Für mich hatte der Name immer einen besonderen Klang, weil alle meine Freundinnen im Frauenland wohnten. Die, mit denen ich «zusammen» war – Michi –, und die, mit denen ich gerne zusammen gewesen wäre – Ulrike, Céline, Tonya –, und Maria.

Wir folgen den Anweisungen des Navis nach Belgien. Igor spielt im *Chess Club Anderlecht*, Place de la Vaillance 7. Wo er wohnt, müssen wir noch herausfinden. Eigentlich wollten wir uns darüber unterhalten, wie wir ihn ansprechen und ob wir davor versuchen, sein Zimmer oder seine Entourage auszukundschaften, aber jetzt schweigen wir uns erst mal an. Maria tut so, als würde sie schlafen, und ich habe mir den Bluetooth-Kopfhörer aufgesetzt und höre Deutschlandfunk.

Zur Zeit, als Anton in unsere beiden Leben trat, interessierte sich Maria nicht für mich und das ist noch weit untertrieben. Sie hatte mich noch nicht mal wahrgenommen. Mein älterer Bruder Thomas war in ihrer Klasse, daher kannte ich sie von Geburtstagen und Schulfesten. Keiner wusste, dass ich mittags so oft zu spät nach Hause kam, weil ich die Straßenbahn verließ, wenn sie nicht drin war, und auf die nächste wartete. Dann stieg ich ein und lief von vorne bis hinten durch, in der Hoffnung, ihr zu begegnen, und stieg wieder aus. Eine Stunde später, nach der dritten oder vierten Straßenbahn, gab ich auf. Trotzdem ist es mir nur zweimal gelungen, sie so zu treffen (ohne ihre Freundinnen), und dann verliefen unsere Unterhaltungen meist nach demselben Muster:

«Ah, hallo Maria, wie geht's?»

«Ah, hi – gut.»

Pause – ich überlege fieberhaft, was ich sagen soll.

«Was machst du am Wochenende?»

«Keine Ahnung. Vielleicht ins Dalli.»

(Das Dallenbergbad.)

Ich nicke mit dem Kopf – da wollte ich nicht hin, weil ich mich zu dünn fand.

Sie: «Also, dann, ich muss raus.»

Ich: «Ah, okay, ja. Tschau.»

Acht Monate Straßenbahnwechsel in zwanzig Sekunden verraucht und trotzdem einen Puls von hundertvierzig, Schweißausbrüche und das berauschende Gefühl, ihr für einen Moment nahe gewesen zu sein, sie bei einer Kurve mit der Schulter berührt, ihren Duft geatmet zu haben.

Mein Blick fällt auf die seltsam goldgeränderten römischen Sandalen, die sie heute bis über die Waden hochgeschnürt hat. Wer trägt so was? Man sollte sie für diese Freiheit lieben – mich regt das auf. Vielleicht hat sie deshalb diese Liebe zu Anton entwickelt, weil er keinen männlichen Blick auf sie hatte, kein Begehren, keine Wertung. Mit ihm konnte sie mühelos koexistieren. Jürgen, der brave Mann an ihrer Seite, ist heute vielleicht ein Zwischending, zwischen Anton und mir. Liebevoll, begehrlich und doch genüg- und fügsam. Vielleicht ist er auch frivol, aber das will ich mir nicht vorstellen. Zwischen uns – als wir dann mehr miteinander zu tun hatten – herrschte immer eine Art Expanderliebe, schwer auseinanderzukriegen und, wenn man zusammenkommt, dann mit Karacho. Wobei, wie gesagt, unsere «Liebe» platonisch blieb.

Das Schweigen währt zweieinhalb Stunden, bis ich in Bonn von der Willy-Brandt-Allee nach rechts in die Welckerstraße abbiege und gleich wieder links in die Schlegelstraße. Wir haben uns vorgenommen, noch einen Zwischenstopp im ehemaligen Bundeskanzleramt zu machen, wo Anton 1987 gegen Helmut Kohl spielte. Heute kann man dort Hochzeit feiern. Wir haben uns als Einzelbesucher angemeldet, betreten aber mit einem braun gebrannten und stark tätowierten Brautpaar das Gelände, über den Zugang am Bundesministerium für wirtschaftliche Zusammenarbeit und Entwicklung. Die Beamten der Bundespolizei überprüfen unsere Ausweise und die Anmeldepapiere, dann werden wir mit Besucherausweisen durchgelassen. Vom Haupteingang können wir den Rhein durch die Bäume sehen.

Die Bilder unseres Besuchs 1987 tauchen vor mir auf. Wehner machte Scherze durch die Sprechanlage des Busses, obwohl er schon schmerzlich spürte, wie man ihm langsam das Wunderkind Lukusch entzog. Anton saß in einer Reihe neben Maria und mir, aber ständig kam von Weidburg zu uns und beugte sich konspirativ zu Anton über die Lehne.

«Wenn er oder seine Frau dir die Hand gibt, gibst du auch die Hand, aber es muss erst mal von ihm kommen. Drängle dich nicht nach vorne und versteck dich auch nicht, bleib einfach bei mir. Der BK (ihr Kürzel für Bundeskanzler) spielt gerne Schach, aber es kann sein, dass es das Protokoll heute nicht zulässt – wir müssen flexibel sein, ja –, und kratz dich nicht am Kopf, das wirkt ungepflegt.» Anton reagierte nicht, sie nickte zu sich selbst und schwirrte ab. Wir spielten weiter Schere, Stein, Papier, wobei es darum ging, sich kreative Zusatzfiguren wie Brunnen, Feuer, Säge oder Schwarzes Loch auszudenken.

Ob Victoria von Weidburg das Zusammentreffen mit Unternehmern und Industrie hier schon geplant hatte, kann ich nicht sagen, aber sie hatte viel vor mit Anton, das konnte man sehen. Nachdem sie dreimal bei Anton gewesen war und schon wieder aufstehen wollte, hielt mein Vater sie am Arm fest und zog sie unsanft zurück auf ihren Sessel.

«Jetzt lassen Sie den mal in Ruhe.»

«Lassen Sie bitte meinen Arm los, Herr Dr. Ritter?!»

Meine Mutter kam sachte zur Hilfe.

«Der Anton wird doch vollkommen verwirrt und nervös, wenn Sie den ständig bequatschen.»

«Der und nervös?! Das glaube ich gar nicht. Außerdem ist das meine Sache und ich muss dieses Treffen vorbereiten. Die Kinder haben keine Ahnung vom Protokoll und Sie auch nicht...» Sie wollte eben wieder aufstehen, da schnarrte Jochen Wehners Stimme aus der Sprechanlage: «Halt! Alle Passagiere sitzen bleiben! Anschnallen und fertigmachen zur Landung. Wir verlassen die Autobahn und sind in ein paar Minuten am Kanzleramt.»

Mit einem hatte Weidburg völlig recht. Anton war gar nicht nervös, er war absolut gelassen. Es wurde ruhig im Bus. Zwischen den Erwachsenen herrschte eisiges Schweigen. Wehner parkte und alle stellten sich in Zweierreihen auf. Anton wurde nach vorne geholt und Weidburg stellte sich hinter ihn, die Hände auf seinen Schultern, den Blick zum Eingang gerichtet, entschlossen, ihren Plan mit ihm durchzuziehen.

Wehner und meine Eltern hatten diese Entwicklung der NGO Shelta im Verhältnis zu Lukusch schon länger mit Unbehagen verfolgt. Aber Katerina Lukusch und Misha erteilten bald der NGO die Vollmacht, in Deutschland über Anton zu verfügen, und davon machte Weidburg Gebrauch, seit sie verstanden hatte, wie wertvoll er für ihr Unternehmen werden konnte.

Die Sicherheitsvorkehrungen am Kanzleramt waren 1987 ähnlich hoch wie heute. Die letzten Ausläufer der RAF verbreiteten Unsicherheit. Man hatte gelernt, dass ein Terrorist genauso im Kleid einer Kindergärtnerin wie in der Uniform eines Polizisten auftauchen konnte. Trotzdem wurde es schnell laut und fröhlich, als wir nach der Sicherheitsüberprüfung in kleinen Gruppen vom Eingang durch den Park die Auffahrt hoch zum Portal bummelten. Maria und ich packten Anton am Arm und zogen ihn von der Weidburg, die gerade kontrolliert wurde, weg in den weitläufigen Park. Sie rief uns etwas hinterher, aber das kümmerte keinen. In der Nähe der flachen Villa kamen uns der Bundeskanzler und seine Frau entgegen. Sie begrüßten jeden aufmerksam und freundlich, ganz anders, als wir es aus den Nachrichten mit den Staatsgästen der Welt kannten. Anton stellte sich zwischen mich und Maria. Der Bundeskanzler gab mir die Hand und dann wäre Anton dran gewesen, aber der rührte sich nicht, sondern ließ den großen Mann stehen und wandte sich erst seiner Frau Hannelore zu. Wieder wartete er. Wir mussten alle lächeln, Hannelore Kohl streckte ihm die Hand hin, er schüttelte sie und machte, wie immer, eine kleine Verbeugungsbewegung. *Ladies first.* Anschließend wandte er sich ruhig dem Kanzler zu und schüttelte auch ihm die Hand.

Im Empfangssaal erkenne ich gleich die großen abstrakten Bilder und den Furniertisch mit dem eingelassenen Schachbrett, auf dem damals die Figuren aufgebaut wurden. Kohl, der große Hoffnungen in Gorbatschows Reformpolitik von Glasnost und Perestroika setzte, war daran gelegen, auch offiziell die Tschernobyl-Flüchtlinge herzlich zu empfangen und die Verbundenheit mit den Leidtragenden in der Zivilgesellschaft der Ukraine zu zeigen. Wie zu erwarten war, stürzte sich die Presse auf das «zufällig» anberaumte Spiel des Bundeskanzlers gegen den «kleinen Großmeister». Anfangs bezog Kohl die umstehenden Kinder und Journalisten immer wieder in eine humorvolle Unterhaltung ein, doch je weiter das Spiel voranschritt, desto mehr musste er sich konzentrieren, um sich nicht durch einen ungeschickten Fehler zu blamieren. Die Besuchszeit sollte nicht zu lange ausgedehnt werden, deshalb hatte man eine Schnellschachpartie von maximal einer halben Stunde anberaumt. Lukusch setzte den Kanzler innerhalb von achtzehn Minuten matt. In den letzten Minuten des Spiels hörte man nur das Klicken der Schachuhr und die leisen Kommentare der Reporter, die Livesendungen moderierten. Helmut Kohl war kein schlechter Schachspieler und auch nicht ohne Ehrgeiz. Auf seinem Gesicht lag in diesen Minuten ein Ausdruck amüsierter, fast ein wenig spöttischer Verwunderung darüber, dass dieser junge Ukrainer ihn tatsächlich mühelos abservierte. Vor allem aber freute er sich über die Bescheidenheit des Jungen. «Fabelhaft!», sagte er mehrmals lachend, und während alle darauf warteten, dass er noch etwas hinzufügen würde, stand Anton auf, verbeugte sich etwas ungelenk und erwiderte: «Ich bereit wäre, Ihnen Revanche zu geben.»

Ich schaue mich um und sehe gerade noch, wie Maria das Handy hochhält und ein Selfie von sich und dem Tisch macht, an dem ich noch immer stehe.

«Igor hat sich genauso fotografiert. Er hat sich hingestellt, die Kamera umgedreht und sich auf gut Glück im Vordergrund, vor dem Schachspiel und Anton und dem Kanzler, fotografiert. Ich bin ganz weit hinten gestanden und konnte eh nichts sehen, deshalb hab ich ihn dabei beobachtet. Er hat später auch ein Selfie mit dem Bundeskanzler gemacht, gegen den Willen von der Weidburg. Ist einfach hingegangen und hat erklärt, wer er ist, und ein Foto von sich und Kohl gemacht.»

«Dabei fand er doch das ganze Gedöns um Anton scheiße, oder?»

«Ja, aber er hat sicher begriffen, dass es für ihn was Besonderes ist, dabei gewesen zu sein – und vorteilhaft.»

«Na ja, wir alle waren stolz, den Bundeskanzler treffen zu dürfen. Das muss nicht so berechnend gewesen sein.»

Maria hört mir schon nicht mehr zu. Einwände, Zweifel und

Ja-aber-Sätze haben bei ihr keinen Platz. Sie ist schon in den angrenzenden Saal gegangen, wo eine Reihe von Vitrinen mit Geschenken berühmter Staatsgäste steht.

Der Raum ist ein wenig dunkler als die anderen, sodass das Licht in den Vitrinen die Gegenstände stärker zur Geltung bringt. Da stehen chinesische Elfenbeinschnitzereien, afrikanische Masken, teure Füllfederhalter und historische Bücher. Maria geht zielstrebig auf eine kleine Vitrine zu. Darin liegen, eingebettet in einem bordeauxfarbenen Samtkissen, zwei goldene Platten. Ich erkenne einen spiegelverkehrten Schriftzug und zwei eingravierte Bilder. 500 Simbabwe-Dollar, auf der einen Seite drei große Findlinge, aufeinandergestapelt, auf der anderen ein Steinbruch.

«Igor hat das hier ganz lange angeschaut und mehrfach fotografiert.»

«Das sind Druckplatten oder Abgüsse von Druckplatten.»

Maria liest die Plakette auf der Vitrine: «Gastgeschenk von Canaan Banana, Premierminister von Simbabwe, zum Staatsbesuch bei Bundeskanzler Dr. Helmut Kohl im Juni 1981. Die erste Währung des Landes, nach der Unabhängigkeit Simbabwes von Großbritannien, 1980, wurde von der deutschen Noten-Druckerei Dangel & Kern in Frankfurt ausgeführt.»

«Igor hat es wahrscheinlich einfach fasziniert, dass die einen Steinbruch auf den Geldschein drucken, weil die ja selbst Kieswerke und Steinbrüche hatten.»

Wir müssen beide unwillkürlich lachen, dabei kann man ihn gut verstehen. Keine sowjetische Nation hätte ein Silo, einen Steinbruch oder eine Zementfabrik auf einen Geldschein gedruckt, wie das in afrikanischen Ländern bis heute oft der Fall ist. Die Noten, die er kannte, zeigten gen Himmel blickende Heldinnen der Arbeiterklasse, Kriegerdenkmäler oder Regierungsgebäude.

Mein Vater hat mir erzählt, man habe bei der Untersuchung von Igor festgestellt, dass Igors Lunge stark vom Staub der Kieswerke, auf denen er seine ganze Kindheit über gespielt hatte, belastet war. Seine Lunge erholte sich merklich in der Zeit in Deutschland und er wurde immer leistungsfähiger beim Ringen und später beim Hanteltraining auf Schloss Henningsburg, aber mein Vater befürchtete, der Junge werde im Alter Spätfolgen der Belastung zu spüren kriegen.

Maria geht schon wieder weiter, deshalb spreche ich lauter und meine Stimme hallt durch die Räume. «Ich kenne dieses Motiv von den Geldscheinen. Die sind später wegen der Hyperinflation in Simbabwe berühmt geworden. 2008 wurden 100-Trillion-Noten gedruckt, genau mit dem Motiv der aufgetürmten Findlinge, die auch auf der goldenen Druckvorlage sind. Aber den Steinbruch hab ich, glaube ich, schon mal woanders gesehen. Wo, weiß ich nicht mehr.» Der Fotograf, der das Brautpaar vor einem abstrakten Riesengemälde Gerhard Richters fotografiert, schaut mich erstaunt an.

Maria dreht sich in der offenen Tür zum Park um. «Wie ist es eigentlich für die Familie Shevchuk oder Nazarenko weitergegangen, nachdem ihre Kieswerke bei Prypjat verstrahlt waren?»

«Keine Ahnung, vielleicht sind sie zurück nach Minsk. Igors Vater ist heute anscheinend immerhin 100 Millionen Dollar schwer.»

«Ist das die ‹Methode der schlichten Behauptung›, oder weißt du das?»

«Hab ich gelesen.»

Sie dreht sich einfach um und verschwindet nach draußen. Es hat zu regnen begonnen, aber das macht ihr nichts. Sie geht vor mir her, hinunter zum Rhein, auf dem sich eben ein langes Lastschiff mit Containern gegen den Strom am Kanzleramt vorbeischiebt. Maria ist schon ziemlich nass geworden. Sie schnallt die Sandalen ab und watet ein bisschen ins seichte Wasser. Ich stelle mich unter eine der ausladenden Buchen und sehe ihr zu, wie sie das Kleid vor dem Bauch zusammenrafft. Der Regen wird immer stärker. Sie dreht sich strahlend zu mir um.

«Weißt du noch, unser Als-ob-Spiel?»

Natürlich weiß ich das noch.

«Wetter ist Wetter», hat Anton immer gesagt. «Ob's regnet oder schneit, schlecht Wetter gibt's nicht.»

Sie richtet das Gesicht ein wenig nach oben zur imaginären Sonne hin und schließt genießerisch die Augen.

«Wir rennen nicht weg vor dem Regen, wir ziehen uns nicht hektisch die Jacke über den Kopf und flüchten in einen Hauseingang.» Ich vollende, wie wir es mit Anton dichteten, als wir auf einem Weg zwischen den Weizenfeldern zurück zum Schwalbenhof stromerten: «Der Wind ist unser Freund, der Regen unser Gefährte, die Sonne wärmt unsere Herzen, der Schnee kühlt unsere Gemüter – Herrgott noch mal – JUHU.»

Anton sprach nie viel, aber in den zwanzig Wörtern am Tag kam das Wort Gott überproportional oft vor. Seine Großmutter war tiefreligiös, wenn man Anton glaubte. «Oma Valja hat Gott gesehen – persönlich.» Sagte er einmal ernst auf einem Ausflug, ohne uns danach zu erklären, wie das abgelaufen sein sollte. Wenn er sich erschrak, konnte man das nicht etwa an einer schnellen Bewegung oder einem Aufschrei erkennen, sondern daran, dass er die Augenbrauen zusammenzog und *Jeschusch Maariaa* murmelte.

Anton, Maria und ich waren im heißen Sommer 1987 zu einem ungleichen Trio geworden. Maria besuchte uns manchmal mit dem Fahrrad auf dem Hof, das heißt, sie besuchte Anton und dann waren wir zu dritt unterwegs. Sie wurde immer ganz schwärmerisch, wenn sie mal weg aus dem Heuchelhof kam. Dabei plagte sie der Heuschnupfen so, dass sie ständig rote Augen hatte und ihre blumigen Ausführungen von Nieskaskaden unterbrochen wurden. Umso mehr machte es ihr Freude, sich vorzustellen, wir wären harte Arbeiter vom Land, die, mit allen Wassern gewaschen und vom Leben gezeichnet, furchtlos der Zukunft entgegensähen. Diese Furchtlosigkeit und das romantisch-pathetisch dem Leben

Zugewandte habe ich immer an ihr geliebt. Mit einer Psychologin als Mutter und einem Neurologen als Vater waren Überhöhung und Pathos nicht gerade angesagt bei uns. Der Realismus wurde hochgehalten, wobei damit eher ein geschärftes Bewusstsein für die Härten und Risiken des Lebens gemeint war. An Helden glaubten meine Eltern nicht, eher an Menschen, die sich für andere und die Gesellschaft einsetzten. Wahrscheinlich haben die Nazizeit und der Umgang mit den damit verbundenen Traumata dafür gesorgt, dass man ständig nach der Differenzierung suchte, dem Guten in den Bösen, dem Fragwürdigen in den Guten, dem Verständlichen in den Wankelmütigen und dem Ambivalenten bei den Entschlossenen. So empfand ich Marias entschlossenes Pathos wie eine frische Brise in einem Raum voller zäher, abgestandener Luft.

Die Wachleute vor dem Bundeskanzleramt wollen es sich nicht anmerken lassen, aber so einige Augen folgen Maria, der das nasse Kleid jetzt geradezu am Körper klebt. Entweder merkt sie es nicht oder sie lässt sich nichts anmerken. Auf dem Weg zur Autobahn schnallt sie sich ab und zieht sich das Kleid über den Kopf. Sie klemmt es an den Trägern in die Fensterscheibe, sodass es im Fahrtwind neben uns her flatternd trocknet. In BH und Unterhose sitzt sie dann neben mir und erzählt fröhlich von ihren Kindern und Jürgen, der schon gestern schlechter Laune war, weil ihm nichts einfiel, was er bei dem unsicheren Wetter mit den Kindern anstellen sollte. Ich wage einen Blick zur Seite. Sie hat immer noch einen jugendlichen Körper. Im Gegensatz zu mir hat sie nicht zugelegt. Ihre Brüste liegen voll in dem hautfarbenen BH. Kleine Falten unter dem Bauchnabel erzählen von den zwei Geburten ihrer Kinder, aber würden wir uns nackt nebeneinanderstellen, sähe mein Körper um zehn Jahre älter aus, fleckiger und gebrauchter. Dabei ist sie immerhin drei Jahre älter als ich – aber Alkohol, Trennungen, Arbeit und vor allem destruktives Kopfkino haben an meiner Physis genagt. Das hat mich nie besonders beschäftigt, doch jetzt wird mir bewusst, wie sich Unbeschwertheit und Lebensenergie genauso in unseren Körpern niederschlagen wie ein ausschweifendes, zweiflerisches Leben. Maria strahlt, wie früher, von innen heraus, aus jeder Pore, mit blitzenden Augen und reinem Teint. Vielleicht gerade, weil sie einen freundlichen Jürgen hat, der sie unterstützt, und zwei nette Kinder und ein Haus und ihren sicheren Job im Herzzentrum der Uniklinik Würzburg. Sie stellt Herzpatienten den Schrittmacher neu ein beziehungsweise kontrolliert, ob die Maschine glatt läuft. Von ihr würde ich mir auch das Herz einstellen lassen. Aber ich habe noch keinen Herzschrittmacher, und sie sollte sich jetzt besser wieder anziehen, sonst baue ich oder ein anderer auf dieser Autobahn demnächst einen Unfall.

Anton hat das Spiel verstanden. Bauern, Könige, Damen – jeder hat eine eigene Art, sich zu bewegen. Ein Bauer ist einfach, er geht gerade vor-, nur zum Schlagen seitwärts. Er steht vor den anderen. Es gibt acht von ihnen, nicht nur zwei oder einen. Sie sind schmucklos, gleichen einander aufs Haar. Sie sind bescheiden, werden leicht übersehen, aber ihm ist von Anfang an klar: Sie sind die stille Macht auf diesem Feld. Er ist ein isolierter Bauer, weit weg von zu Hause, zwischen Königen, Damen und Läufern. Seine Freunde sind die anderen Bauern, die Kinder – manche von ihnen – und die Seltsamen. Alle anderen wollen etwas von ihm. Er wird vorwärts gehen, als braver Bauer, aber er wartet auf etwas. Seine Mutter hört ihn nicht, wenn er mit ihr spricht, sie nimmt wahr, was er tut, was er sagt, aber ihn selbst hört sie nicht. Oma Valja würde ihn hören. Aber Oma Valja telefoniert nicht und sie ist nicht hier. Sie ist keine Königin mehr – geschlagen.

Wenn er an sie denkt, kann er den sonnigen Holzboden der Veranda vor dem Haus unter seinen Füßen spüren, die kleinen

Steine und den Staub zwischen den Zehen und dann das kühle Gras unter den Pappeln. Seine feinen, fast weißen Haare auf den Unterarmen sträuben sich wie der Pelz der Brennnesseln hinterm Haus. Zwischen den Zehen quillt Schlamm aus dem Gras. Der Pfad zum Wasser ist immer nass. Die Haselnusssträucher streifen ihm durchs Gesicht, bis er ins dunkle Wasser watet. Hier wächst und fließt alles kreuz und quer, keine Quadrate, keine Figuren, nur Wesen miteinander im Gespräch. Diese Ordnung ist unbegrenzt – flüssig, sie berührt anstatt zu sprechen.

Um den See, entlang am langen Graben, der zum Kraftwerk führt. Das Wasser ist immer warm. Der Weg an der großen Hecke scheint endlos, wenn er dem Fuchs nicht begegnet oder den Elstern, die ihn von Weitem auslachen. Zweimal hat er eine geschossen, mit Großvaters Flinte, und jetzt vertrauen sie ihm nicht mehr, fliegen davon, wenn er noch weit entfernt vom Seeufer her hochklettert. Hier hat er das Als-ob-Spiel erfunden, er ist mit der Flinte gegangen und hat gepfiffen, als kümmerte er sich nicht um sie. Hat das Gewehr geschwungen wie einen Spazierstock. Beim ersten Mal waren sie verwirrt, beim zweiten Mal beweinten sie laut und wütend den Tod ihres Gefährten. Seitdem lässt er die Flinte zu Hause. Es ist vorbei. Er müsste sich einen Tag in einen Busch setzen, um sie zu täuschen, aber das ist es ihm nicht wert. Außerdem hat er in der Schule gelernt, dass sie keine Nesträuber sind, wie sein Großvater und sein Freund Vasilij behaupteten.

Das Tor und den Zaun hat auch Großvater gebaut, für ihn, als er noch klein war. Statt der Wippe stehen jetzt die Tomaten in der Sonne. Die Kürbisse hat er nur gepflanzt, weil sie so wuchtig sind und ihm die Farben gefallen. Er stapelt sie zu großen orange-gelben Gebilden und beobachtet, wie sie in sich zusammenfallen.

Es ist dunkel. Er ist rausgegangen, wie er es manchmal tut, in die Nacht, zu seinem Garten. Wenn kein Licht sie trifft, sind die Pflanzen ruhiger, reagieren anders auf seine Berührungen. Keine Aufträge von Mutter und Großmutter, keine Werkslastwagen, die ihren hellen Staub über die Blätter legen. Nur er und sein kleines, grünes Reich, bei Nacht im fahlen Licht der Kraftwerksbeleuchtung. Er spürt die Druckwelle im Nacken. Nur Bruchteile von Sekunden später der ohrenbetäubende Knall, und plötzlich wird er zu Boden gerissen, bevor der Wind der großen Explosion über ihn hinwegfegt. Igor ist von hinten angerannt und hat ihn umgeworfen. Er liegt jetzt schwer auf ihm. Sie sehen die Wolke über dem Kraftwerk aufsteigen. Sirenen werden hörbar, Klingeln und Motoren. Sogar einzelne Stimmen kann man schreien hören durch die Nacht, die plötzlich taghell ist. Das ganze Werk ist erleuchtet. Igor rappelt sich auf: «Los, komm.»

Später hat jemand die Geschichte erzählt, man hätte Igor nach der ersten Explosion zu ihm in den Garten geschickt, aber das stimmt nicht. Die erste und die zweite Explosion waren direkt nacheinander. Die Wahrheit ist, Oma Valja hat bei Shevchuks angerufen, mitten in der Nacht, weil sie ihn nicht gefunden hat. Man hat Igor gefragt, und der hatte die Idee, dass er im Garten sein könnte. Nicht, weil Igor ihn so gut kennt, sondern, weil er ihn da schon mal aufgestöbert hat, mit seinen Freunden. Sie haben ihn verprügelt und die Pflanzen zertrampelt. Daher kennt Igor seinen Garten. Jetzt klopft er sich die Erde von der Jacke. Sie laufen an der Straße zurück zur Kiesgrube. Im Kraftwerk brennt es. Sie reden nicht. Misha taucht auf. Er sollte Igor begleiten, lief aber langsamer und wurde von der Detonation in den Graben geworfen. Er hustet die ganze Zeit. Shevchuks Lastwagen kommt ihnen von der Kiesgrube her entgegen. Hinten drin sitzen Mama und Oma Valja und Igors ganze Familie. Sein Vater hat einen Anruf von Vassilij bekommen. Sie müssen weg hier oder sie werden sterben.

Oma Valja zieht Anton zu sich auf die Bank und schaut ihm ins Gesicht.

«Wo warst du?»

«Im Garten.»

Sie schüttelt den Kopf und drückt ihn fest an sich. Später sagt sie ihm, dass sie von einer Explosion geträumt hat. Das war der Grund, warum sie die Shevchuks anrief. Sie dachte: Die Explosion steht für etwas, das ihm passiert sei, sie dachte nicht an eine echte Explosion, und dann war er nicht in seinem Bett und sie wusste, sie musste ihn finden.

Er hat das Haus der Großmutter seitdem nicht mehr gesehen. Sie waren in Wohnungen und Turnhallen, fuhren mit dem Zug, mit Lastwägen und Reisebussen. Seine Mutter rauchte und redete mit den jungen Soldaten und den Krankenschwestern. Sie wurden gewaschen und untersucht, immer und immer wieder. Sie bekamen Medikamente und neue Kleider. Sie blieben mit den Shevchuks. Nicht dass sie befreundet gewesen wären, aber das Schicksal hatte sie zusammengebracht. Sie verstanden sich als Gruppe. Igors Vater hatte Kontakte. Er nahm Mutter und Großmutter und ihn mit. Alexej und sein Sohn Misha mochten Antons Mutter, das konnte man sehen – Oma Valja warnte sie vor beiden. Sie hatte kein Vertrauen zu Leuten mit guten Verbindungen und zu viel Geschäftstüchtigkeit.

Und dann kam der Abschied. An einem Tag im Frühsommer. Unter den Kindern kannte er nur Igor, der neben ihm in den Zug stieg, und einen Mann, der sie im Krankenhaus besucht hatte. Er hatte mit seiner Mutter gesprochen, mit Oma Valja und Igors Vater. Sie hatten Papiere ausgefüllt und unterschrieben. Gefragt hatte man ihn nicht. Sie hatten es ihm beim Frühstück gesagt und mittags ging der Zug. Es sei zu seinem Besten. Er müsse sich keine Sorgen machen, sie würden telefonieren und schon bald sei er zurück bei Mama und Oma. Sie weinten, als sie ihn umarmten und noch während er sie kleiner werden sah auf dem Bahnsteig. Er hatte Igor neben sich gespürt, der nach dem scharfen Essen der Shevchuks roch und lauthals weinte. Er konnte Igors

Schmerz spüren im Hals und in den Augen, aber er weinte nicht. Er nahm die anderen Kinder wahr, die farbigen Taschen und Koffer und den Zettel, der in dem kleinen Plastikfach an der Tür steckte. *Reserviert für SHELTA* und in der nächsten Zeile *Prypjat – Kiew-Boryspil – einfach.*

Er ist vorwärtsgegangen, als braver Bauer, als *Isolani*. Seit er unter Igor gelegen und die Soljanka gerochen hat, die es bei Shevchuks am Abend gegeben hatte, ist er vorwärtsgegangen, von Feld zu Feld, fremdgesteuert, den Blick nach vorne gerichtet, in eine neue Welt.

Isolani
Als Isolani oder isolierten Bauern bezeichnet man im Schach einen Bauern, dem kein anderer Bauer der eigenen Farbe zur Seite steht. Er kann daher nur von höherwertigen Figuren verteidigt werden.

Der bekannte Schachmeister Savielly Tartakower prägte den Satz: «Ein Isolani verdüstert die Stimmung auf dem ganzen Schachbrett.»

Ein nicht ausreichend blockierter Isolani kann zu einem gefährlichen Freibauern werden.

INT. CHESS CLUB ANDERDECHT - TAG

Lange Tischreihen, an denen die Schachspieler der *Anderlecht Open* konzentriert spielen. Vereinzelt Zuschauer. An einer kleinen Theke kann man Getränke und Gebäck kaufen. Maria Wehner und Simon Ritter betreten den Raum. Maria stößt Simon an und deutet mit dem Kopf zu einem Tisch. Den Rücken zu ihnen gekehrt sitzt dort IGOR SHEVCHUK alias Nazarenko. Maria will sich gleich an seinen Tisch stellen, aber Simon hält sie zurück.

> SIMON
> Komm, wir trinken erst mal was.
> (bestellt)
> Une bière.

Die Dame schüttelt den Kopf und deutet auf ein kleines Schild: «No Alcohol».

> SIMON
> Ah, okay. Un Coca s'il vous plaît.

Maria ist immer noch abgelenkt. Jetzt wird sie aufmerksam, überfliegt das Angebot. Es wird geklatscht, eine Partie ist vorüber.

> MARIA
> Un thé à la verveine avec un quart
> de citron et un verre d'eau du
> robinet.

> SIMON
> Du sprichst gut Französisch.

> MARIA
> Überrascht?

> SIMON
> Absolut. Du als Arbeiterkind.
> Französisch war immer die Sprache
> der Könige.

> MARIA
> Und der Revolution.
> Meine Tante sagt immer: Einbildung

> MARIA (WEITER)
> ist auch Bildung, das gilt ganz
> besonders für Akademiker.

> SIMON
> Wer ist hier Akademiker? Ich drehe
> Industriefilme, ich bin Handwerker.

Maria nimmt Simons Hand.

> MARIA
> Glatt wie ein Babypopo. Handwer-
> ker?! Dass ich nicht lache. Du
> Bonvivant – du brotloser Künst-
> ler – du – Tagedieb.

Sie lachen beide. Es wird geklatscht. Igor hat
sein Spiel beendet. Er gibt seinem Gegenüber die
Hand und kommt zur Theke. Er muss sich vorsehen,
um sich mit seinem voluminösen Körper zwischen
den eng stehenden Tischen zu bewegen. Sein Blick
gleitet über Maria und Simon hinweg, und er
schiebt sich an ihnen vorbei zum Essen.

> IGOR
> Een kop koffie en twee croissants.

> MARIA
> (erstaunt)
> Igor?

Er reagiert nicht.

> MARIA
> Igor!?

Jetzt dreht er sich zu ihr. Sein Hals ist zu
dick, um nur den Kopf zu wenden. Er schaut die
beiden nur an.

> MARIA
> Hallo. Du erkennst uns nicht,
> oder? Maria. Maria und Simon,
> aus Würzburg. 1987/88?

Er lächelt langsam.

IGOR
Lange ist es her. Ich erkenne euch.

SIMON
Wir waren zufällig in Anderlecht
und haben gesehen, dass du hier
Schach spielst.

IGOR
Aha.

MARIA
Wo ist Anton?

IGOR
Anton.

MARIA
Ja.

Er schaut sie lange an und lächelt weiter.

IGOR
Seid ihr verheiratet?

SIMON
Nein.
Wo ist Anton? Wir haben gehofft,
ihn hier auch zu sehen.

Igor nickt.

IGOR
Aber ihr seid ein Paar?

MARIA
Nein. Ist Anton im Hotel geblieben?

IGOR
Er ist nicht hier.

MARIA
Nicht bei dir?

Igor schüttelt den Kopf. Sein Blick ist zur anderen Tür gewandert, wo zwei Männer sitzen und zu ihnen hinüberschauen: einer dick, der andere drahtig.

IGOR
Ihr seid nicht einfach so in Anderlecht.

MARIA
Wir haben gehofft, Anton bei dir zu treffen.

Ein Schachspieler hat sich an einen Tisch mit frisch aufgebautem Brett gesetzt und gibt Igor ein Zeichen.

IGOR
Er ist nicht mehr bei mir. Seit fünf Jahren schon. Entschuldigt mich.

Maria will noch etwas sagen, aber er geht von den beiden weg an den Tisch. Simon und Maria schauen ihm nach.

Jetzt ist Maria wütend. Igor hat sie wütend gemacht. Sie hat ihren Eisenkrauttee nicht ausgetrunken. Stattdessen sind wir raus auf den Place de la Vaillance gegangen, haben uns vor das pittoreske *La Ville de Brugge* in den Schatten gesetzt und zwei große Bier bestellt. Maria ist kämpferischer als ich. Die ausweichenden Antworten von Igor bringen sie auf die Palme. Er habe sicher etwas zu verheimlichen, schnaubt sie. Gerne würde ich sie fragen, wie sie es gerade mit Jürgen und dem Yoga-Retreat hält, aber das verkneife ich mir und freue mich einfach, in ihr erhitztes, kämpferisches Gesicht zu schauen. Die roten Backsteine des Renaissance-Cafés hinter uns strahlen auch im Schatten noch die Wärme ab, die sie in der Morgensonne getankt haben. Der Schweiß läuft mir zwischen den Schulterblättern den Rücken runter in die Hose.

«Vielleicht wird er von den zwei Gorillas unter Druck gesetzt, sie wohnen ja anscheinend mit ihm», werfe ich ein.

«Oder er lässt sich von ihnen bewachen, weil er Dreck am Stecken hat», schießt Maria dagegen.

«Der Dicke könnte sein Cousin Ilja sein, den habe ich früher mal auf einem Foto gesehen.»

Das Bier hat Maria schon ein bisschen sediert und sie beginnt nachzudenken: «Findest du es nicht seltsam, dass der Holländisch spricht? Das ist so nicht der Igor, den wir kennen.»

«Es sind immerhin dreißig Jahre vergangen. Er kann seitdem alles gelernt und betrieben haben – vielleicht haben wir ihn damals total unterschätzt.»

Sie zögert. Wie mir fällt es auch ihr schwer, die zwei Igors unter einen Hut zu bringen.

Ich komme nicht dazu, ihr zu antworten. Meine Augen sind einem der Taxis gefolgt, die hierzulande schwarz sind. Gerade hält es vor dem *Gemeinschapscentrum*, in dem das Schachturnier stattfindet. Igor steht da vor dem Haus mit seinen zwei Begleitern. Ich springe auf und rufe über die Straße.

«Hey, hallo, hier! Warte mal! Igor!!»

Aber er steigt ein und sie fahren davon.

«Ha!», schreit Maria. «Der flüchtet schon wieder!»

Sie rennt dem Wagen nach. Ich stelle meinen Stuhl auf und lasse mich darauf sinken. Meine nassgeschwitzten Hosen machen ein schlüpfriges Geräusch auf dem Plastik. Wir haben Igor nicht gesagt, dass er auf uns warten soll oder dass wir mit ihm sprechen wollen, aber er muss mich gehört und gesehen haben. Warum fährt er vor uns weg und wohin?

Maria kommt zurück. Die goldenen Bändel ihrer Sandalen haben sich gelöst und schleifen bei jedem Schritt hinter ihr her, aber das ist ihr egal. Wir kippen beide unser Bier runter, zahlen und torkeln fast über den Platz. Jetzt rächt sich, dass wir nichts auf der Fahrt gegessen haben.

Zielsicher steuert sie im Schachklub auf die Frau an der Theke zu. Einige Partien laufen noch, aber es wird schon zusammengeräumt.

«Ist Herr Nazarenko schon gegangen? Wir waren mit ihm verabredet. Wir sind alte Freunde.»
«Ja, der ist schon in sein Hotel gefahren.»
«Mist. Ich erreiche ihn nämlich nicht auf dem Handy. Sie wissen nicht zufällig, welches Hotel das ist?»
Die Frau erkundigt sich bei ihrem Kollegen.
«Le Manoir de la Princesse Charlotte.»
«Hat er gewonnen?», frage ich den Mann.
«Ja.» Er zuckt mit den Schultern und reimt lächelnd. «Aber klar. Er ist der Star.»

Hier war es angenehm ruhig. Die Blätter raschelten im Wind, der leicht vom Rhein her wehte. Die Geräusche ihrer Schulkameraden im Kanzleramt erinnerten Maria an die kleinen Schreie und das Gelächter vom Pausenhof des Volksschulhauses am Heuchelhof. Vom Balkon ihrer Wohnung konnte sie die Kinder dort in allerlei Sprachen rufen hören.

Auf dem Rasen, hinter dem sich ein Büroturm erhob, stand der Hubschrauber des Bundeskanzlers. Der Pilot wartete ein paar Meter daneben und rauchte. Der Hubschrauber wirkte zu dick für seine leichten Flügel. Er war dunkelgrün, wie die Bäume, und schien nachzudenken, mit den seitlich abfallenden Fenstern, die wie melancholische Augen ins Leere starrten. Ein pummeliges gestrandetes Rieseninsekt. Sie bummelte weiter, unter den hohen Bäumen entlang. Im Schatten war es kühler und alleine auf dem sonnigen Rasen hätte sie sich ungeschützt gefühlt. Ihre Freundinnen beneideten sie um den Besuch beim Kanzler, aber ihr war es zuwider. Überall standen Journalisten mit Mikrofonen, Filmkameras und Fotoapparaten. Natürlich würde man mit ihm mehr Geld einwerben und mehr Kindern in der Ukraine helfen können. Anton war ein ideales Aushängeschild. Etwas schnürte ihr den Hals zu. Sie würde Anton nicht mehr für sich haben, sie würde ihn mit der ganzen Welt teilen. Und schuld daran war ihr Vater. Er hätte den Jungen einfach in Ruhe lassen sollen. Wen kümmerte es, dass er gut Schach spielte. Er faszinierte die Menschen wie ein kurioses Tier oder ein Brocken eines verglühten Meteoriten. Sie lächelten und unterhielten sich mit ihm, aber kaum einer hörte, was er sagte. Sie empfanden nichts für ihn, sonst hätten sie bemerken müssen, dass er in leeren Phrasen sprach. Kurze belanglose Antworten, um das Gespräch so schnell wie möglich dem oder der Fragenden zurückzuspielen. Nur sie hatte gesehen, wie sich die weißblonden Haare auf seinem Unterarm aufstellten, wie eine Welle, die weiterschwappte auf ihre Arme, wenn sie sich berührten, oder auf die behaarten Blätter der Königskerzen im Schulgarten, wenn er leicht über sie strich. Sie hatte gesehen, wie sich seine Augen mit Tränen füllten, wenn er von seiner Großmutter sprach, und wie sie leuchteten, als er die Elstern sah, die auf ihrem Balkon nisteten.

Igor, sein Schatten, war dabei gewesen, aber er war nie ganz nah, nie von Belang. Die beiden Jungs arrangierten sich, ohne viel zu sprechen, einigten sich meist fast wortlos darüber, wer wohin dem anderen folgte. Sie gingen aufeinander zu, wechselten zwei Worte, schauten auf ihre Armbanduhren und bewegten sich in parallelen Universen weiter, ohne sich zu trennen und ohne miteinander zu kollidieren. Einmal, ganz am Anfang auf einem Schachturnier, während Anton spielte, hatte Maria Igors Blick auf sich gespürt. Er war an ihr hinabgeglitten, vom Kopf zu den Füßen, hatte sie evaluiert wie ein Viehhändler ein Kalb und sich offensichtlich gegen sie entschieden, denn eine Woche später «ging» er mit Yvonne, ihrer besten Freundin. Die beiden hatten denselben Kleidergeschmack und nahmen Anton und sie oft mit zum Shopping. Anton saß dann mit ihr und Simon im *Jeff's Burger*, während Igor und Yvonne im *s. Oliver* vor den Spiegeln standen. Später stammte das Geld, das sie ausgaben, von

Anton, der sie irgendwann alle finanzierte, als er von SBI bezahlt wurde.

Etwas Gelbes blitzte zwischen den Büschen. Weidburg lachte laut auf.

«Neiiin, niemals! Da hat man sicher nicht diesen Überfluss, den die Kinder hier gewohnt sind, der ganze Konsum, der uns den Blick auf das Wahre, auf das Einfache verstellt – gell, Anton.»

Neben ihr stand Anton, sein höfliches Lächeln auf den Lippen. Ein großer Mann mit grauem Haar und schiefen Zähnen wandte sich an Anton. «Kann es sein … kann es sein, dass dein Talent fürs Schach auch daherkommt, dass du … dass du gelernt hast, zu beobachten und zu verstehen?» Anton zuckte ungelenk mit den Schultern.

«Es gibt nur so viele Möglichkeiten.»

Der Mann und Weidburg nickten langsam. «Es gibt nur so … es gibt nur endlich viele Möglichkeiten, meinst du das?», fragte der Mann.

«Ja.»

«Genau! Herr Schulthess, genau, Sie haben es verstanden!», rief Weidburg und blickte um sich, als müssten alle die frohe Botschaft hören.

«Endlich viele können immer noch … noch sehr viele Möglichkeiten sein», lächelte Schulthess.

«Nicht jeder Spieler spielt alle Züge», stellte Anton fest.

Weidburg blühte auf. Endlich sprach der Junge mal mit jemandem mehr als zwei Sätze.

«Du meinst, man muss seinen Gegner kennen?», fragte Schulthess.

«Lesen», entgegnete Lukusch. Er sagte *lääsen*, wie im böhmischen Dialekt.

Weidburg klatschte in die Hände. «Fabelhaft, nicht wahr!»

Schulthess blickte auf Lukusch hinab, der von einem Schiff

mit winkenden Asiaten abgelenkt worden war, das an ihnen vorüberzog. Maria sah Antons Hand, die mit dem Saum seines T-Shirts spielte. Wo seine Gedanken wohl gerade hinwanderten?

«Wenn du Lust hast, kannst du mich mal mit deinen Freunden in meiner Firma besuchen.» Schulthess sah dabei nicht Anton, sondern Victoria von Weidburg an.

«Ja, das wäre doch spannend», flötete sie zurück.

Wieder ein Termin für Anton mit langweiligen Erwachsenen, dachte Maria, wieder ein Wochenende ohne ihn.

Zuerst spürte sie einen rhythmischen Luftzug im Nacken, dann erst nahm sie das hohe Pfeifen der Turbinen wahr. Der Bundeskanzler, flankiert von drei Sicherheitsbeamten, schritt zügig über den Rasen auf Anton und die zwei Erwachsenen zu. Kurz huschte strahlend goldrotes Licht über die Gruppe. Eine große blank polierte Bronzeskulptur hatte die untergehende Sonne gespiegelt und die Szene für einen Moment in die Vergangenheit eines gealterten Farbfilms versetzt. Maria blieb dieses unwirkliche Bild in Erinnerung.

Unter dem Dröhnen des Hubschraubers verstand sie nicht, was der Bundeskanzler zu Anton sagte. Es wurde gelacht und sich verbeugt, man schüttelte Hände. Kohl winkte ihr kurz im Vorbeilaufen zu und bestieg den Hubschrauber. Einige Kinder standen mittlerweile unter den Bäumen, um dem Abflug zuzusehen. Die dicke, grüne Hummel schwebte davon, gleichmütig melancholisch, und Antons Hand schlüpfte plötzlich von hinten in ihre. Er stand neben ihr, doch er schaute nicht nach oben, sondern nach unten auf ihre Füße, auf die Fußnägel, die sie für ihn grasgrün lackiert hatte.

FROM: EURO/PULL   FAX NO.: 7702703131   86-89-81 14:52 P.01

Lieber Bernd,

kannst du heute Abend auf die Driving
Range kommen?
Du erinnerst dich an den Jungen, von dem ich dir erzählt habe,
den ich beim Empfang bei v.W. kennengelernt habe.
Hatte ihn heute zu Gast im Unternehmen und bin mit ihm
durch die ganze Produktion gegangen.

Ich dachte erstmal der Kleine versteht nur Bahnhof,
aber das Gegenteil war der Fall. Er blieb eine geschlagene £
Stunde bei den Messtechnikern stehen und hat sich alles erklären
lassen, vor allem den neuen Messstand. Danach bei Cola und
Chicken Mc Nuggets in der Mall hat er mir erklärt, dass er die
Messtechnik das Interessanteste überhaupt findet. Ich habe ihn
gefragt warum, da hat er nur gesagt: aRohre brauchen manche,
Lüftungen auch, aber Sachen messen müssen doch alle. B

Verstehst du? Der Messstand ist aus der Not geboren, aber der Kleine
hat recht. Wenn es uns gelingt den in Serie zu fertigen, könnte
das unser bestes Produkt werden und wir wären schlagartig
viel mehr als ein Hersteller von Rohren und Belüftungen
Also neue Tochter - und bei der Finanzierung kommt SBI ins Spiel.
Überleg's dir mal.
Bis heute Abend.

Ahoi

Daniel

over

Fax von Daniel Dornbach an Bernd Schulthess

Lieber Bernd,

kannst du heute Abend auf die Driving Range kommen? Du erinnerst dich an den Jungen, von dem ich dir erzählt habe, den ich beim Empfang beim Bundeskanzler kennengelernt habe. Hatte ihn heute zu Gast im Unternehmen und bin mit ihm durch die ganze Produktion gegangen.

Ich dachte erst mal, der Kleine versteht nur Bahnhof, aber das Gegenteil war der Fall. Er blieb eine geschlagene Stunde bei den Messtechnikern stehen und hat sich alles erklären lassen, vor allem den neuen Messstand. Danach bei Cola und Chicken McNuggets in der Mall hat er mir erklärt, dass er die Messtechnik das Interessanteste überhaupt findet. Ich habe ihn gefragt warum, da hat er nur gesagt: «Rohre brauchen manche, Lüftungen auch, aber Sachen messen müssen doch alle.»

Verstehst du? Der Messstand ist aus der Not geboren, aber der Kleine hat recht. Wenn es uns gelingt, den in Serie zu fertigen, könnte das unser bestes Produkt werden und wir wären schlagartig viel mehr als ein Hersteller von Rohren und Belüftungen. Also neue Tochter – und bei der Finanzierung kommt SBI ins Spiel. Überleg's dir mal.
Bis heute Abend.

Ahoi

Daniel

Jahreschronik des Bundeskanzleramts 1988:

Im September 1987 erörterte der Bundeskanzler das deutsch-deutsche Verhältnis beim Arbeitsbesuch des SED-Generalsekretärs Erich Honecker in Bonn. Im Juli 1988 setzte das Staatsoberhaupt die Gespräche mit Generalsekretär Michail Gorbatschow in Moskau fort. Die Zukunft der deutsch-russischen Beziehungen wurde ebenso thematisiert wie die Umsetzung des im Juni ratifizierten INF-Abrüstungsvertrags und das von Gorbatschow angestoßene «Neue Denken» im Ost-West-Verhältnis.

Bei einem der zahlreichen bürgernahen Termine besuchte Helmut Kohl im September 1988 die Bundesgartenschau in Würzburg. Der Bundeskanzler nutzte die Gelegenheit, um Anton Lukusch, das berühmt gewordenen Schachtalent einer Gruppe von Tschernobyl-

Kindern, zu einer Revanche zu fordern. Das erste Spiel hatte 1987 bei einem Besuch der Gruppe im Bundeskanzleramt stattgefunden.

Manoir de la Princesse Charlotte, Centre de conférence SBI, steht auf dem blank geputzten Schild an der Bruchsteinmauer. Das elektrische Metalltor ist geschlossen. Eine Klingel mit eingebauter Kamera ist auch eingemauert. Wir sind vorsichtig an der Mauer entlanggegangen, um das Schild lesen zu können, ohne ins Sichtfeld der Videoüberwachung zu geraten. Durch das Gittertor ist noch ein Pförtnerhaus zu erkennen. Weiter unten eine steinerne Brücke über den Wassergraben und dahinter zwischen den Bäumen das Schloss mit hohen französischen Fenstern und steilen Schieferdächern. Die Hitze des Mittags ist verflogen. Schwefelgelbes Licht lässt uns beide ungesund aussehen. Bei mir konsolidiert das eher den Eindruck, aber Maria schaut mit ihren dunklen Augen so schütter aus dem fahlen Gesicht, dass man sie ganz schnell an die Dialyse hängen will. Auf dem Weg vor dem Schloss arbeiten Gärtner. Ein Mann kommt zum Tor. Wir ziehen uns zurück.

«Was hat der heute noch mit der SBI zu tun?», stößt Maria zwischen ein paar Pommes hervor.

Wir sitzen im Auto, mit Blick auf das Tor, und essen endlich etwas. Ich stöbere im Internet auf meinem Handy nach SBI. Seit Anton zurückgegangen ist, habe ich mich nicht mehr groß für sie interessiert. SBI ist seit den frühen Achtzigerjahren europaweit zu einem führenden Finanzdienstleister gewachsen. Der Wirtschaftsminister spricht von einem Hidden Champion in der Finanzbranche. Wikipedia schreibt: Dr. Dornbach, CEO, konnte im Investmentbanking der SBI in den späten Achtzigerjahren von Termingeschäften profitieren. Eine Untersuchung der US-Börsenaufsicht SEC mit dem Verdacht des Insiderhandels in der Finanzkrise

1987 wurde eingestellt. Dornbach wettete mit riskanten Futures auf den Sturz des Dow und erzielte Gewinne in Milliardenhöhe. Kritiker wie Adrian Jones von der *Financial Times* warfen SBI, UBS und anderen Investmentbanken vor, die Krise im Oktober '87 mit ihren Termingeschäften gezielt herbeigeführt zu haben.

«Weißt du, warum Anton bei SBI irgendwann in Ungnade gefallen ist?»

Maria schüttelt den Kopf. «Das war lange nachdem mein Vater bei ihm war. Hat nicht einfach seine Oma ihn abgeholt?»

Ich weiß noch, dass es schon einen Bruch zwischen SBI und Anton gab, bevor seine Großmutter kam, mein Vater hat das mal erwähnt, aber nur im Nebensatz.

«Hey Simon, schau mal.»

Maria lässt sich in den Sitz sinken, um von außen weniger sichtbar zu sein. Ich folge ihrem Blick, und da ist Igor. Er steht auf der kleinen Brücke über dem mit Wasser gefüllten Schlossgraben. Einer der Männer ist bei ihm. Sie wechseln ein paar Worte, Igor wirkt unschlüssig, dann entfernt er sich. Der stämmige Mann schaut ihm nach.

Maria steigt aus. Ich muss mich beeilen, um ihr zu folgen. Sie schlüpft in ihre nassen Sandalen, die sich schon seitlich auflösen, und läuft im Stechschritt in eine kleine Seitenstraße. Die grob verputzten Häuser zur Linken stoßen mit ihren Gärten an den Park du Manoir de la Princesse Charlotte. Eine tätowierte Frau in schwarzem Snipes-Hoodie beobachtet uns aus einem der alten Häuser heraus. Weiter unten biegt die Straße nach rechts ab. Maria hat offensichtlich einen Plan. Sie öffnet das Gartentor des letzten Hauses vor der Kurve und betritt vorsichtig das Grundstück. Ich folge ihr zögerlich in den Garten, soweit man das fröhliche Ensemble aus einer Geröllhalde grauer Flusssteine und ehemals bunten Glaskugeln als Garten bezeichnen kann. Vor dem Garagentor steht ein Motorrad, am Lenker hängt eine Motorradjacke, Größe XXXL, auf dem Tank prangt das blau-weiße Wappen der RSC Anderlecht Ultras. Wir sollten beide nicht hier sein, schießt es mir durch den Kopf.

Die Haustüre ist offen. Maria hat bereits das rückseitige Gartentor erreicht, das hinausführt auf die verwilderten Wiesen am Park du Manoir. Da öffnet sich ein Fenster über uns und eine Frau, so behaart und dick wie Kater Karlo, schreit uns an: «Hé vous deux! Qu'est-ce que vous faites la? Armand!» Das Hintertor ist verschlossen. Ich mache die Räuberleiter für Maria. Sie hüpft über den Zaun und stößt dabei einen Juchzer aus. Das kleine Abenteuer scheint ihr Spaß zu machen, aber ich bin noch nicht auf der anderen Seite. In Filmen habe ich gesehen, wie sich Stuntmen bei Verfolgungsjagden im Hechtsprung über Zäune werfen, die Hände elegant oben an der Kante, mit einer Art Flugrolle auf die andere Seite. Angesichts des zottligen Hünen, der gerade wie ein Mensch gewordener Rachegott um die Ecke des Hauses kommt, scheint mir das die angemessene Art, das Weite zu suchen. Aber ich erlebe am eigenen Leib, warum man im Kino von «Bigger than life» spricht. Die morschen Holzlatten brechen bei der ersten Berührung, mein Bauch schrammt schmerzhaft über die Querlatte und bremst meinen Sprung so sehr, dass ich mit dem Kopf voraus auf der anderen Seite aufschlage. Der Riese hat mich am Bein gepackt und bellt etwas auf Französisch, während ich versuche, das Gesicht über dem von Müll bedeckten Boden zu halten. Ich trete gegen seine Hand, bis er mich fallen lässt. Alles schmerzt beim Aufstehen. Auf meinem Hemd zeichnen sich rote Flecken ab, wo die blutenden Striemen durch den Stoff nässen. Maria hat nicht einmal zurückgeschaut. Ich renne ihr hinkend hinterher und bin schon wieder so wütend wie früher am Morgen. Wird es nie aufhören, dass ich mich zum Deppen mache, sobald sie in meinem Leben auftaucht?

Wir rennen blindlings in ein verwildertes Maisfeld. Ich laufe, bis der Mann nicht mehr hörbar ist, und lege mich dann keuchend auf den Boden. Ich habe keine Ahnung, wo Maria ist, aber es kümmert mich auch nicht. Das Blut rauscht mir in den Ohren, und die Schmerzen machen mich so wach, wie ich mich schon lange nicht mehr gefühlt habe. Schlagartig wird mir klar, was ich über die Jahre vermisst habe und warum Maria mich so aufregt. Mit allem, was sie ausstrahlt, mit allem, was sie mit mir macht, zwingt sie mich aus meinem Kokon heraus an die Oberfläche des physischen Lebens. *Blut, Schweiß und Tränen,* alles, was ich sonst zu vermeiden suche, muss ich mit ihr erleben. Dafür werde ich sie immer lieben und hassen zugleich.

«Was machst du da?»

«Ich blute.»

«Er war kurz am Zaun, aber ich glaube, er hat mich nicht gesehen.»

«Lucky you.»

Sie hört mir gar nicht zu.

«Telefoniert leise mit irgendjemandem.»

Sie versucht hüpfend über den Mais zu schauen.

«Komm.»

Und mit einem großen Schritt über meinen Kopf geht sie los. Ich kann gar nicht anders, als ihr unter den Rock zu schauen. Das macht sie extra, denke ich, obwohl ich weiß, dass das nicht stimmt. Sie ist mit den Gedanken bei Igor. Murmelnd bahnt sie sich einen Weg durch den Mais.

«Sprosit', sherst', zloy, lyagushka, bol'noy.»

Was redet sie da? Ich raffe mich auf und folge ihr. In meinem Kopf dröhnt es. Ich muss ständig blinzeln, als wären meine Augen unendlich müde. Irgendwo gibt's hier Haselnuss oder Holunder. Kurz bevor das Maisfeld endet, bleibt sie stehen. Durch die Blätter und Unkräuter hindurch öffnet sich der Blick auf die Südseite des Parks du Manoir de la Princesse Charlotte. Ein grüner Rasenroboter bewegt sich erratisch zwischen den hohen Eichen hindurch. Das Schloss ist auf der Südseite von wildem Wein überwachsen. Inmitten dieser Komposition in Grün steht Igor am Zaun und telefoniert. Er hat die Hand an eine der massiven Metallstangen gelegt und den Kopf darauf abgestützt. Das Gespräch scheint ihn anzustrengen. Ich kann seine Stimme hören, in einem leisen Singsang, vor sich hin sprechend.

«Golova, zeljonyj, Lug, voda, Zhizn', Ukol, molnija, dlinnyj, ozhidaja, korabl', plavayet, prosit', Otvetit', sherst', babushka, serdityj, druzhelyubnyj, lyagushka, karkayet, bol'noy, mjortvych, chernila, chernyj, plavat', utonut'.»

Maria, neben mir, murmelt die Worte in sich hinein. Wie ich Igor telefonieren sehe, wird mir bewusst, dass sie ihr Handy nicht einmal angeschaltet hat, seit wir gemeinsam unterwegs sind. Sie hat Jürgen und die Kinder wirklich hinter sich gelassen für unsere Exkursion zu zweit. Vielleicht hat sie auch nur Angst, Jürgen würde ihren Ort nachverfolgen können, aber so stelle ich mir Jürgen nicht vor, und außerdem gefällt mir die Vorstellung zu sehr, dass sie an gar nichts anderes denkt, wenn sie mit mir ist.

In diesen Überlegungen versunken, habe ich den Donner nicht gehört, der den Regen angekündigt hat. Die Tropfen machen ein raschelndes Geräusch im Mais. Aus dem Schatten zwischen den Bäumen im Park ist einer der Männer zu Igor getreten. Er wartet, bis Igor seine Litanei beendet hat. Ohne ihn anzusehen, beendet Igor das Telefonat und geht zurück zum Schloss. Der Mann folgt ihm. Schwer zu sagen, ob das ein Chauffeur, ein Leibwächter oder ein Bewacher ist. Freunde sind sie nicht. Das ist aus dem Blick zu lesen, mit dem der Mann Igor über seine Zigarette hinweg mustert. Der ist nicht hier, weil er will, sondern weil er dafür bezahlt wird.

Zurück zum Auto gehe ich voran. Maria merkt nicht mal, dass wir den weiten Weg um das Maisfeld und weit um die Wohnsiedlung zur Straße machen. Sie stapft einfach hinterher, bei jedem Schritt eines von Igors Worten summend: «Golova, zeljonyj, Lug, voda, Zhizn', Ukol, molnija, dlinnyj, ozhidaja, korabl'…» Sie berührt der stärker werdende Regen nicht und auch nicht, dass ich wie angewurzelt am Wagen stehen bleibe. Pitschnass steigt sie einfach ein, nimmt ihr Telefon und diktiert die Worte hinein. Ich stehe draußen im Regen und frage mich, ob der Hüne aus dem Haus mit dem Steingarten mir diese Nachricht hinterlassen hat. Vielleicht war es auch die sympathische Frau mit dem Snipes-Pulli. Jedenfalls hat jemand mit einem gewissen Sinn für Ironie sozusagen bildfüllend «I ♡ FCB» in die Fahrertür geritzt. Allein bei dem Gedanken an das Geräusch von kratzendem Metall auf Lack schmerzen die Striemen auf meiner Brust. Ich hätte schon lange den Mia-san-mia-Sticker vom Armaturenbrett entfernen sollen. Nicht nur in Deutschland löst kaum etwas so viel Aggression aus wie ein offen ausgestelltes Bekenntnis zum FC Bayern München. Und hier ist der Feind auch noch mitten im eigenen Vorgarten aufgetaucht.

«Kann ich mal dein Handy haben?» Jetzt bin ich endgültig genervt. Sie hat anscheinend wirklich Angst, Jürgen könnte ihr Handysignal orten. Oder sie will die Roaminggebühren einfach nicht zahlen – das wäre schöner.

«Code?»

«7474.»

Auf Marias Gesicht breitet sich ein Lächeln aus, das mich für den ganzen verkorksten Tag versöhnt.

«Antons Geburtstag.»

«Ja.»

«Warum?»

«Als das in den Neunzigern anfing mit dem Passwörter- und Codewahnsinn, hab ich angefangen alles mit Anton zu machen. Da konnte ich mich immer gut dran erinnern. Anton74, Lukusch47, Schukul, Notna7447. Hab ich alles in tausend Permutationen vergeben.»

«Aber warum Anton?»

Wir sehen uns an. Jetzt ist sie wieder ganz bei mir.

«Du warst mir zu schade für Passwörter.»

Sie lacht hell auf.

«Weißt du – ich habe damals alles zu diesem Geburtsdatum nachgeschaut.» Sie wartet, ob ich reagiere, aber ich sehe sie nur an und sie spricht darüber hinweg. «Ich wollte wissen, ob sein Schicksal Schicksal ist, also, ob irgendwo geschrieben steht, wie es für ihn weitergeht. Weil er mir so leidtat, dass ich es selbst fast körperlich gespürt habe. In meinen Gedanken wurde er zu einem Amalgam verschiedener Wiedergeburten, die sich in diesem einen unwahrscheinlichen Wesen wiedergefunden haben. Es gab ja noch kein Internet und in Bibliotheken bin ich nicht gegangen. Also hab ich mir einen Stapel Frauenzeitschriften gekauft und alles recherchiert: Sternzeichen: Widder, Aszendent: Waage, Tierkreiszeichen: Tiger, Indianisches Sternzeichen: Falke, Baumkreiszeichen: Eberesche und Numerologische Geburtstagszahl 5, Mineral: Feueropal, Pflanze: Löwenzahn, Farbe: Gelb, Element: Feuer, Elemente-Clan: Habicht, Wind: Ostwind.»

Ich muss zweifelnd geschaut haben.

«Echt! Ich kann das alles auswendig. Ich träume bis heute von ihm, von der Eberesche, dem Löwenzahn und der Fünf. Die Numerologen sagten: Die Fünf steht für Freiheit und den Wunsch, das Leben in all seinen Formen zu erleben. Man hätte eine innere Unruhe und würde Routinen nicht mögen, dafür aber leidenschaftlich gerne reisen, man wäre anpassungsfähig und – das hat mir dann den Stecker gezogen – kommunikativ. Kommunikativ! Das ist doch ein Witz! Die Baumkreiszeichen waren besser: Die scheinbare Zartheit der Eberesche würde trügen. Sie wäre stark, ausdauernd, stellt sich den Stürmen des Lebens. Ebereschen sind Harmonieschlümpfe – ABER – in der Liebe überraschend, ungestüm, leidenschaftlich und gefühlvoll. ABER!»

Maria betont dieses *Aber* als kleine Rhetorik-Show.

«Sie fühlen sich oft unbefriedigt und wechseln die Partner – so ein Quatsch – ABER – sie sind abhängig und unabhängig zugleich. Das kann man vielleicht über jeden sagen, aber zu Anton passte das sehr gut…» Sie macht eine lange Pause – irgendwas scheint ihr eingefallen zu sein. «Total gut …», sagt sie noch mal. Jetzt habe ich sie wieder verloren. Sie ist abgeschweift in Erinnerungen und starrt auf mein Telefon.

Der Regen prasselt aufs Autodach. Ich mache mir Sorgen wegen «I ♡ FCB». Das blanke Metall wird sofort rosten. Meinen Plan mit einem Lackstift drüberzumalen kann ich vergessen. Entweder muss ich die ganze Türe neu lackieren lassen oder mit der rostenden FCB-Liebeserklärung herumfahren. Für Ersteres habe ich kein Geld, Letzteres fühlt sich gelinde gesagt ungewohnt an.

«Simon.»

«Was?»

«Was soll das heißen?»

«Ich liebe FC Bayern München.»

«Hä?»

Jetzt fällt es mir ein. Sie kann das nicht verstehen, weil sie es noch gar nicht gesehen hat.

«Vergiss es.»

Sie hält mir mein Handy hin.

«Kopf, Grün, Wiese, Wasser, Leben, Stich. Mehr konnte ich mir nicht merken.»

«Das hat er gesagt?»

«Ja. Wenn er wirklich Russisch gesprochen hat und Google Translate mich richtig versteht.»

«Hast du Russisch reingeschrieben?»

«Nein.»

«Sondern?»

«Phonetisch, halt wie ich es gehört habe.»

«Na gut, kein Wunder.»

«Glaube ich nicht.»

«Warum sollte er Kopf, Grün, Wiese sagen?»

«Keine Ahnung, aber er hat einzelne Worte immer wiederholt und ich bin mir sicher, dass ich sie mir richtig gemerkt habe.»

«Vielleicht spielt er mit Anton Telefon-Scrabble.»

Ich muss lachen bei der Vorstellung. Maria – wie immer anti-zyklisch – nicht.

«Er hat Anton seit fünf Jahren nicht gesehen.»

Ich widerspreche: «Das stimmt nicht, er hat gesagt, sie seien seit fünf Jahren nicht mehr ‹zusammen›, das habe ich mir gemerkt, weil es so nach einer Beziehung von Teenies klang.»

«Nein, er hat gesagt: ‹Er ist seit fünf Jahren nicht mehr bei mir.›»

«Nein, er hat ‹zusammen› gesagt – aber egal, was ist der Unterschied?»

«‹Nicht mehr bei mir› kann für mich auch bedeuten, dass er mit ihm geistig verbunden ist, aber nicht körperlich.»

«Sag ich doch.»

«Nein, du hast gesagt, er hätte ihn in den letzten fünf Jahren gesehen.»

«Überhaupt nicht, ich habe …»

«Ich habe gesagt, ‹der hat ihn seit fünf Jahren nicht gesehen, und du hast gesagt, das sei falsch. Also denkst du wohl, sie haben sich gesehen.»

«Nein, ich habe gesagt, sie waren nicht ZUSAMMEN, weil Igor das gesagt hat.»

«Er hat gesagt: ‹Er ist seit fünf Jahren nicht mehr bei mir.›»

Ich gebe es auf. Diese Diskussionen haben dazu geführt, dass ich zur Überzeugung kam, ich würde ein schlechter Mensch, wenn ich mit Maria leben müsste. Selten sonst habe ich diese Mischung aus Ohnmacht und Aggression empfunden. Das kommt von der Liebe. Sonst würde ich lachend abwinken, aber so verzweifle ich an dieser sinnlosen, rechthaberischen Dissonanz.

«Wie ein kleines Kind.» Jetzt hat sie auch noch Mitleid mit mir. «Ganz verzweifelt und unverstanden, gell.»

Ich bringe es nicht fertig, darauf zu antworten. Sie hat leider meistens recht. Das macht es nicht einfacher. Sollte ich je einen Herzschrittmacher brauchen, dann wegen ihr, aber einstellen wird sie ihn nicht, sonst geht das nicht gut.

126

Unterdessen ist es dunkel geworden. Die tief liegenden Wolken haben den Tag schneller zu Ende gehen lassen. Ich fahre die Rückenlehne runter und schließe die schmerzenden Augen.
«Du übernimmst die erste Wache. Weck mich, wenn sich was tut.»
Maria antwortet nicht. Ich stelle mir vor, sie schaut mich an und sieht den Jungen am Schwalbenhof, der neben ihr im Gras lag und den Schwalben nachsah, wie sie in taumelnden Sturzflügen über uns hinwegschossen. Meine Anspannung verfliegt. Schwalbenhof, Kopf, Gras, Grün, Wiese, Leben, Wasser, Schiff, schwimmt, fließt, Tinte, schwarz...

Vor Anton liegen Papiere voller Zahlen, geordnet in schier endlosen Zeilen, Spalten und Grafiken. Dornbach und Schulthess haben ihn, auf Wunsch der Italiener, sehr ernst darüber aufgeklärt, dass alle Dokumente und auch die Gespräche dieser Sitzung vertraulich seien. Die Übersetzerin war sich nicht sicher, ob er vertraulich versteht. Sie hat noch mal ein Synonym gesucht: sehr geheim. Deshalb tragen wohl alle Seiten seines Exemplars als Kopierschutz ein grau über das Blatt gedrucktes Wasserzeichen «Copia di Anton Lukusch». Oben links prangen das Firmenlogo und die Überschrift TESSUTI AMATI 1989/90 IN ZAHLEN. Ziellos wandert sein Blick über den Bericht und die Worte Umsatz, Ertragskennzahlen, EBIT, Bilanzsumme, Return on Investment und Return on Equity. Die Balken der Grafiken hat man passend zum Produkt mit einem eleganten Stoffmuster verziert. Er stellt sich eine Person an einem Tisch vor, die darüber nachdenkt, wie man den grauen Zahlenkolonnen mit diesem kleinen, flotten Muster noch etwas Leben einhauchen könnte. Er ist dankbar für diesen rücksichtsvollen «Gruß aus der Küche», wie es in den teuren Restaurants immer heißt, in die er nach den Sitzungen manchmal eingeladen wird.

Er vermisst Igor. Der sitzt draußen vor der Tür und zockt. Allein seine leicht grimmige Sumo-Anwesenheit würde die angespannte Konzentration im Raum ein wenig stören. Aber Igor würde niemals an einer Sitzung teilnehmen und niemand sonst will ihn dabeihaben. Anton schaut auf. Zum ersten Mal seit zwei Stunden sehen ihn die Männer an und auch die zwei Frauen. Eine von ihnen hat alles mitgeschrieben, die andere, neben ihm, übersetzt italienisch-deutsch. Haben sie gemerkt, dass er nichts von dem gehört hat, was die beiden Männer in der Mitte vorgetragen haben? Schulthess lächelt aufmunternd und spricht ihn mit einer Mischung aus Höflichkeit und einem komplizenhaften Schalk an.

«Und Anton – schon ein Geistesblitz im Anflug?»

Seit er im Schloss lebt, hat er sich immer schlechter konzentrieren können. Er schläft nicht mehr. Igors Computerspiel wandert durch seinen Kopf, als würde er selbst spielen. Er kann die digitalen Räume auswendig, ohne sie je gesehen zu haben. *Beyond Dark Castle* heißt das Spiel. Es zeigt ein Schloss im Querschnitt. Sechs Stockwerke, unten der Keller, in dem mechanisch Gefangene ausgepeitscht werden, ganz oben der saufende Schlossherr, der seine leeren Bierkrüge nach unten auf den Spieler wirft. Ihn gilt es zu besiegen und umherirrenden Gnomen auszuweichen, die die Stockwerke bevölkern. Hoffmann fand das Spiel wohl passend zum Wohnort. Igor verbringt seine Tage davor und kommt erst abends mit roten Augen und schlechter Laune zum Essen.

Das Gewimmel der Rohre und Förderbänder hat ihn daran erinnert. Sie sitzen hier oben, wie der Ritter, der seine Krüge mit herzhaftem «Uuuääh» nach unten auf die «Emporkömmlinge» schmeißt. Er schaut nach draußen, durch das Panoramafenster des Konferenzraums, auf die gigantische Anlage. Weit hinten kann er die Ausläufer der Stadt sehen. Sie sind darübergeflogen. Der Pilot hat angesagt, es sei Florenz. Schulthess und Dornbach sagen ihm nicht mehr, wohin sie fliegen. Er hat nie danach gefragt, weil sie nie länger als eine Nacht bleiben, in Hotels, von denen eines aussieht wie das andere. Einmal – das war in Osaka – ist er einfach allein hinaus in die Stadt geschlichen.

Igor schlief zwei Zimmer weiter. Er konnte seinen ruhigen Atem in sich spüren, als dehnte und kontrahierte sich sein Körper im gleichen Takt. Noch nie hatte er versucht, sich aus eigener Kraft von Igor zu entfernen. Andere hatten es versucht. Immer war er danach aufgewacht, in einem Bett, auf einem Stuhl, an Schläuche und Geräte angeschlossen, ernste Gesichter über sich, die beunruhigt oder fasziniert waren, weil sie versucht hatten zu brechen, was die beiden Jungen einfach stillschweigend akzeptiert hatten.

In Osaka war er mitten in der Nacht erwacht, mit dem Bild des japanischen Gartens ganz deutlich vor Augen, den er am Vortag nur Sekunden im Vorüberfahren gesehen hatte. Diesmal würde er nicht auf den Morgen warten. Eine seltsame Gewissheit sagte ihm, er würde diesmal alleine gehen, ohne Igor. Die Vorhänge waren aufgezogen. Die Leuchtreklamen tauchten sein Zimmer in wechselnd farbiges Licht. Er bestand immer darauf, ein Zimmer zur Straße zu bekommen. Nachts, wenn er wieder für sich war, saß er aufrecht in den weichen Betten und nahm die Welt vor seinem Fenster in sich auf. Nicht immer waren die Szenerien so dicht und belebt wie in den Großstädten. Oft lagen vor ihm halb leere Hotelparkplätze an einer Schnellstraße, erleuchtet von ein paar Laternen, vor der schier endlos scheinenden Dunkelheit einer unsichtbaren Landschaft.

Er streifte sich Hose und Kapuzenpulli über den Schlafanzug, zog den Zimmerschlüssel aus dem Schloss an der Türe und betrat den dunklen Hotelgang. Erst als er ein paar Schritte gegangen war, erfassten ihn Bewegungsmelder und die Beleuchtung flammte auf. Er beachtete sie kaum. Zu konzentriert war er auf

die Bewegung hin zu jener inneren Grenze, hinter der entweder
Tod oder Freiheit wartete. Er zählte die Schritte zum Lift, im
Takt des zweiten Atems, der kam und ging. Die Worte bildeten
sich als Litanei, wie das Rosenkranzgebet, das er früher mit seiner Großmutter gebetet hatte. Er öffnete die Tür zum Treppenhaus und spürte, wie Igors Puls ein paar Zimmer weiter schneller
wurde und sich wieder beruhigte. Er atmete mehrmals tief durch,
bis ihm schwindlig wurde und er sich am Geländer halten musste.
Je weiter er sich entfernte, umso weiter schien auch Igors Puls in
die Ferne zu rücken, aber wenn er den Rhythmus hielt, in allem,
was er tat, schien er stabil zu bleiben. Im dritten Stock wurde ihm
bewusst, bereits viel weiter von Igor entfernt zu sein als jemals
zuvor, seit der Reaktorkatastrophe. Unten, auf der Straße, spürte,
er noch einmal ein leichtes Aufflackern, eine kurze, atemlose
Angst, die ihn befiel und wieder verließ, dann herrschte Ruhe in
ihm.

Schon ein paar Straßenecken weiter wusste er nicht mehr, wo
er war, und plötzlich fühlte er sich so leicht, dass er einen Luft-
sprung machte. Hüpfend ging er weiter, kreuz und quer, durch
die Häuserschluchten, bis er den kleinen Garten fand, den er aus
dem Auto gesehen hatte.

Vor dem schmalen Eingang blieb er einen Augenblick stehen.
Noch nie hatte er einen Garten betreten, der so gepflegt, so vollkommen geplant und gemacht schien. Pflanzen schienen hier
Kostbarkeiten einer harmonischen Ordnung zu sein, einem stren-
gen Vertrag zwischen Mensch und Natur gehorchend. Sie wurden zur Geltung gebracht, man kümmerte sich um sie, aber ihr
Raum war eindeutig begrenzt, ihr Platz wurde ihnen zugewiesen.
Sie waren nicht unzufrieden, diese kleinen Bäume, sie hatten sich
mit ihrer bescheidenen Symbiose abgefunden.

Er setzte sich auf einen Stein. Der Garten machte ihn traurig.
Zu Hause wäre er nie auf die Idee gekommen, Wälder, Flüsse,
Buschland seien für den Menschen da. Der Zaun des Großvaters
sollte seinen kleinen Garten nicht vor Mäusen und Schnecken

schützen. Er war eher ein Zeichen, dass auf diesem Fleckchen Land Anton sein Glück versuchte. Die Natur schenkte ihm Früchte, Blüten, Holz, Schatten und vieles mehr. Er teilte sich diese Geschenke mit den Mäusen und Ratten, den Schmetterlingen und Käfern, dem Fuchs und den schimpfenden Elstern. Er war nur einer unter vielen.

Was war noch mal die Frage? TESSUTI AMATI 1989/90 IN ZAHLEN. Schulthess und Dornbach sind noch nicht ungeduldig. Sie sind es gewohnt, auf seine Antworten zu warten. Die anderen runzeln teils schon die Stirn. Es geht eigentlich immer darum, mehr zu verdienen mit weniger Aufwand. Ein dicker Mann neben der Schreiberin ist ihm sympathisch. Der hat kurz über Qualität gesprochen im Vergleich zu den Asiaten. Dieser Mann hat ein Anliegen, und er weiß, wovon er spricht. Er ist stolz, weil seine Webmaschinen so gut sind – aber er scheint hier nichts zu sagen zu haben.

«Sie sind die Besten?»

Schulthess nickt.

«Und Teuersten.»

Man wartet ab. Die Frau schreibt noch nicht mit. Anscheinend ist das noch nicht nötig.

«Andere sind nicht teuer – aber schlechter – aber verkaufen mehr – und mehr. Und werden immer besser.» Jetzt schreibt sie mit. Er denkt laut weiter.

«Also … entweder sie machen die Sachen auch billiger oder … sie machen wie Jochen mit seinem Auto.»

Je weiter die Übersetzerin seine Sätze nachspricht, desto mehr fällt das Gesicht des dicken Mannes zusammen. Bisher haben alle Italiener große Fragezeichen im Gesicht. Dornbach dagegen lehnt sich entspannt zurück. Der dicke Mann soll hier nicht verlieren. Er macht noch mal eine Pause, damit sie zuhören. Schulthess lächelt ihn zweifelnd an.

«Ihre Sachen halten länger als die von denen.» Der dicke

Mann nickt. Vielleicht ahnt er den Gedanken, auf den er ihn schon früher gebracht hat.

«Jochen Wehner hat ganz wenig für Auto gezahlt. Aber er zahlt im Monat etwas. Jeden Monat. Also ...» Immer klarer steht ihm die Idee vor Augen. «Sie schenken die Sachen – und lassen sich das Benutzen zahlen. Sie verdienen jeden Monat ... andere nur einmal am Anfang.»

Der dicke Mann denkt nach, aber die Lähmung ist aus seinem Gesicht gewichen. Mit der Hand fährt er gedankenlos durch das frisierte Haar.

Schulthess und Dornbach lächeln nicht mehr. In ihnen arbeitet es auch. Schulthess nickt jetzt mehr zu sich, schaut ihn nicht mehr an. Dornbach übernimmt.

«Du meinst, wir sollen so eine Art Leasing machen? Hm. Ich denke, was du davor gesagt hast, trifft es eher. Die ...»

Schulthess wacht aus seinen Gedanken auf und unterbricht ihn.

«Nein, das geht doch über Leasing hinaus. Du meinst, wir sollen die Kleidung nicht verkaufen, sondern verleihen beziehungsweise verschenken und uns nur für die Nutzung zahlen lassen – richtig?

Er nickt. Dornbach wirft Schulthess einen warnenden Blick zu. Er übernimmt wieder.

«Danke, das wäre geklärt. Danke, Anton. Sehr interessant. Ich würde gerne erst mal über den ersten Teil deiner Ideen sprechen. Wir müssen billiger werden.»

Ein junger Mann neben dem Firmenchef schüttelt grimmig den Kopf, während Sätze aus ihm heraussprudeln, und schon bricht die Diskussion so schnell los, dass die Übersetzerin nicht mehr hinterherkommt. Es geht offensichtlich auch darum, dass Anton überhaupt hier ist und Ratschläge gibt. Er steht auf und macht seine kleine Verbeugung. Die Übersetzerin hält überrascht inne. Man schaut ihm nach, ohne mit dem Reden aufzuhören. Draußen hat eine Frau auf einem Büfett Kaffee und Kuchen auf-

132

gestellt. Für Anton hat sie noch eine Schale Gummibärchen, die sie ihm jetzt freundlich entgegenhält. Er schüttelt den Kopf. Wieder die kleine Verneigung.

Igor sitzt auf einem Stuhl in der Ecke und zockt auf dem kleinen Nintendo. Er wartet nicht auf ihn. Neben dem Aufzug ist das Treppenhaus. Man kann über sechs Stufen hinweg von Absatz zu Absatz springen. Igor schreit ihm hinterher. Er muss ihm folgen, das wissen beide. Manchmal nehmen sie Rücksicht aufeinander, manchmal nicht. Das letzte Mal hat Igor ihn danach in den Schwitzkasten genommen und einen Satz Kopfnüsse verteilt. Acht Stockwerke tiefer, vor dem Verwaltungsbau, warten die Chauffeure bei den Wägen. Er biegt um die Ecke, folgt einem Weg, den er sich von oben eingeprägt hat. Zwischen ein paar Stahltanks hat er Grün gesehen und hohe Bäume. Er ist nicht der Einzige, der diesen Weg nimmt. Grüppchen von Arbeitern laufen schwatzend vor und hinter ihm. Weiter hinten folgt Igor mit seiner Konsole. Anscheinend hat er heute davon abgesehen, ihn zu bestrafen.

Es wird über ihn geredet, aber das kümmert ihn nicht. Jemand spricht ihn auf Italienisch an. Er dreht sich um. Die Frau ist dunkelhäutig, lacht schief mit gelben Zähnen. Sie sagt wieder etwas. Er zuckt mit den Schultern. Die Frau führt die Hand zum Mund und kaut. Er schüttelt den Kopf. Mit dem Finger zeichnet er Bäume und Pflanzen in den Staub.

Igor hält Abstand. Er will meistens seine Ruhe. Nur manchmal, wenn er nicht zum Trainieren kommt, bricht die Energie aus Igor heraus, und er malträtiert ihn, wie früher in Prypjat, mit seiner Gang.

Die Frau und die Umstehenden lachen und heben die Daumen. Die Frau zeigt auf sich und sagt «Josefa», dann auf einen Mann und eine Frau. «Franco, Martina». Er deutet auf sich, «Anton». «Ciao Anton.» Sie nehmen ihn mit. Alle machen Späße, die er nicht versteht. Der kleine Park, den er gesehen hat, ist übersät mir Pinienzapfen. Frauen und Männer in blauer und

133

brauner Werkskleidung sitzen auf Bänken oder in Grüppchen auf dem trockenen Boden. Sie essen zu Mittag, schlafen, trinken Kaffee und diskutieren. Josefa bleibt bei ihm, während die anderen Essen holen. Sie schlendern zwischen den Arbeitern umher. Zwei Frauen spielen Schach, gemütlich an zwei beieinanderstehende Bäume gelehnt. Beide drahtige Italienerinnen, die eine vielleicht sechzig Jahre alt, die andere ein bisschen jünger. Sie macht sich über die Alte lustig, die nicht weiterweiß. Er hat die Lage auf dem Brett schnell überblickt. Der weiße Turm muss den schwarzen Bauern schlagen und Schach bieten. Josefa und die beiden Frauen haben seinen Blick bemerkt. Die Alte winkt ihm lachend, den nächsten Zug zu machen. Er spielt. «Bravo, bravo.» Leute kommen dazu und schauen. Die Männer machen Witze über die Schach spielenden Frauen und werden beschimpft. Später wird Fußball gespielt. Man stellt ihn ins Tor. Igor wirft sich mit vollem Einsatz ins Spiel.

Dann schnarrt eine Sirene.

«Addio, Anton.»

Sie klopfen ihm und Igor auf die Schulter oder streicheln seinen Kopf. Ein kleiner, gedrungener Mann täuscht spielerisch einen Boxkampf an und kneift ihm in die Backe.

«Addio, Josefa!», ruft er ihr hinterher.

Minuten später sind sie alleine im Park. Der Lärm der Maschinen hat die Stimmen der Menschen verschluckt. Ein Junge zieht einen Karren gemächlich über die Wege und sammelt den Abfall der Mittagspause.

Er steckt die Pinienzapfen ineinander, zu kleinen wolkigen Gebilden, die langsam zu größeren gitterartigen Formen zusammenwachsen. Der Junge mit seinem Karren bleibt neben ihm stehen. Er ist kaum älter als Anton, steht aber da, gebeugt wie ein altgedienter Straßenkehrer kurz vor der Rente. Aus der Brusttasche seines Firmenhemdes zieht er eine Packung Gauloises, klopft eine auf dem Handrücken heraus und steckt sie sich zwischen die gebleckten Zähne. Igor nickt ihm zu und kriegt auch eine.

Anton hat sich auf einen Baumstumpf gesetzt, versunken in die Arrangements der Zapfen. Sie erinnern ihn an Zeichnungen, die sie in der Schule gezeigt bekamen. Verbindungen aus Kohlen-, Wasser-, Sauerstoff. Er hat nicht weiter aufgepasst, weil ihn die Frage beschäftigte, in welchen Konstellationen die Moleküle sich binden und wieder trennen. Neben Simon sitzend hat er plötzlich ein ganzes System vor sich gesehen. Er selbst und Igor, seine Großmutter, Maria, Simon, seine Mutter, Wehner, die Ritters, Hoffmann und Schulthess, unterwegs auf unterschiedlichen Pfaden, oder Bahnen, wie verbundene Moleküle oder Planeten eines Sonnensystems. Manche dachten, er stünde im Mittelpunkt dieses Systems. Aber er strahlt nicht selbst. Er wird beschienen.

Manchmal, wie vorhin im Sitzungssaal, schrumpft er in sich zusammen und steht zuletzt, wie ein kleiner Besucher, in der riesigen, dunklen Kathedrale seiner selbst. Durch seine Augen fällt Licht in das Gewölbe. Zwei bunte Rosettenfenster, hoch oben. Es ist kühl und still. Die Geräusche von außen dringen nur ganz entfernt herein. Man könnte ihm eine Hand abschlagen und er würde es lediglich zur Kenntnis nehmen.

Nur einmal hat dieser Besucher die Kathedrale verlassen, am Anfang des Weges, den er noch immer geht. Igor lag schwer auf ihm und die Druckwelle rollte über sie hinweg. Er sah sich auf dem Boden liegen. Blut rann aus einer Wunde an der Backe. Der Schmerz entfernte sich und verschwand. Er konnte die Strahlen der Sonne spüren, die für Sekundenbruchteile erglühte und dann erlosch. Mit ihren ausgestreckten Beinen und den vier angewinkelten Armen sahen er und Igor von oben aus wie ein verendeter Flusskrebs in der quadratischen Umzäunung seines kleinen Gartens. Die Schatten verschwanden im grellen Licht der Schmelze. *Heller als tausend Sonnen* hieß ein Buch auf Wehners Esstisch. Das hat ihn an den Moment erinnert. Nur langsam brachten ihn die Atemnot und die Nässe des Bodens zurück. Schmerzhaft wuchs er in die geschundene Hülle. Igor schrie ihn an und sie rannten los.

Neben ihm quietscht es. Der Junge hat seine Zigarette ausgetreten und schiebt den Karren weiter.

«Anton, kommst du?»

Anfangs haben sie ihn noch festgehalten. Jetzt lassen sie ihn laufen. Sie finden ihn immer im Garten.

«Wir müssen zum Flieger.»

Maria hat mich nicht geweckt. Ob sie überhaupt Wache gehalten hat? Sie liegt neben mir auf dem Beifahrersitz, zusammengerollt wie eine Katze, unter meiner Jacke. Die Scheiben sind beschlagen. Draußen dringt die feuchte Kälte durch alle Kleiderschichten. Sonst zieht mich die erste Zigarette auf nüchternen Magen runter, heute kurbelt die Kälte meinen Kreislauf an und ich genieße frierend jeden Zug. Acht Störche staksen über die ungemähte Wiese neben der Schlossmauer. In den Häusern brennt kein Licht – keine Frühaufsteher unter den RSCA-Fans? Dünne Nebelschleier schwappen aus den Maisfeldern auf die umliegenden Wiesen und Äcker. In den hohen Bäumen um das Schloss sitzen Hunderte Krähen, eng zusammengerückt zu dunklen Haufen. Manchmal krächzen sie und rekeln die Flügel. Die Autos in der Auffahrt sind verschwunden. Entweder man hat sie in Garagen untergebracht oder wir haben ihre Abfahrt verpasst. Igor war nie ein Frühaufsteher, aber so wie er heute unterwegs ist, könnte sich auch das geändert haben. Ich gehe ein paar Schritte, um den ganzen Parkplatz sehen zu können. Nur ein Kleinwagen mit Aufschrift *All Team Services – Housekeeping/Cleaning/Laundry* steht dort, und eine Telefonnummer. Mir kommt eine Idee.

«Hi there, Antoine Doinel speaking, is this *All Team Services*?»

«Yes, Sir. Cestnik here. What can I do for you?»

Der Mann am anderen Ende spricht mit stark osteuropäischem Akzent.

«I have been a guest at SBIs at Manoir de la Princesse Charlotte. I just left a brown jacket in my room there and left the country and I wanted to ask you if you were so nice to send it to me.»

«Which room, Sir?»

«The one on the left corner looking towards the road.»

«Okay, Sir, I will note that and hand it on to our personnel. If we find things, we hand them on to the SBI-Office in Brussels, so it might be useful to place your loss there.»

«Would it not be possible, that one of the visitors in the house could call me back now and tell me if the jacket is there?»

«I'm afraid not, Sir. The last group of visitors has left today and our personnel is preparing the Manoir for the next group. But as said, anything we find will be given to the SBI-Office in Brussels.»

Ich verabschiede mich höflich und wecke Maria.

«Wenn mich nicht alles täuscht, haben wir ihn wieder verloren.»

Sie streckt sich und gähnt.

«Was, echt – wieso?»

«Weil ich nachgefragt habe. Da drin wird gerade für die nächsten Gäste geputzt. Die sind ausgeflogen.»

Maria schaut mich mit gerunzelter Stirn an, während sie sich die Haare streng hinter den Kopf bindet.

«Kann nicht sein. Ich war die ganze Nacht wach. Ich hätte sie sehen müssen.»

«Als ich aufgewacht bin, hast du geschlafen.»

Sie gähnt ausführlich.

«Ich hab nur so getan, weil ich keine Lust zum Reden hatte.»

Daran glaube ich gar nicht, lasse es aber dabei bewenden.

«Um kurz nach vier haben die da drin die Autos umgeparkt, aber mehr ist nicht passiert.»

«Um kurz nach vier?»

«Ja. Ich hab mich auch gewundert.»

«Aber herausgekommen ist niemand.»

Sie schüttelt den Kopf und von einem Moment auf den anderen wird sie unruhig.

«Mach mal an.» Sie meint das Auto. «Und fahr mal da nach links.»

Die Lüftung bläst nur kleine Sichtlöcher in die beschlagenen Scheiben. Ich muss mich nach vorne lehnen, um beim Rangieren nicht in den Straßengraben zu fahren. Die Straße macht am Schloss eine leichte Biegung. Dahinter beginnt ein Waldstück mit hochstämmigen Laubbäumen. Der Park des Schlosses ist größer, als wir vom Haupttor aus vermutet haben. Einige Hundert Meter weit folgen wir der Außenmauer. Vor uns kreuzt eine zweite befahrene Straße. Sie begrenzt den Schlosspark nach Norden. Wir biegen ab. Nur hundert Meter weiter stoßen wir auf ein zweites Tor, genauso gestaltet wie das Tor auf der Westseite.

«Mist.» Maria klatscht sich mit der Hand auf den Schenkel.

«Aah – Autos umgeparkt?!» Es macht mir Freude, den Finger in die Wunde zu legen. Aber sie ärgert sich gerade zu sehr, um Späße zu machen.

«Ach komm – als hättest du das geahnt.»

«Wer parkt morgens um vier seine Autos um?»

«Jajajajaja – Herr Oberlehrer.»

Wir sitzen einen Moment schweigend nebeneinander und starren auf das Tor. Von weiteren Schachpartien, die Igor spielen soll, haben wir nichts gelesen. Vielleicht ist er noch am Flughafen, aber wahrscheinlich schon in der Luft irgendwo zwischen Brüssel und Minsk.

«Mir reicht es – fahren wir heim.»

Sie ist wirklich frustriert. Mir dagegen geht es so gut wie lange nicht mehr. Ist es die Frische des Morgens oder der Anblick der Störche oder genieße ich einfach, mit ihr unterwegs zu sein? Die Sonne kippt langsam über den Horizont. Der Nebel schwindet. Das Licht wird warm und hart. Maria, neben mir, sieht heute

Morgen erstmals aus wie eine Mittvierzigerin. Was macht sie so unglücklich? Dass wir Anton nicht getroffen haben? Ich sehe mich im Rückspiegel und bin überrascht. Ist dieser schneidige Mann im besten jugendlichen Alter der gleiche wie der Misanthrop vom Vorabend. Sind ihre schlechte Laune und meine jugendliche Frische umgekehrt proportional korreliert?

Ich drücke die Wiederwahltaste. Es läutet in der Freisprechanlage. Ich fahre los.

«*All Team Services*, Cestnik, what can I do for you?»

«Doinel here, again.»

«Sir.»

«Mr Cestnik, this is an unusual question – a shot in the blue so to say – do you speak Russian?»

Kurzes Lachen.

«I do, Sir.»

«Sag's ihm, Maria.»

Sie zögert, bevor sie sich zu mir und dem Mikro der Sprechanlage hinüberbeugt, und spricht.

«Golova, zeljonyj, Lug, voda, Zhizn', uzhalit', molnija, dlinnyj, ozhidanije, korabl' – mehr weiß ich nicht mehr.»

«Can you repeat?»

«Golova, zeljonyj, Lug, voda, Zhizn', uzhalit', molnija, dlinnyj, ozhidanije, korabl'.»

«Head, green, meadow, water, life, stitch, lightning, long, waiting, ship. – That's what I understand.»

Maria wird ganz aufgeregt.

«Kopf, Grün, Wiese, Wasser, Leben, Stich, Blitz, lang, wartend, Schiff», wiederholt sie leise und laut: «Can you repeat, Mr Cestnik!»

«Head, green… I think, then: meadow, water… can you repeat?»

Maria wiederholt die restlichen Worte.

Er übersetzt noch mal: «Life, stitch, lightning, long, waiting, ship.»

«Thank you sooo much, soo, soo much – you made my day.» Das hätte sie jetzt auch zu mir sagen können. Cestnik ist geschmeichelt.

«It was a pleasure. You have a good Russian pronunciation.» «Thank you, thank you, Mr Cestnik!», schreit sie mir ins Ohr und ihm ins Mikro. Ich lege auf. Meine gute Laune ist verflogen. Mein Ohr schmerzt. Umgekehrt proportional – definitiv.

Was soll das: Kopf, Grün, Wiese, Wasser, Leben, Stich, Blitz, lang, wartend, Schiff? Ist Igor in Therapie? Sind das Jung'sche Assoziationsketten oder irgendein geheimer Code? Irgendwo tief innen meldet sich eine Erinnerung, aber ich kann sie nicht greifen.

Da spüre ich Marias Lippen auf meinen. Ihr Kopf nimmt mir die Sicht. Ich wage nicht zu atmen. Ihr Kuss ist zärtlich und herzhaft zugleich. Ich hoffe, die Straße bleibt gerade, und schließe die Augen.

«Non siamo pedine» (Wir sind keine Schachfiguren),
italienische Textilarbeiterinnen und -arbeiter demonstrieren
mit einem Bild des jungen Schachtalents und Industrieberaters
Anton Lukusch gegen den Abbau ihrer Arbeitsplätze.

DER PRESSEDIENST, ROM
20.6.1990

NORDITALIEN: ARBEITSKAMPF DER TEXTILARBEITER
von Michaela Tornitore

PRATO. Zehntausende Textilarbeiterinnen und -arbeiter folgten am Mittwoch einem Streikaufruf des Gewerkschaftsverbands C. G. I. L (Confederazione Generale Italiana del Lavoro), nachdem die zum Santorini-Konzern gehörige Tessuti Amati am Montag angekündigt hatte, ihre in Prato angesiedelten Fertigungsstätten in Italien ganz zu schließen und 3000 ihrer Arbeitsplätze ins Ausland zu verlagern. Seit geraumer Zeit kursierten Gerüchte, die italienische Textil- und Modeindustrie werde im harten

Preiskampf mit asiatischen Herstellern Produktionskapazitäten in Italien abbauen. Betriebsräte mehrerer Firmen der Santorini-Gruppe, C. M. A. Moretta, EB Fashion sowie der Tessuti Amati sagten voraus, die Hersteller planten, langfristig einen großen Teil der rund eine Million Beschäftigten in Italien mit Billiglohnkräften chinesischer und osteuropäischer Subunternehmen zu ersetzen.

Laut einem Bericht des *Corriere della Sera* wurde die Tessuti Amati durch den Investor SBI zu dem weitreichenden Schritt gezwungen. Aus Vorstandskreisen sickerte durch, die SBI habe sich wegen gefallener Kurse der Santorini-Aktie durch das junge Schachtalent Anton Lukusch beraten lassen. Lukusch, der innerhalb eines Programmes für Tschernobyl-Flüchtlinge nach Westdeutschland kam, erlangte Bekanntheit durch sein außergewöhnliches Schachtalent. Seit Mitte 1989 begleitete er als externer Berater Strukturreformen verschiedenster Unternehmen.

Italienische Medien und Demonstranten nahmen die Berichte auf und kritisierten den Umgang der Investoren mit der heimischen Mode- und Textilindustrie. Auf Transparenten wurde Lukusch als «piccolo diavolo» (Kleiner Teufel) und «piccolo sanguisuga» (Kleiner Blutsauger) tituliert.

«Jahrelang haben die Unternehmen von den Arbeitern große finanzielle Opfer verlangt», klagte Antonio Guidi, Vorsitzender des Betriebsrats der Tessuti Amati. «Ist das fair? Ist es normal, dass ein einzelner Manager Millionen verdient und Tausende von Familien mit ihrem Geld nicht bis Mitte des Monats auskommen? Jetzt schicken sie schon Kinder als Sündenböcke vor. Sollen sie doch selbst dafür geradestehen, dass sie nichts anderes interessiert als der Shareholder Value!»

«Nee, Simon – *Chantilly Lace* ist so was wie Brüssler Spitze, also *embroidery* auf Englisch oder wie sagt man auf Deutsch – na ja, Spitze eben.»

«*Embroidery* ist aber Stickerei.»

«Stimmt – nein, ich meine Spitze, also eben *lace*.»

«Ach so, ich dachte, *lace* hätte was mit *shoe laces,* also Schnürbändeln, zu tun.»

Im Radio läuft der Rock 'n' Roll *Chantilly Lace* von Jiles Perry «The Big Bopper» Richardson von 1958, meine Lieblingsära in der Rockmusik. Ich muss bei dem Titel an Marias Sandalenbänder denken – sie nicht.

Der Zollbeamte auf der deutschen Seite der Grenze grinst uns an. Ist unsere Fröhlichkeit so ansteckend oder hat er nur das FCB-Sgraffito auf meiner Autotür gesehen? Seit Maria mich geküsst hat und ich nicht vor Freude in den Straßengraben gefahren bin, ist Friede zwischen uns eingekehrt, als hätten wir nur auf diese Berührung gewartet. Wir genießen es beide.

«Willkommen in Deutschland», sagt der Grenzer.

«Gleichfalls.»

«Danke.»

Maria schaut mich erstaunt an. Ich beschleunige zurück auf die Autobahn.

«Wieso gleichfalls?»

«Ich wollte höflich sein.»

Sie lacht mich aus. Was wird jetzt geschehen? Werde ich sie einfach wieder bei Jürgen und den Kindern absetzen, als wäre nichts gewesen? Ich bin es leid, alleine zu leben. Lange Zeit haben mich kurze Beziehungen über Wasser gehalten, aber die Trauer, die Dramen halte ich nicht mehr aus. Ich habe sie alle beendet, wenn die Frauen sich in mich verliebten. Den perfekten Schwiegersohn spielte ich nicht lange gut. Irgendwann drückten meine Seltsamkeiten durch und das wirkliche Auf und Ab meines inneren Alltags wollte ich niemandem zumuten. Die meisten spürten es sowieso und hatten wohl die Hoffnung, meine verwirrte Seele retten zu können. Mit Maria wäre das anders. Sie kennt mich seit der fünften Klasse. Damals hat sie sich für Anton entschieden, wahrscheinlich zu Recht. Ob wir uns heute gegenseitig aushalten würden, ist fraglich. Was wäre gewesen, wenn wir Anton gefunden hätten? Aber was denke ich so weit – ein Kuss, mehr nicht.

«Dieser ganze Trip hat uns eigentlich nicht soo viel gebracht.»

Sie denkt also auch an Igor – und Anton.

«Ja und nein.» Ich lächle sie an, sie erwidert mein Lächeln.

«Was wissen wir denn?»

Ich muss nachdenken.

«Wir wissen, dass es unser Igor ist und dass er unter falschem Namen vor uns flüchtet und bewacht wird – oder begleitet – und immer noch mit der SBI zu tun hat. Das ist für mich fast das Erstaunlichste.»

Auch Maria ist nachdenklich geworden.

«Vielleicht wird er tatsächlich gegen seinen Willen von uns ferngehalten.»

«Ja. Und wir wissen, dass er auf Russisch telefoniert und seltsame Begriffe ins Telefon spricht. Wir wissen, dass er, der früher kaum Schach spielen konnte, heute auf internationalem Niveau spielt. Er sagt, er sei seit fünf Jahren nicht mehr mit Anton zusammen.»

«Er hat gesagt: ‹Er ist seit fünf Jahren nicht mehr bei mir.›»

«Jetzt fang nicht schon wieder an!»

«Wie dem auch sei. Was mich übrigens genauso sehr erstaunt hat, ist, dass es SBI überhaupt noch gibt und sie sich so erfolgreich gehalten haben.»

«Mhm.» Maria rekelt die bloßen hochgelegten Füße in der Morgensonne, die so hell von vorne ins Auto scheint, dass ich die Blende heruntergeklappt und die Sonnenbrille aufgesetzt habe. Maria kann die Zehen wie Finger auseinanderspreizen. Sie hat die Lehne noch von der Nacht weit zurückgelehnt. Die Schatten ihrer Zehen bewegen sich auf ihrem sonnenbeschienenen Gesicht. Sie spricht langsam weiter.

«Die Shevchuks beziehungsweise Nazarenkos haben sich ja

auch erfolgreich gehalten. Wo hab ich das gelesen – nein, du hast das gesagt.»

«Ja, ich hab's im Netz gelesen. Die haben heute Steinbrüche und Minen in über sechs Ländern, in Europa, Asien und Afrika.»

«Damals hatten sie drei oder vier Steinbrüche zwischen Prypjat und Kiew. Das weiß ich, weil Igor mal vor Yvonne damit geprahlt hat, als wir in der Mall shoppen waren.»

«Klingt, als hätten sie die Öffnung des Ostblocks gut für sich genutzt. Da sind ja viele reich geworden.»

«Igor hat damals erzählt, sein ältester Bruder Misha würde die Firma nach dem Vater übernehmen. Aber ich glaube, die ganze Familie und Verwandtschaft hat dort gearbeitet, so klang's jedenfalls.»

Wir hängen beide unseren Gedanken nach. Die Augen fallen mir zu. Ich muss aufpassen, nicht einzuschlafen, deshalb lasse ich das Fenster herunter und halte die Hand in den Luftstrom, sodass mir der kühle Fahrtwind ins Gesicht fährt.

«Glaubst du, man kann einem intellektuell eher einfach gestrickten Menschen Schach so gut beibringen, dass er oder sie auf internationalem Niveau mithalten kann und sogar gewinnt?»

Sie denkt nach.

«Damals, bei Igor, ein völlig absurder Gedanke. Obwohl sie ja so eine seltsame telepathische Verbindung hatten. Anton hat mir mal erzählt, er könne manchmal wie durch Igors Augen sehen – vielleicht geht das ja heute andersherum. Aber – auch ganz ohne Paraphysik geht das. Ein Patient hat mir mal von einem Russen erzählt, der genau das beweisen wollte und es geschafft hat, alle seine drei Töchter zu Schach-Großmeisterinnen zu trainieren.»

«Die armen Töchter. Gruselig. Wer will schon ein lebender Beweis für etwas sein, was sich der Vater vorgenommen hat …»

«Das sind wir doch alle irgendwie.»

Ich muss lachen.

«Wollte dein Vater dich nicht zu einer modernen, emanzipierten Rosa Luxemburg machen? Womit er übrigens gründlich gescheitert wäre.»

«Was! Unverschämtheit! Was soll das heißen?»

Jetzt lacht sie auch.

«Double income, zwei Kinder, Einfamilienhaus und Hund, klingt eher nach den klassischen, kleinbürgerlichen drei K.»

«Das ist unverschämt. Und überhaupt, dass du dich dafür entschieden hast, deine psychische Deformation zum Beruf zu machen, wahrscheinlich auf Kosten der Gesellschaft, wenn du deinem sozial total abgesicherten ‹Künstlerleben› (sie macht die Gänsefüßchen mit den Fingern) nachgehst, gibt dir nicht das Recht, andere Lebensentwürfe schlechtzumachen. Noch dazu ‹beglückst› (wieder die Gänsefüßchen) du die Leute mit deinen Ergüssen. Als hätten wir nicht schon genug Bilder-, Video-, Medienmüll von Kreativen, die glauben, die Welt käme nicht ohne ihre so unglaublich persönliche und interessante Sicht der Dinge aus.»

Das kam wie aus der Pistole geschossen. Sie hat sich in ihrem Sitz aufgerichtet und immer vehementer auf mich eingeredet. Ich habe es provoziert, aber eigentlich gefiel mir die Fahrt vorher besser.

«Das musste wohl mal raus.»

«Na, gleichfalls, kann ich nur sagen», schnaubt sie, aber in ihrer Stimme meine ich ein bisschen Bedauern zu hören.

«Ha!! Stopp, stopp, stopp!»

Was habe ich jetzt getan. Maria hat sich im Sitz umgedreht.

«Fahr rechts ran! Los jetzt!»

Das ist nicht so einfach bei 170 km/h auf der Autobahn. Die rechte Spur ist dicht befahren. Mit voller Geschwindigkeit ziehe ich knapp hinter einem Lkw vorbei auf den Randstreifen und steige in die Bremsen. Es wird gehupt. Maria schaut immer noch nach hinten. Erst jetzt sehe ich im Rückspiegel den Rastplatz, dessen Ausfahrt bereits hinter uns liegt.

Maria öffnet die Tür.

«Stopp Vorsicht, nicht aussteigen! Was ist denn los?»

«Dann fahr rückwärts, wir müssen auf den Parkplatz.»
«Warum?»
«Igor. Wenn ich mich nicht ganz krass täusche, hab ich den schwarzen Mercedes und die zwei Typen gesehen.»
«Bist du sicher?»
Maria nickt. «Sehr.»
«Das heißt – nicht ganz.»
«Sehr.»

EXT. – AUTOBAHNPARKPLATZ – TAG

Simon und Maria bewegen sich am Begrenzungszaun des Parkplatzes entlang. Im Hintergrund steht der Volvo mit Warnblinker auf dem Randstreifen. Im Näherkommen sind über das laute Rauschen der Autobahn hinweg Schreie zu hören. Eine Familie beim Picknick schaut gebannt hinüber zum vorderen Teil des Parkplatzes. Maria geht vor Simon her zwischen ein paar Hecken hindurch. Als der dunkle Wagen hinter dem WC-Häuschen in Sicht kommt, bleibt sie stehen. Igor schreit seine zwei Begleiter auf Russisch an. Sie antworten vorsichtig, was ihn aber nur wütender macht. Beide stehen am Wagen, während er aufgebracht hin und her läuft.

    SIMON
   (leise)
 Du hattest recht.

Igor ist neben einem der Männer stehen geblieben. Einen Moment scheint er nachzudenken, dann dreht er sich unvermittelt zu dem dicklichen Mann um und verpasst ihm einen Faustschlag ins Gesicht. Der Geschlagene taumelt zurück. Seine Lippe blutet, aber er wehrt sich nicht. Igor schreit ihn nochmals an und geht dann grimmig zum WC-Häuschen.

>   MARIA
>   Von wegen der wird festgehalten.

Simon und Maria ducken sich hinter die Büsche,
aber Igor ist sowieso viel zu wütend, um sie zu
sehen. Den Kopf gesenkt, die Hände in den Taschen, verschwindet er im WC-Haus. Simon löst
sich aus dem Schatten des Baums …

>   MARIA
>   Hey, Simon – stopp, was machst du?

… und betritt das WC-Häuschen.

INT. WC-HÄUSCHEN – TAG

Alles ist hier abwaschbar mit Edelstahl ausge-
kleidet. Igor steht rechts an einem Pissoir
und pinkelt keuchend. Das mittlere ist defekt,
deshalb stellt sich Simon an das in der linken
Ecke. Einen Moment lang stehen sie schweigend
nebeneinander. Igor ist als Erster fertig.
Während er die Hose schließt, geht er langsam
auf Simon zu. Dann bleibt er unschlüssig stehen. Die Anspannung scheint ihn zu verlassen.

>   IGOR
>   (ruhig)
>   Ich habe gehofft, dass ihr mich
>   findet …

Simon sieht ihn von der Seite an. Igor zuckt
unter seinem Blick zusammen. Er strafft sich,
wendet sich ab und geht zu den Waschbecken.

>   SIMON
>   Wir auch, Igor. Was ist los? Was
>   ist mit Anton?

Simon kommt ebenfalls zum Waschbecken.

>   SIMON
>   Was ist los, Igor?
>   (zögert)
>   Wo ist Anton?

Igor wäscht sich langsam die Hände. Der Vorgang scheint nicht enden zu wollen. Die Hände unter dem Wasserstrahl vollziehen immer die gleiche Bewegung.

> IGOR
> YA ne mogu etogo dopustit'. Eto nepravilyj. Nein, nein, Igor – Simon, ihr könnt mir helfen …

> SIMON
> Was? Wobei können wir dir helfen?

Simon ist immer näher gekommen, um ihn über das Rauschen des Wasserhahns hinweg zu verstehen. Plötzlich dreht sich Igor zu ihm um, packt ihn grob am Revers und drückt ihn gegen die Wand. Ihre Gesichter sind nur Zentimeter voneinander entfernt.

> SIMON
> (gedrückt)
> Hör auf, Igor, lass mich.

Er versucht, sich zu befreien, aber Igor ist viel stärker. Er starrt Simon an. Schweiß steht auf seiner Stirn.

> SIMON
> Igor, hör auf!

Tatsächlich lässt Igor langsam die Hände sinken.

> IGOR
> (zischt)
> Ostav' menya.

> SIMON
> Was?

Igor spricht keuchend durch die zusammengebissenen Zähne.

> IGOR
> Omnyvichy.
> (keuchend)
> Ostav' menya.

Er scheint sich geradezu aus der Situation rei-
ßen zu müssen. Ruckartig dreht er sich um und
verlässt den Raum.

EXT. - AUTOBAHNPARKPLATZ - TAG

Igor kommt aus dem Häuschen. Maria ist ein paar
Schritte nähergekommen. Igor dreht sich zu ihr
um. Er mustert sie mit funkelnden Augen.

> IGOR
> Wagt es nicht noch einmal, mir zu
> folgen.

> SIMON
> (laut)
> Wo ist Anton Lukusch? Was habt ihr
> mit ihm gemacht?

Igor geht mit großen Schritten auf die Limousine
zu. Die Männer steigen sofort ein, Igor auch.
Simon ist ihm hinterhergelaufen.

> SIMON
> Was wolltest du mir sagen, Igor?
> (schreit)
> Was habt ihr mit ihm gemacht?

Der Fahrer parkt so schwungvoll aus, dass Simon
ihm fast in die Seite läuft. Der Wagen beschleunigt röhrend und verlässt den Parkplatz. Einen
Augenblick später hören sie Scheiben klirren.
Simon und Maria rennen los.

EXT. - AUTOBAHN - TAG

Maria ist schneller als Simon. Ihm scheint Igors
Angriff in die Glieder gefahren zu sein. Außer
Atem erreichen sie den Volvo.

> MARIA
> So ein Arschloch!

Zur Straße hin hat jemand die hintere Scheibe
des Volvo zertrümmert. Die Reste der Schutzver-

glasung hängen noch in der Tür. Simon schaut
durch das Auto.

> SIMON
> Mitgenommen haben sie nichts,
> glaub ich.

Er greift sich einen Schneebesen aus dem Hand-
schuhfach und bürstet die feinen Glasstückchen
von den Sitzen in den Fußraum.

> MARIA
> Die Sau, die blöde. Das gibt's
> echt *ned*.

INT. – AUTO – TAG

Simon fährt gemächlich auf der rechten Spur. Er
braucht Zeit, um laut zu denken. Marias Haare
wehen chaotisch im Fahrtwind, der durch das
zerbrochene Fenster ins Auto zieht.

> SIMON
> Bisschen schizophren.
> (Pause)
> Wir sollen ihm helfen.

Sie schweigen beide in Gedanken.

> MARIA
> Vielleicht hat er eine multiple
> Persönlichkeit.

> SIMON
> Miss B. Mein Vater hat mir früher
> mal von diesem berühmten Fall
> erzählt. Das war, glaube ich, eine
> Studentin aus Genf. Die hatte erst
> mal zwei verschiedene Persönlich-
> keiten, «die Heilige» und «die
> Teufelin», die sich «Sally»
> nannte. Und dann noch eine, die
> von Sally als «die Idiotin» be-
> schimpft wurde. Jede hat behaup-
> tet, die echte Miss B. zu sein.

SIMON (WEITER)
Die haben ganz widersprüchlich
gehandelt. Zum Beispiel wurden
Dinge, die die eine gemacht hat,
von einer anderen zerstört, und
die eine konnte Geige spielen und
Noten lesen, die andere…

MARIA
(unterbricht)
Vielleicht ist Igor besessen von
Anton und hält via Telefon hypno-
tischen Kontakt zu ihm. Dann hat
Anton mit dir gesprochen und wurde
von Igor zum Schweigen gebracht.

Sie denken nach. Maria muss laut lachen.

MARIA
Ganz von Anton besessen war er
sicher nicht, sonst hätte er eher
den Wacholderbusch neben dem
Klohäuschen umarmt, als dem Typen
eine zu schallern.

Sie müssen beide bei der Vorstellung lachen. Als
es still wird, schaltet Simon Musik an. Nach ein
paar Takten schaltet er wieder aus.

SIMON
Ich hasse es einfach, die ganze
Zeit mit windigem Halbwissen
umgehen zu müssen.

MARIA
Dann hör auf, dich mit Igor und
Anton zu beschäftigen. Keiner hat
die je wirklich verstanden. Geliebt hab ich den Anton total,
aber verstanden – kann ich nicht
behaupten…

neuroscience today

Search Login

Explore ⌄   Journal info ⌄   Subscribe

research highlights > article

NEUROLOGY · 03 SEPTEMBER 1987
Rejection of the Bunker Syndrome Study by the German Research Foundation (DFG)

On the initiative of the 'Trauma' working group at the University Hospital of Würzburg under the direction of Prof. Dr. B. Ritter and in cooperation with other trauma centres in Germany, an application was submitted in June 1987 for funding of the clinical study on Bunker Bonding Syndrome (BBS) based on the unique Lukusch-Sentsov study. In August 1987, this application was rejected.

NEUROSCIENCE TODAY
3.9.1987

ABLEHNUNG DER BUNKER-SYNDROM-STUDIE DURCH
DIE DEUTSCHE FORSCHUNGSGEMEINSCHAFT (DFG)
von Xenia Pfeiffer

Auf Initiative der Arbeitsgruppe ‹Trauma› am Universitätsklinikum Würzburg unter der Leitung von Prof. Dr. B. Ritter und in Kooperation mit anderen Traumazentren in Deutschland wurde im Juni 1987 ein Antrag zur Finanzierung einer klinischen Studie zum Bunker-Bindung-Syndrom (BBS) auf der Basis der einzigartigen Lukusch-Shevchuk-Studie gestellt. Im August 1987 wurde dieser Antrag abgelehnt.

Das Projekt hätte die Langzeituntersuchung der beiden Probanden, unter anderem mit MRI und EEG, vorgesehen. Die Ablehnung des Antrags bei der Deutschen Forschungsgemeinschaft DFG wurde mit Kritik an der wissenschaftlichen Hypothese des Projekts begründet. Andere öffentliche Forschungsförderer, darunter das Bundesministerium für Bildung und Forschung (BMBF), haben den Antrag von Ritter et al. ebenfalls abgelehnt.

So zeigt sich einmal mehr, dass das wissenschaftspolitische Umfeld für «boundary work» im neuropsychologischen und parapsychologischen Bereich in Deutschland ungünstig ist. Für die Anwerbung von Drittmitteln für parapsychologische und alternative traumatherapeutische Studien nach amerikanischem Vorbild fehlt es in Deutschland an gesellschaftlichem Interesse und medialer Aufmerksamkeit.

«Nein … Ich kann es dir nicht erklären, Simon. Du warst selbst dabei, im Krankenhaus … selbst im Schlaf … schienen sie räumlich nicht trennbar zu sein, das haben wir ja ziemlich … eindrucksvoll erlebt.»

«Aber die Deutsche Forschungsgemeinschaft war nicht überzeugt?»

«Nein, dazu hätten wir … klare Daten haben müssen. Und denen war das, glaube ich … von Grund auf suspekt.»

Mein Vater sitzt in einem schlichten Sessel von Knoll aus den Fünfzigerjahren. Er hat die Beine übereinandergeschlagen und kratzt sich selbst wie ein Hund unter dem Kinn. Er fühlt sich wohl in dieser Sitzgruppe, die er von seinem Vater geerbt hat. Früher waren die Bezüge grau meliert im Stil der Zeit. Er hat sie neu, schwarz, beziehen lassen, passend zu den Lampen und dem Beistelltisch in seinem Büro. Seit er nicht mehr an der Klinik ist, verbringt er seine Tage mehrheitlich hier, als *elderly scholar*, im ausgebauten Dachboden des Hauses meiner Eltern in Ückershausen. Er liest Fachliteratur oder hört klassische Musik, den Blick hinaus gerichtet durch das große Fenster auf die Obstbäume und die dahinter liegenden Felder.

«Ob einer den Tod des anderen überlebt … haben wir nicht beantwortet. Aber nach unserem Abend im Krankenhaus habe ich auch das für unwahrscheinlich gehalten.»

Er macht eine ausgedehnte Pause.

«Ob beziehungsweise inwieweit die maximale Distanz der beiden … beeinflussbar war oder ist, kann ich nicht beurteilen … Wir haben das tatsächlich nie befriedigend…»

Jetzt macht er wieder seine endlosen Pausen. Ich grätsche dazwischen ohne Rücksicht auf Verluste.

«Warum nicht?»

Er schaut mich milde überrascht mit seinen wässrigen braunen Bassetaugen an.

«Warum hast du nicht weiter geforscht? Du hast dich doch sonst nicht so leicht abbringen lassen.»

«Warum? Na … ganz einfach, weil die NGO Shelta, also diese Weidburg und die Shevchuks, mir Anton und Igor entzogen … haben und weil eben das Forschungsprojekt weder von der DFG … noch vom Ministerium gefördert wurde … weil es angeblich zu sehr *boundary-work* war, aber …»

«Was heißt *boundary-work*?»

Er schaut mich wieder lange an, aber ich habe nicht den Eindruck, dass er mich sieht.

«Man hat mir damals … von mehreren Seiten … zu verstehen gegeben, dass die Universität kein Interesse hat, paranormale Phänomene zu erforschen und … wie ich nachher erfahren habe, waren die unabhängigen Gutachten, die eingereicht wurden, dem Projekt gegenüber kritisch … das war der Dr. Fuchs, den ich gebeten hatte … zu schreiben. Ich vermute, er hat sich nicht … getraut, das Gutachten positiv zu schreiben, weil er … um seinen eigenen Ruf fürchtete, wenn er so was unterstützt.»

Er nimmt einen Schluck seines Amarone Valpolicella.

«Diese Leute haben es teilweise gut mit mir gemeint … die hatten Bedenken, ich ruiniere auch meinen Ruf … In Princeton am PEARL oder in Stanford oder auch in Freiburg am Institut für Grenzgebiete der Psychologie und Psychohygiene hätte ich das machen können, aber …»

Er trinkt genüsslich und muss lachen.

«Was?»

«Ach, ich musste an deine Mutter denken …»

«Wieso?»

«Wir haben ja noch am Schwalbenhof gewohnt und sie hat mir damals gesagt: ‹Jetzt bin ich schon mit den Kindern hierher mitgezogen und musste ganz von vorne anfangen, aber nach Amerika … kannst du alleine gehen … (er lacht noch mal) … und nach Freiburg schon gar. Ich will jetzt ein Haus mit Heizung und trockenen Wänden, dann kannst du dein Ding machen …»

«Das habe ich gar nicht mitbekommen.»

«Nein … wir haben Streit immer auf den Abend verschoben, wenn ihr schon geschlafen habt.»

Erstaunlich, denke ich, da sitzt er vergnügt vor mir mit seinem Wein in der Hand. Hätte ich Maria zur Frau, wir würden sicher nicht bis zum Abend warten können, um miteinander zu streiten. Diese Selbstbeherrschung fehlt uns beiden, und ich halte auch nichts davon, Kindern zu suggerieren, die Eltern lebten in ungebrochener Harmonie.

Wie Maria das wohl mit Jürgen macht? Sie wollte fast einen Kilometer von ihrer Wohnung entfernt in der Nähe der Straßenbahn aussteigen. Ich sah, wie sie im Gehen ihr Telefon anschaltete und die Nachrichten durchging. Sie küsste mich zum Abschied auf die Wange. Wir hatten vier Stunden über unsere Erfahrungen mit Igor gesprochen. Ich habe ihr von dem Artikel im *Kyiv Star* erzählt, aber sie war gar nicht überrascht. Anscheinend war Maria schon länger fast überzeugt davon, Anton sei tot. Sie vermutete schon vorher, Igor habe ihn umgebracht, nachdem er sich auf irgendeine übersinnliche Weise seine Fähigkeiten aneignet hatte. Von der flirrenden Spannung, die ich zwischen uns gespürt hatte, war nichts geblieben. Ich sah ihr hinterher und beschloss, um den Block zu fahren, um zu sehen, wie sie von ihrer Familie begrüßt würde.

Das Haus war moderner, als ich dachte. Es fiel auf in dem Wohngebiet aus den Dreißigern. Nur in einem großen Fenster brannte Licht. Jürgen und die Kinder saßen wahrscheinlich beim Abendessen zum von der Straße abgewandten Garten hin. Maria hatte ihr Telefon schon in die Tasche gesteckt, als sie in den Lichtkegel der Straßenbeleuchtung vor dem Haus trat. Ihre Bewegungen schienen mir weicher geworden. Wenn ich mich nicht täuschte, lächelte sie, während sie die Gartentür aufschloss und über einen gepflasterten Weg zur Haustür ging. Bevor sie den Schlüssel ins Schloss stecken konnte, wurde die Tür aufgerissen und ihre Kinder rannten heraus und umarmten sie stürmisch.

Erst als der Junge im Teenageralter und das etwas jüngere Mädchen sie losließen, konnte ich Jürgen sehen. Er saß in einem Rollstuhl im hell erleuchteten Hausflur. Maria ließ sich schwungvoll auf seinen Schoss fallen. Sie umarmten und küssten sich, bis die Kinder den Rollstuhl mit beiden Eltern wendeten und weiter ins Haus schoben. Wer die Haustüre schloss, konnte ich nicht sehen. Wenig später erlosch die Beleuchtung des Weges zum Haus. Ich blieb im dunklen Auto sitzen – einsamer als je zuvor.

«Ja, die Mama hat sich meistens durchgesetzt.» Er holt mich zurück aus meinen Gedanken. Ich trinke mein Glas Valpolicella in einem Zug aus. Er redet ganz ruhig weiter.

«Sie hat sowieso immer daran geglaubt, dass ... das reine Psychologie zwischen Igor und Anton war. Da haben wir auch heftig drüber gestritten ... ganze Nächte lang ... ohne Ergebnis. Mein Standpunkt war dabei gar kein esoterischer. Ich habe einfach die Prämisse zugelassen, dass die Reaktion der beiden Jungs auf ihre Trennung mehr war als eine Pawlow'sche Konditionierung. Deswegen habe ich mich ja so darüber gefreut, als wir beide sie damals im Schlaf getrennt haben und die Reaktion trotzdem vorhanden war. Dieses Experiment konnte ich ja damals nicht unter Laborbedingungen wiederholen, weil Shelta und angeblich auch die Eltern der beiden Jungs das nicht wollten. Sonst wäre der Antrag vielleicht nicht ganz so kritisch aufgenommen ...» Er schweigt. Ich atme ein. Er redet weiter.

«Die Mama hat in dieser Richtung ja nicht so viel Toleranz. Der Opapa und die Omama sind ihr wohl früher als Kind mit diesen spirituellen Erfahrungen zu viel geworden ...»

Das war es also. Deswegen hat mein Vater nicht ganz so beharrlich darauf bestanden, an der Sache weiterzuforschen.

«Das ist ja bis heute ein rotes Tuch für sie», sagt er noch leise hinterher.

Darüber haben sie also damals heimlich bei Nacht gestritten, unter Ausschluss der Kinderöffentlichkeit. Für meine Eltern hat das funktioniert. Nicht, dass wir nicht gemerkt hätten, wenn dicke Luft zwischen ihnen herrschte, aber sie wurden nie laut miteinander. Der Umgangston war meistens höflich, dadurch manchmal auch ein wenig unpersönlich.

Mein Vater verstand also, dass er mit dieser Forschung eine absolut rote Linie bei meiner Mutter übertreten würde. Wir zogen vom Schwalbenhof in das trockene Haus nach Ückershausen und er ließ die Forschung zu Anton und Igor bleiben.

«Warum warst du eigentlich 1989 in Japan bei Antons Spiel gegen den Supercomputer?»

«Das war totaler Zufall. Ich war in Kyoto, weil ich … bei einem Kongress gesprochen habe, und da wollte ich mir Anton natürlich nicht entgehen lassen. Und …»

«Und?»

«Anton war auch überrascht. Er hat mich ganz ungläubig angeschaut … Ich hab danach ein schlechtes Gewissen gehabt. Er hat das Spiel ja verloren und ich habe mich … dafür verantwortlich gefühlt … Du hast ja das Video gesehen?»

«Ja.»

«Ich habe das ein bisschen später angeschaut … und hatte auf einmal den Eindruck, der entscheidet sich jetzt zu verlieren.»

Mein Vater hat es also auch bemerkt.

«Nicht wahr?!»

Ich stimme zu.

«Und mir ist eines klar geworden, Simon … ich habe ja damals viel über parapsychologische Phänomene … Remote-Viewing, Hellsichtigkeit und Zwillingsforschung und so gelesen … da erzählten die Betroffenen, wie bedrohlich die Hellsichtigkeit für sie als Kind gewesen war. Manche versuchten sogar, sich umzubringen, damit das nur ja aufhört.»

Mein Vater redet jetzt ganz flüssig – er ist bei der Sache.

«Die meisten brauchten Jahre, um einen Umgang damit zu

finden – noch dazu in einer Gesellschaft, die immer wissenschaftsgläubiger wurde und sie als Spinner, Halluzinierende und Scharlatane abtat. Ich würde heute behaupten, Anton hat selbst ganz gezielt versucht, dafür zu sorgen, dass der Spuk ein Ende hatte.»

Von unten ruft meine Mutter – das Abendessen ist fertig. Sie wird sicher wissen wollen, was wir so lange besprochen haben. Ich stehe auf. Mein Vater bleibt sitzen.

«Und Igor … weißt du, das fällt mir gerade ein … Igor war nach dem Spiel gegen den Computer total sauer … auf Anton … Die sind mit dem Hauslehrer und der Weidburg an mir vorbeigegangen und er hat Anton regelrecht zusammengestaucht: ‹Was soll das? Du bist so ein Idiot, das kannst du mir alles zurückzahlen›, hat er gefaucht … dann sind sie ins Hotel verschwunden, ohne dass ich Anton noch mal sprechen konnte …»

Meine Eltern wohnen in einem ausgebauten kleinen Bauernhof. Das alte Erdgeschoss ist aus grauem Bruchstein gemauert, darauf hat man später ein Geschoss Fachwerk gesetzt. Wir Kinder waren im Fußballklub, im Tennisklub und im Schützenverein, aber meine Eltern haben sich nie freiwillig unter die Leute vom Dorf gemischt. Man nannte sie und noch ein paar andere Exilstädter *die Indelegduelln* und hielt Abstand. Meine Brüder waren schon aus dem Haus, als wir vom Schwalbenhof wegzogen. Ich bin der Einzige, der wirklich Überhauser ist und von den Überhausern als solcher gesehen wird. Obwohl ich auch nicht gerade als normal gelte, können sich die Leute unter mir beziehungsweise dem, was ich tue, etwas vorstellen. Nicht, dass sie sich meine Filme anschauen, aber dass und wie Filme gemacht werden, ist ihnen ziemlich klar. Vor meinen Eltern fürchteten sich die Leute oft, als würde bereits die Bekanntschaft mit einem Neurologen und einer Psychologin dazu führen, dass man ihr Patient wird.

Die *Indelegduelln* untereinander hielten ebenfalls Abstand, nachdem etliche Versuche wie Hausmusikabende, Faschingsfeste mit dem Motto *Dreißigjähriger Krieg* oder ein bissiger Lesezirkel der Damen zu mehr Entfremdung als Befreundung geführt hatten. So blieb als einziger naher Freund meiner Eltern der Elektriker Adolf, der neben uns wohnte, in einem Haus, beziehungsweise dem Campingwagen davor, beides so bemoost und baufällig, dass einige im Dorf nicht mal wussten, dass er noch bewohnt war.

Wir kannten Adolf vom Schwalbenhof, den er für Siegwart vollständig elektrifiziert hatte. Dabei zog er bei der Arbeit nicht nur eine Alkoholfahne hinter sich her, sondern roch überhaupt so streng, dass Siegwart ihm das Mittagessen auch im Winter nur vor der Tür servierte. Adolf war gelernter Elektrotechniker, sehr belesen und viel zu sanftmütig für diese Welt. Die Freundschaft zu meinen Eltern begann, als er einen neuen Herd in unserer Küche anschloss. Siegwarts Schwester war zu Gast und sah eine Weile zu, wie sich meine Mutter vom Wohnzimmer aus auf Distanz mit ihm über das Erstarken der Republikaner im Nachbarort unterhielt. Die ganze Zeit lag Adolfs Geruch in der Luft. Die beiden Frauen hatten bereits die Fenster aufgerissen, aber der Tag war windstill und die sommerliche Hitze, draußen und drinnen, machte es nicht besser. Nach einer Weile immer zäher werdender Unterhaltung sprach meine Mutter aus, was beide Frauen dachten.

«Adolf, Sie brauchen ein Bad.»

Adolf antwortete nicht, aber er widersprach auch nicht und so fuhr meine Mutter fort: «Ich lasse Ihnen jetzt ein Bad ein.»

Er schwieg und die Frauen setzten den Plan in die Tat um. Dreimal musste die Badewanne neu eingelassen werden. Die Frauen schrubbten Adolf, der sich die weibliche Zuwendung gerne gefallen ließ. Er entstieg der Wanne als Adolf 2.0 mit streng zurückgekämmten grauen Haaren, frisch rasiert und nach Aloe Vera duftend. Nicht, dass er danach weniger getrunken hätte, aber er kam regelmäßig zum Baden und anschließendem Abendessen und wurde zum engen Freund meiner Eltern.

Adolf sitzt mit am Tisch und lässt es sich schmecken. Er ist mittlerweile fünfundachtzig und lebt im neu gebauten Seniorenheim am Dorfrand. Noch einmal muss ich meine Erlebnisse mit Igor und Maria erzählen. Adolf hört immer aufgebrachter zu. Das lässt sich daran erkennen, dass er ein Glas Wein nach dem anderen runterstürzt. Wie immer, wenn Adolf zu Gast ist, hat mein Vater wohlweislich den Valpolicella im Keller gelassen und den leichteren und günstigeren Landwein aufgemacht. Nachdem ich meinen Bericht beendet habe, schnauft Adolf wütend auf. «Ich hab das dem Anton gesagt, ganz am Anfang, als das anfing mit dem Schach. Ich hab ihm gesagt: Du musst den Igor mitnehmen – irgendwie! Sonst fühlt der sich doch als fünftes Rad am Wagen.» Adolf und Anton haben sich damals sehr gut verstanden. Der sanfte Adolf verständigte sich ohne viele Worte mit dem sanften Anton. Meine Mutter mutmaßte einmal, Adolfs Alkoholismus sei sein persönlicher Umgang mit einer nicht ausgelebten Pädophilie. Das ist nie bestätigt oder widerlegt worden. Für uns war Adolf vor allem ein weiteres liebenswertes Original auf dem Hof und ich habe nie von irgendwelchen Übergriffen im Dorf gehört, die ihm zugeordnet werden konnten. Auch dass er verbotene Pornografie konsumierte, schien nur schwer denkbar, da er weder Internet noch Telefon installiert hatte und auch nie in die Stadt fuhr. Sein Leben spielte sich zwischen seinem Wohnwagen, seinen wenigen Kunden, der Sozialarbeiterin, die ihn besuchte, dem Edeka und der kleinen Kneipe in Rechenberg ab. Deshalb habe ich diese Theorie meiner Mutter als eine ihrer düsteren Mutmaßungen abgelegt. Sie war nach einigen Berufsjahren dazu übergegangen, grundsätzlich alles in allen für möglich zu halten. So schützte sie sich vielleicht vor unangenehmen Überraschungen, versorgte uns aber gleichzeitig mit einem düsteren, schicksalsschweren Bild des Menschen.

«Der Anton hat das auch versucht, aber zu spät», fährt Adolf fort. «Der Igor war ja schlau. Der war auch praktisch begabt und stark – und geschäftstüchtig. Mit dem Rene Doll haben die angefangen, Wetten auf Anton entgegenzunehmen. Ich war mal in der kleinen Kneipe in Rechenberg, da kamen die rein und haben die Leute dazu gebracht, für oder auch gegen Anton zu wetten.»

«Aber viel haben sie dabei doch nicht verdient, Adolf.» Mein Vater schenkt ihm jetzt keinen Wein mehr nach, also nimmt sich Adolf selbst die Flasche.

«Am Anfang nicht, Burkhard. Da hat der Anton ja nur gewonnen und kaum einer wollte gegen ihn wetten. Aber später haben sie das auch mit Leuten aus der Stadt gemacht und da hatte der Anton ja auch schon mal verloren oder Remis gespielt. Da wurden die Quoten besser, aber natürlich auch das Risiko für den Igor und den Rene.»

«Das glaube ich nicht, Adolf. Das hätten wir doch gemerkt. War das nicht so eine einmalige Sache? Ich hatte immer das Gefühl, dass der Igor ganz einfach am Erfolg von Anton interessiert war, weil ihm die Annehmlichkeiten – vor allem später in diesem Schloss – schon gefallen haben.»

Meine Mutter stellt bei der Erwähnung von «Annehmlichkeiten» die Weinflasche vom Tisch neben ihren Stuhl. Adolf wundert das nicht. Das scheint so Usus unter den Dreien.

«Das ist auch so, Agnes, aber die Sache mit den Wetten war nicht ohne. Erinnert ihr euch an den Schellner Florian. Den haben sie doch mal verschlagen, der Rene und der Igor, gell?»

Meine Eltern nicken zögerlich. Ich kann mich an den Vorfall erinnern. Schellner senior kam zu Dolls und zu uns auf den Schwalbenhof und schob den arg zugerichteten Florian vor sich her. Igor und Rene mussten sich entschuldigen und sechzig Mark zurückzahlen, die sie ihm abgepresst hatten. Rene wurde daraufhin von seinem Vater so vertrimmt, dass er eine Woche lang nicht mehr richtig sitzen konnte.

«Was glaubt ihr, warum die dem Schellner sechzig Mark abgenommen haben? Der hat gewettet und nicht gezahlt. Danach wusste jeder, dass die ihre Wettschulden eintreiben. Aber ich muss auch sagen, sie haben auch gezahlt, wenn sie verloren haben – nur kam das halt nicht so oft vor. Denk ich mir jetzt …»

Klingt, als hätte Adolf damals selbst Geld bei den Jungs gesetzt.

«Und du meinst, der verdient bis heute am Anton?» Mein Vater will es noch nicht glauben. Adolf zuckt mit den Schultern. Keine Ahnung, ob das eine Reaktion war oder er nur aufgestoßen hat.

Mein Vater führt den Gedanken fort. «Angeblich spirituelle Medien wie Rosemary Heller oder dieser Börsenguru Arnold verdienen sich mit sehr zweifelhaften Methoden eine goldene Nase und die haben wahrscheinlich eine viel schlechtere Trefferquote als der Anton. Aber Anton hat das selbst ja nie gewollt. Nach dem Desaster bei der SBI, wegen der Streiks und der schlechten Presse in Italien kann ich mir nicht vorstellen, dass die in der Ukraine weiter mit ihm gearbeitet haben. Der wollte doch nicht mehr und seine Großmutter hat dem Spuk ein Ende gesetzt.»

Meine Mutter schüttelt ungeduldig den Kopf. «Die beiden Jungen waren seelisch sehr schwer belastet. Ich bin immer noch überzeugt, dass Antons angebliche Hellsichtigkeit, das ganze Beraten und auch sein Schachtalent aus einem ganz stark ausgeprägten Wunsch nach Kooperation entstanden sind. Er war überdurchschnittlich begabt und aufnahmefähig, aber unterbewusst war er darauf geprägt, Beziehungen auf Biegen und Brechen zu erhalten, um Liebesentzug und Ausgrenzung zu vermeiden. Ich weiß nicht, welche fehlgeschlagenen, durch Schuldgefühle belasteten Versuche der Selbstbehauptung ihn in der Kindheit geprägt haben. Aber übersinnlich ist daran gar nichts.»

«Danke, Frau Professor Doktor Doktor.»

Jetzt haben sich die zwei wieder im alten Streit gefunden.

«Du folgst mal wieder der Morgenstern'schen Leier: Was nicht sein kann, das nicht sein darf. Meine Versuche, genauso wie Wehners Lottoschein, sind für dich einfach Zufälle. Die streichst du aus deiner Rechnung, damit du dein schön logisches Weltbild behalten kannst. Aber das ist psychologisch nicht erklärbar. Oder wie erklärst du es dir, dass sie fast gestorben wären, als Simon und ich sie SCHLAFEND getrennt haben?»

Je stärker sich mein Vater aufregt, umso ruhiger wird meine Mutter. Adolf holt sich die Flasche an ihrer Seite und leert sie in sein Glas.

«Zufall – das weißt du, Burkhard. Das Phänomen ist nun wirklich so häufig untersucht und beschrieben worden. Wir deuten Zufälle als Schicksal oder Vorsehung, weil wir uns ohne diese Sinnhaftigkeit verloren fühlen. Oft genug steuert uns das Unterbewusstsein und stellt durch unsere Handlungen Sinnzusammenhänge her. Weißt du, was ich denke?»

«Nein – und das trotz all meiner parapsychologischen Fähigkeiten.»

Er lacht wieder ein Lachen, das keines ist.

«Ich denke, du hast dir dieses esoterische Thema damals unterbewusst gesucht, weil du eine Weile frustriert von der Wissenschaft warst und etwas Neues erleben wolltest. Aber dann hast du bei dem ganzen Gegenwind von deinen Kollegen kalte Füße bekommen und warst eigentlich erleichtert, von der DFG abgelehnt zu werden. Dein Leben als einfacher Neurologe war doch viel erträglicher, als es als Parapsychologe gewesen wäre …»

«Also komm, Agnes, lass mich mal da raus! In Wahrheit wehrt ihr Psychologen euch nur dagegen, euer Scheitern anzuerkennen. Ja, okay, wir haben gelernt, uns selbst besser verstehen und Traumata verarbeiten zu können. Aber wirkliche Heilung könnt ihr doch nicht bieten, die findet in einem Bereich statt, den ihr nicht greifen könnt.» Er deutet mit einer dramatischen Armbewegung auf mich. «Schau dir deinen Sohn an, der hat zehn Jahre

Therapie hinter sich und kann immer noch keine haltbare Beziehung führen. Und du selbst ...»

Adolf, der zwischen meinen Eltern sitzt, hat meine Mutter und meinen Vater am Arm gegriffen. «Stopp, jetzt, hier, Leute – Themenwechsel.»

Oh Wunder – sie gehorchen und schweigen beide. Er schließt die Augen und atmet tief durch. Meine Eltern tun es ihm nach. Das ist wohl ihr gemeinsames Ritual. Ich fühle mich wie in einer Selbsthilfegruppe. Adolf sieht mich mit seinen glasigen Augen an. Er lässt die Hände auf den Armen meiner Eltern, während er mit mir spricht, wie ein Blitzableiter in ihrer Mitte, der die schlechte Energie abführt.

«Simon, wusstest du, dass der Steinel, der früher die Republikaner in Landflur vertreten hat, letzte Woche einen Ortsverein ‹Markt Rechenberg› für die AfD gegründet hat? Dabei verdient der sein Geld mit den zwei Imbissen in Würzburg, die er an Türken und Thailänder vermietet hat ...»

Maria lag auf ihm, spürte ihn in sich weich werden, während Zuckungen durch seinen Körper liefen, der sonst so regungslos war. Seine Arme hielten sie fest und zärtlich. Sein Atem ging stoßweise. Wie immer lagen sie eine ganze Weile so, küssten und liebkosten einander, bevor sie sich vorsichtig löste, ins Bad ging und ihm ein Handtuch brachte, um sich abzuwischen.

Sofort nach dem Höhepunkt waren ihre Gedanken abgeschweift. All die Erlebnisse der vergangenen zwei Tage tauchten ungeordnet auf. Igor am Schachbrett und gleich darauf an der Autobahn, Simon und sie im Bundeskanzleramt, die Druckplatte des Simbabwe-Dollar, ihre Unterhaltungen im Auto, ihr Kuss, Igors Faustschlag und Tausende Glassplitter auf dem dunklen Filz des Volvo. Keiner der Eindrücke war vollständig. Sie verflossen nahtlos mit tief gespeicherten Erinnerungen an verweinte Stunden auf ihrem Bett im Heuchelhof, als sie erfahren hatte, dass Anton nach Kiew zurückgeholt worden war. Auch das Bild ihrer Eltern, schweigend am Tisch nach dem entgangenen Lottogewinn, tauchte auf. Warum überschwemmte sie die Trauer jetzt? Warum hatte sie Jürgen nichts von Anton, Igor und Simon und ihrer Reise erzählt? Was hätte sie getan, wenn sie Anton begegnet wäre? Warum war sie überhaupt aufgebrochen, um ihm oder Igor nachzureisen, mit Simon, der sie noch immer begehrte und behauptete, sie zu lieben. Dabei hatte er das nicht mal gesagt. Sie hatte ihn geküsst und er hatte ihren Kuss erwidert. Sie hatte mit ihm das Gleiche erlebt wie damals, als sie zu dritt mit Anton durch die Welt streunten: Verletzlichkeit, Aggression, Widerstand und darunter ein Selbstzweifel, den er – ohne es zu wollen – in einer Beziehung zuletzt gegen sie richten würde, wenn der Lack der ersten Verliebtheit abgeblättert war.

Igor hatte ihr Angst gemacht. Die unheimliche Energie, die ihn beim Schachspiel wie in der Wut umgab, schien ihn selbst noch im Schlosspark, in der Stille des Abends, besetzt gehalten zu haben. Sie fürchtete sich davor zu erfahren, was mit Anton geschehen war. Wie hatte er mit solchen Menschen leben können. Oder war er schon lange einfach gestorben, im kleinen Häuschen seiner Großmutter Valja, und lag begraben, unter seinem Garten, im Sperrgebiet um den Reaktor?

Sie fuhr sich mit einem nassen Handtuch übers Gesicht, aber der Kloß im Hals blieb. Das weiche Nachthemd legte sich schützend auf ihre Haut. Sie löschte das Licht und tastete sich ins Schlafzimmer zu Jürgen ins Bett. Er sollte nicht merken, wie verwirrt sie zu ihm zurückgekehrt war. Sie würde auf immer, immer und ewig bei ihm bleiben. Das wusste sie jetzt. Nicht wegen der Kinder, aus Gewohnheit oder Angst vor dem Alleinsein. In seiner Nähe lebte ein Teil ihrer selbst auf, der sie als kleines Kind in den Häuserschluchten des Heuchelhofs gewesen war. Wenn sie als Königin die Betonblocks beherrschte und laut vom Balkon zu ihren Untertanen sprach, lag ihr die Welt buchstäblich zu Füßen. Keine Tiefgarage, kein verlassenes Treppenhaus hatte sie das Fürchten gelehrt, nicht mal die älteren Jungs auf dem Spielplatz. Sie stellte sich so breitschultrig sie konnte hin, streckte die Brust heraus und breitete mit einer ausladenden Armbewegung einen Lichtmantel um sich aus in der Gewissheit, nun vollkommen unverletzlich zu sein...

Jürgen wuchtete sich in die Seitenlage. Er schloss die Augen, den linken Arm unter dem Kopf angewinkelt, die rechte Hand auf ihrer Hüfte. Sie würde nie wieder nach Anton suchen. Sie würde den Lichtmantel über ihn decken und vertrauen. Nein – man sollte dem Übernatürlichen nie zu viel Raum im Leben geben...

«Ich war noch niemals in New York...» Wie immer, wenn meine Stimmung wirklich im Keller ist, pfeife ich mit irgendeinem absurden Schlager gegen die Depression an. Adolf hätte nicht sein müssen heute Abend. Die Hand am Gartenzaun, den Kopf schwindlig vom Alkohol überfällt mich Furcht. Habe ich schon längst sein Erbe angetreten, als gescheiterte Existenz des Dorfes, allabendlich angetrunken nach Hause wankend? Wenn meine Mutter recht hat, mit ihrer Hypothese über meinen Vater, dann habe vielleicht auch ich mir unterbewusst extra eine unlösbare Aufgabe gestellt, um nicht über meine Lage nachdenken zu müssen, um wie Adolf im Rückzug zu leben. Ich wohne in seinem Haus, ohne Frau und Kinder, zu jung für ein «Dorforiginal», zu alt für die drei ledigen Frauen im heiratsfähigen Alter in Ückershausen. Als er ins Altersheim zog, hat Adolf sein Haus und den Wohnwagen meinen Eltern vermacht. Ich selbst habe sie dazu gebracht, mir den Ausbau zu finanzieren. Meine Brüder waren auch dafür, immer in Sorge, was aus mir würde, wenn einmal jüngere Filmemacher in Würzburg übernähmen. Meine Geschwister sind beide angestellt, in gehobenen Positionen. Nicht, dass sie meine Arbeit nicht schätzten, aber die Warnung vor ausbleibender Rente, Altersarmut und Verwahrlosung ist schon des Öfteren geäußert worden. Ähnlich sensibel, wie mein Vater heute mein Singledasein zum Thema gemacht hat. Bei uns wurde am Abendessenstisch schonungslos alles ausgesprochen, aber manche waren besser im Geben als im Nehmen. Das verbindet meine Brüder mit meinem Vater und meine Mutter mit mir. Während wir fatalistisch genug sind, über uns zu lachen, endet die Ironie der anderen bei sich selbst. Vielleicht haben sie es deshalb «zu etwas gebracht».

Fast wäre ich auf der Türschwelle über Marlene gestolpert. Marlene ist meine Schildkröte. Ich habe sie vor zwei Jahren aus der Kompostieranlage im Ort gerettet und liebe sie so sehr, wie ich noch kaum jemanden geliebt habe. Ihre kontemplative Qualität erinnert mich an die Ruhe, die Anton ausstrahlte. All meine Zimmerpflanzen sind verendet. Marlene nicht. Sie ist hart im Nehmen, *Grace under Pressure*, egal ob ich vier Wochen in Ferien fahre oder im Hochsommer vergesse, sie zu tränken. Marlene lebt einfach weiter. Sie lässt sich nicht durch mich unterkriegen und ich empfinde ihr Leben in Zeitlupe als pure Entspannung. Ihr ultra langsamer Augenaufschlag, nach oben zu mir, erzählt mir von einer bedingungslosen Liebe, für die meine Mutter einfach zu kompliziert war. Was für Adolf der Alkohol ist, ist für mich Marlene. Meine *Testudoase* (Testudo: Lateinisch für Schildkröte) Marlene und ich passen zusammen. Ich nehme sie vorsichtig vom Boden hoch und trage sie zu ihrem Lieblingsplatz, dem Kompost. Sie bedankt sich nicht – mit Recht, vielleicht wollte sie gerade woandershin.

Wie immer, wenn ich Wein getrunken habe, tauchen die Kopfschmerzen schon beim Trinken auf. Schlafen kann ich so sicher nicht. Ich löse eine Schmerztablette in einem Glas Bier auf und schalte den Rechner an. Das Wochenende in Anderlecht hat mich wertvolle Zeit gekostet. Am Dienstag muss ich den Rohschnitt eines Imagefilms für einen ansässigen Magnettechnikhersteller präsentieren. Bei meinen Kunden heißt «roh» immer, das Video muss fast fertig geschnitten und tonbearbeitet sein, weil die Leute nicht das Abstraktionsvermögen haben, um sich bei einem holpernden Layout das fertig bearbeitete Endprodukt vorstellen zu können. «... supraleitende Magnetsysteme sind im Industriebereich, bei Teilchenbeschleunigern sowie in der Fusionsforschung stark im Einsatz. Der Unternehmensbereich Magnettechnik hat diese Systeme gemeinsam mit Forschungseinrichtungen und Kunden aus der Industrie weiterentwickelt ...» Den Sprecher habe ich so gewählt, dass er das Sonore eines soliden Firmenchefs verkörpert, aber mit der jugendlichen Prise Elan, die von Modernität und Aufbruch erzählt. Dazu fährt die Kamera an den glänzenden Gehäusen der Industriemagnete vorbei. Wackler oder Unschärfen schneide ich raus. Der fließende Rhythmus ist entscheidend, und der Look. Blaues Licht auf dem Metall, rote oder orange Farbakzente auf den Objekten in der Tiefenstaffelung. Das Bild muss in Bewegung sein, angereichert mit animierten Grafikelementen. Ich weiß, wie das gemacht wird, deshalb bucht man mich, aber es interessiert mich nicht mehr. Ich empfinde nichts als Langeweile, in Wahrheit Verzweiflung, weil ich keine Zukunft vor mir sehe, seit Maria sich in die Arme ihres Mannes hat sinken lassen. Sie wusste sehr gut, warum sie log. Unsere Reise öffnete ein Fenster in die Vergangenheit, leichtfüßig und abenteuerlich und widerständig, wie früher. Aber ich werde keinen Dokumentarfilm über Anton Lukusch machen und Maria wird kein zweites Achtsamkeitsseminar buchen. «... wir sind weltweit führender Anbieter im Bereich der Handhabungssysteme für Nukleartechnik. Seit 1979 arbeiten wir erfolgreich im Neubau, in der Modernisierung und der Stilllegung von Kernkraftwerken und diverser nukleartechnischer Anlagen. Unser Angebot umfasst die Planung, Herstellung und Inbetriebnahme von Großanlagen und ihre Kompo-

nenten. Zusätzlich bieten wir modernste Lösungen für den Transport, die Lagerung und Konditionierung radioaktiven Abfalls ...»
Dieselben Firmen, die Atomkraftwerke bauen, leben heute von der Stilllegung ihrer eigenen Anlagen. Win-win, geht es mir durch den Kopf. Aber wo bleiben die Anwohner, die Zivilisten, die Ureinwohner und Alteingesessenen, die zufällig Anwesenden oder Nachgeborenen, die Kadaver am Wegrand dieser angeblich endlosen Wachstums-Autobahn ohne Speedlimit, an der sich Fuchs und Hase für immer gute Nacht sagen?

Meine Kamera fährt vorwärts auf eine riesige leere Röhre zu, bis ins Schwarz. Igor ist wahrscheinlich ein zutiefst gestörtes Arschloch geworden, aber was gibt uns das Recht, in seinem Leben herumzuwühlen. Anton und er sind getrennte Wege gegangen, wie auch immer das vonstattenging. Wenn überhaupt, müssten wir Anton suchen, in Kiew oder im verstrahlten Niemandsland – sofern er überhaupt noch lebt. Oder wir begraben Antons Geschichte, wie den nuklearen Brandherd im Meiler von Tschernobyl, in einem meterdicken Sarkophag aus Beton und Vergessen. Ich will einfach nichts mehr mit Maria, Anton oder Igor zu tun haben. Die Schmerztablette wirkt.

Im Hof schlagen die Hunde an. Anton kann Kelly hören, die struppige Jack-Russel-Hündin, und gleich darauf das tiefe, kehlige Bellen des Irischen Wolfshunds, den Siegwart Ludwig getauft hat, nach irgendeinem deutschen König.

Er weiß, dass sie kommen, um ihn und Igor abzuholen. Die Stimmung im Haus ist schon die ganze Woche gedrückt. Die Eltern haben nachts lange diskutiert. Anwälte kamen und befragten ihn. Seine Familie will ihn nicht gehen lassen. Es ist seine Familie geworden.

Er hat es gut hier gehabt. Er geht alles auf dem Hof noch mal durch. Hunde, Pferde, Menschen, Koppeln, Felder, den Garten, den Wald und die kleine Lichtung, bei der halb eingestürzten Brücke, auf der er mit Maria und Simon ganze Tage verbracht hat. Er nimmt alles mit, dorthin, wo er jetzt gebracht wird. Das hat er immer so gemacht, seit er mit Igor losrannte, nach dem Unglück. Seitdem ist er nicht mehr angekommen. Es gab Pausen und Phasen, aber er ist sich bewusst, dass er einen Zug bestiegen hat, dessen Ziel er nicht kennt. Manchmal hält der Zug für eine Weile, die Mitreisenden wechseln, nur Igor bleibt bei ihm. Er kann Igor auch jetzt spüren. Seine Befriedigung, seine Verachtung gegenüber der Familie. Igor hat schon vor Tagen gepackt, nachdem er mit seinem Vater telefoniert hat. Auch er wurde befragt, von Psychologen und Anwälten, aber Igor sagt grinsend, er hätte antworten können, was er wollte, sie hörten ihm gar nicht zu, es ging eh nur um Anton. Igor wollte diesen Abschied. Er hat ihn seinem Vater vorgeschlagen und der hat das Notwendige veranlasst. Alexej hat mit Misha gesprochen und Misha mit seiner Mutter. Igor weiß, dass Anton ihn durchschaut hat, aber er weiß auch, dass er sich nicht widersetzen wird. Und Igor hat verstanden, was für ihn selbst bei dieser Reise herausspringt.

«Anton, kommst du?» Agnes Ritter öffnet die Tür und lässt ihn vorbei ins Treppenhaus. Sie streicht ihm mit der Hand zärtlich über den Kopf. Die Tränen hat sie sich abgewischt, bevor sie ins Zimmer kam. Blaues Licht flackert durch die Diele. Victoria von Weidburg hat die Polizei mitgebracht. Man hatte wohl Sorge, es könnte Widerstand geben. Aber es wird nicht laut unten. Die Ritters sind bleich vor Wut – und Trauer. Simon und die älteren Brüder Markus und Benedikt umarmen ihn, selbst Burkhard Ritter drückt ihn fest an sich. Igor lässt sich auch umarmen, träge wie ein schwerer Boxsack, der in seine Position zurückschwingt, nachdem man ihn bewegt hat.

«Ich hab dir das Schachbuch von Nimzowitsch in den Koffer gepackt und den Drachen Fuchur.» Agnes lächelt ihn an. Die

Haut um ihre Augen ist dunkel gefärbt vor Müdigkeit und Erschöpfung. Der Drache Fuchur ist Markus' Plüschtier, das er geerbt hat, weil er in Markus' Kinderzimmer schlief. Der Drache kommt in einem Film vor, den sie ihm schon lange zeigen wollten – es ist ein Glücksdrache. Er hat sich nie viel aus Plüschtieren gemacht, aber Agnes war es wichtig, dass er ihn dabeihat. Das Buch über Karpow hat sie extra gekauft. Er wird es nicht lesen, das weiß sie, aber auf die letzte Seite hat sie ihre Telefonnummer und Adresse geschrieben – falls er mal verloren geht.

Agnes hat um ihn gekämpft, sogar mit seiner Mutter telefoniert, die aber nichts mehr von ihr wissen wollte. Dreimal hat sie angerufen, dann ist Misha drangegangen. Agnes hat auch mit Oma Valja gesprochen, aber auch Oma Valja konnte nichts ausrichten. Seine Mutter hatte ihm am Telefon gesagt, er solle einfach mitgehen, es sei alles richtig so, es ginge nicht anders.

Außer den bellenden Hunden, die Siegwart an den Halsbändern zurückhält, und dem Blaulicht ist alles ganz ruhig. Victoria von Weidburg wartet mit den Beamten auf dem Hof. Hoffmann trägt mit dem Fahrer die Koffer zum Wagen. Sie steigen ein. Victoria lächelt ihnen, der Ordnung halber, nett zu. Igor schaut gar nicht auf. Er hat schon seinen Nintendo aus der Tasche geholt und spielt. Der Fahrer stößt einen Schrei aus, weil Ludwigs riesiger Kopf mit weit geöffnetem Maul neben ihm aufgetaucht ist. Siegwart hat die Hunde losgelassen. «Jetzt fahren Sie schon los, sonst verkratzt der noch das ganze Auto», schnaubt Victoria.

Vorne versucht Kelly hektisch in die Reifen des Polizeiwagens zu beißen. Siegwart ruft sie zu sich, aber sie gehorcht nie. Siegwart steht am offenen Hoftor und winkt ihm nach. Die Wagen beschleunigen schnell auf die Landstraße. Der Schwalbenhof verschwindet in der Nacht. Er spürt Tränen auf seinen Wangen. Warum weint er? Das hatte er sich doch abgewöhnt.

Es gibt Hunderte Matthias Hoffmanns in Deutschland. Noch habe ich keine Ahnung, wo er lebt. Keiner der anderen Angestellten von damals ist noch in der Henningsburg. SBI hat dort alles umgebaut und das Schloss zu einem riesigen Tagungszentrum für Führungskräfte erweitert, mit Großküche und Horden von Servicepersonal. Auf Google Maps erwecken die modernen Gebäudekomplexe den Eindruck, als sei die alte Burg belagert von grauen Minecraft-Quadern, die sich auf den umliegenden Wiesen unaufhaltsam zusammenrotten.

Der Koch, die Köchin und der Hausmeister sind gestorben. Sie kamen aus dem Nachbarort. Im Rathaus hat man mir detailliert Auskunft über ihr Todesdatum und ihre Gräber gegeben.

Nur Dr. Dornbach, den ehemaligen CEO der Firma, habe ich im Online-Telefonbuch gefunden. Er muss über neunzig Jahre alt sein. Äußern wolle er sich nicht – sagte die Frau, die das Telefon abnahm, ohne bei ihm nachzufragen. Auch als ich zum zweiten und dritten Mal anrief, wimmelte sie mich ab und gab mir zu verstehen, dass ich, auch wenn ich persönlich vorspräche, nicht vorgelassen würde.

Die Ohnmacht gegenüber dieser kalten Ablehnung hat mich wütend gemacht, wie davor die Unterlegenheit bei der Begegnung mit Igor. Schon als Jugendlicher habe ich mit Rene Doll schmerzlich erfahren, dass in solchen Momenten meine intellektuelle Überlegenheit nur noch ein Mittel zur Wahrung der eigenen Würde, aber kein Schutz vor körperlicher Verletzung und Niederlage ist. Aber nach Anderlecht ist zum ersten Mal in meinem Leben etwas in mir erwacht, das sich mit dieser Unterlegenheit nicht arrangieren will.

Dornbachs Villa liegt bei Potsdam auf einem Ufergrundstück mit Blick auf den Griebnitzsee. In einem kleinen Boot mit Außenborder mache ich mich spätnachts über den Wannsee auf. Ein alter Studienfreund, dessen Familie seit Jahrzehnten in Sacrow wohnt, hat mir die kleine Nussschale aus Alu geliehen. Ich fahre erst los, als die Lichter der Wohngebiete am See erlöschen und sich nur noch der Himmel von der schwarzen Einheit aus Wasser und Ufer abhebt. Bojen tauchen im Lichtkegel meiner kleinen Stirnlampe wie Eisberge auf, zweimal kentert das Boot fast bei den Ausweichmanövern. Vielleicht wird der alte Mann wach sein und bereit zu einem Gespräch mit einem Fremden, den er nur zweimal, als Teenager, in einer Shopping-Mall gesehen hat. Es ist allerdings deutlich wahrscheinlicher, dass mich der Sicherheitsdienst wegen Hausfriedensbruchs festnehmen wird und ich den Rest der Nacht in einer Zelle verbringe. Aber Dornbach muss mir eine Frage beantworten, die nur er beantworten kann, falls er noch alle Sinne beisammen hat.

Nach der hell erleuchteten Glienicker Brücke biege ich nach links in die Glienicker Lake. Das Dampfmaschinenhaus am Wasser und das Schloss Babelsberg sind nur mehr als Schemen zu erkennen. Ich fahre auf Sicht und mithilfe des Trackingpunkts auf meinem Handy, der mir meine Entfernung zu beiden Ufern anzeigt, aber ich muss vorsichtig sein. Sobald ich länger auf das helle Display blicke, wird die schwarze Wand um mich herum vollkommen und ich muss eine Weile den Motor drosseln, bis sich meine Augen wieder an die Dunkelheit gewöhnen. Hinter dem Glienicker Jagdschloss verengt sich die Wasserstraße zu einem schmalen Kanal in den Griebnitzsee. Jetzt kann ich die Ufer ausmachen, die nur wenige Meter neben mir vorbeiziehen. Häuser und Villen, einige noch aus DDR-Zeiten, erheben sich zur Linken. Teilweise sitzen Leute noch im Garten, teils kann man sie im Inneren der Häuser sehen, im bläulich flackernden Licht der Fernseher, beim Zähneputzen, im Schein einer Leselampe. Niemand achtet auf den vorbeituckernden Außenborder, von dem nur zwei kleine Positionslichter an Bug und Heck zu sehen sind. Nach dem Kanal setzt sich die Reihe der Häuser zur Rechten fort, mit dem Unterschied, dass erst hier die prächtigen Anwesen mit ihren weitläufigen Parks und den Bootshäusern ans Wasser grenzen. Ich schalte den Motor und die Positionslichter aus. Der spitze

Bug, der durch die Schubkraft des Außenborders steil aufwärts gerichtet war, senkt sich. Fast lautlos gleitet das kleine Boot die letzten hundert Meter bis zu einer Gruppe weit übers Wasser hängender Trauerweiden, die Dornbachs Grundstück nach Nordwesten begrenzt. Im Schatten dieses Vorhangs aus Zweigen ziehe ich das Boot ans Ufer und vertäue es an einem Stamm.

Wie ich jetzt erkenne, handelt es sich bei Dornbachs Haus um einen elegant ausladenden Bau mit Flachdach im Stil des Bonner Kanzlerbungalows von Sep Ruf. Auf Google Maps, von oben, sind lediglich die eckigen Umrisse des Hauses zu erkennen gewesen, der Weg zum Wasser, das Bootshaus, die Garage und ein kleiner Bau an der Straße, der ein Pförtnerhaus sein könnte.

Ich nähere mich dem Haus durch zähes Gestrüpp an der bepflanzten Grundstücksgrenze entlang. Der mittlere Teil des Gebäudes ist offensichtlich zu Repräsentationszwecken mit höheren Decken konzipiert worden. Während die niedrigeren Trakte zu beiden Seiten mit ihren bodentiefen Fenstern direkt an den Rasen grenzen, hat man in der Mitte einen weitläufigen Terrassenbereich gepflastert. Nur noch in den seitlichen Trakten brennt Licht, hinter zugezogenen Vorhängen.

Ich verlasse den Schatten der Büsche und kann mich gerade noch an einem Haselnussstrauch festhalten. Ohne es zu merken, bin ich auf einen überwachsenen Teil des leer gelassenen Schwimmbads getreten und wäre beinahe zwei Meter in die Tiefe gestürzt. So schürfe ich mir das Bein und die Hüfte auf, bleibe aber mit beiden Armen über dem Rand des Pools hängen. Unter Schmerzen wuchte ich mich zurück in Dornen und Brennnesseln, die am Rand wachsen. Einen Moment lang verharre ich lautlos fluchend und lausche, ob mich jemand gehört hat. Als es still bleibt, rappele ich mich mühsam auf und arbeite mich durch das Gestrüpp um den Pool herum zu den erleuchteten Fenstern. Durch einen Spalt im Vorhang kann ich in eines der Zimmer sehen. Eine etwa fünfzigjährige Frau wandert umher. Lediglich das Licht an ihrem Bett brennt. Sie ist offensichtlich damit beschäftigt, vor dem Schlafengehen aufzuräumen. Wenn ich richtig folgere, ist sie die Frau, mit der ich am Telefon gesprochen habe. Wenn Dornbach nicht mit ihr zusammenlebt, sind seine privaten Räumlichkeiten vielleicht im anderen Trakt – oder er ist schon so pflegebedürftig, dass er in ihrer Nähe schläft, um nachts gehört zu werden.

Auf der anderen Seite der Repräsentationsräume brennt ebenfalls Licht. Gerade aufgerichtet, als sei ich ein Bewohner des Hauses, der einen letzten abendlichen Rundgang macht, gehe ich entlang der hohen Fenster über die Terrasse zum südöstlichen Flügel. Bevor ich jedoch das zweite erleuchtete Fenster erreiche, höre ich nicht weit entfernt Äste knacken. Der Weg vor mir ist verstellt und das nächste Versteck hinter mir so weit entfernt, dass ich sicher gesehen werden würde. Also schmiege ich mich kurzerhand an die Glasfenster in der Hoffnung, von dem, was gleich auftauchen wird, übersehen zu werden.

Aber das, was ich gehört habe, kommt nicht näher, sondern bleibt in einiger Entfernung stehen und beginnt zu bellen. Es dauert eine Weile, bis ich begreife, dass der Hund zum benachbarten Anwesen gehört. Er kommt nicht näher, weil ein Zaun die Grundstücke trennt. Drüben leuchtet die grelle Außenbeleuchtung auf. Eine Frau ruft einen Namen und der Hund verschwindet. Gleichzeitig wird vor mir eine große Glastüre zur Seite geschoben und ein gebeugter Mann tritt auf den schmalen, gepflasterten Weg zwischen Rasen und Haus. Er sieht sich um und hätte mich eigentlich sofort entdecken müssen, aber wahrscheinlich sind seine Augen im Alter schlecht geworden oder sie haben sich noch nicht an die Dunkelheit gewöhnt. Er zieht die gebeugten Schultern hoch, wendet sich um und verschwindet wieder ins Innere.

EXT. VILLA DORNBACH - NACHT

                    SIMON
          Herr Dornbach? … Herr Dornbach!

Der alte Mann innen hat ihn gehört und sieht
sich um. Eine Weile starrt er Richtung Fenster,
nur seine Hand mit einem anhaltenden Tremor geht
auf und ab.

INT. VILLA DORNBACH - NACHT

Subjektiv: die schwarze Scheibe, Dornbach und
das Zimmer in der Spiegelung. Aus der Tasche
seines Bademantels fischt er eine rahmenlose
Brille. Erst jetzt erkennt er den Mann draußen
im Garten. Langsam setzt er sich in Bewegung,
öffnet die Schiebetüre weiter und mustert den
nächtlichen Besucher, der mitten auf dem Rasen
vor seinem Schlafzimmer steht.

EXT. VILLA DORNBACH - NACHT

                    SIMON
          Entschuldigen Sie, dass ich so -
          unorthodox - bei Ihnen auftauche.

Dornbach steht Simon regungslos gegenüber, wieder zittert nur seine Hand.

                    SIMON
          Ihre Sekretärin wollte mich nicht
          durchstellen. Deshalb besuche ich
          Sie einfach - unangemeldet.

Der alte Mann wickelt langsam den Morgenmantel
um sich. Sorgfältig knotet er den Gürtel enger.

                    SIMON
          Erkennen Sie mich?
                    DORNBACH
          Nein.

178

SIMON
Simon Ritter. Ich war als Kind ein
Freund von Anton Lukusch. Mein
Vater hat damals gegen Sie, also
SBI, prozessiert.

Dornbach nickt kurz.

SIMON
Ich habe versucht, mit Lukusch
Kontakt aufzunehmen, ohne Erfolg.
Und ich habe die Vermutung, dass
Igor Nazarenko, früher Shevchuk,
noch mit SBI arbeitet, deshalb
dachte ich, wer könnte besser
Bescheid wissen als Sie.

DORNBACH
Und deshalb kreuzen Sie mitten in
der Nacht hier auf? Ich bin seit
zwanzig Jahren im Ruhestand. Ich
habe die Firma 1991 verlassen.

Simon kommt etwas näher.

SIMON
Das weiß ich. Aber ich habe eine
Frage zu ihrer Zeit bei SBI. Hat
SBI die Zusammenarbeit mit Anton
beendet, nachdem er zurück in die
Ukraine ging?

Dornbach steht einfach da und antwortet nicht.

SIMON
Wir machen uns Sorgen um Anton.
Früher konnte man die zwei Jungs
nicht trennen. Heute reist Igor
alleine herum. Ich dachte,
Sie können mir das erklären.

DORNBACH
Ich habe eine lebenslange
Verschwiegenheitsklausel
nterschrieben.

Er schlägt seinen Bademantel zurück, holt zitt-
rig einen kleinen Transponder aus der Tasche und
drückt einen roten Knopf. Weit hinten im Haus
ist eine laute Klingel zu hören.

DORNBACH
Sie haben zwei Minuten, bis Frau
Weller und der Sicherheitsdienst
hier sind.

SIMON
Lebt Anton noch?
Was macht Igor für SBI?

DORNBACH
Sie verschwenden Ihre Zeit.

Dornbachs Hand zittert jetzt so, dass er sie mit
der anderen festhalten muss. Sein Gesicht aber
zeigt keinen Deut Nervosität.

SIMON
Was hat die Weidburg Ihnen damals
gezahlt?

FRAU (OFF)
Herr Dr. Dornbach?

DORNBACH
(Seine Stimme ist krächzend)
Frau Scheller! Rufen Sie den
Sicherheitsdienst, Frau Scheller!

SIMON
Hat sie Ihnen Alexej Shevchuk
vorgestellt?

Simon zieht sich zurück und verschwindet in der
Dunkelheit in dem Moment, als die Frau zu Dornbach ins Zimmer gestürmt kommt.

180

EXT. VILLA DORNBACH / PARK - NACHT

Simon hastet quer über den Rasen zu den Trauerweiden. Hinter ihm sind große Scheinwerfer angeschaltet worden, die das ganze Gelände ausleuchten. Autos sind zu hören, die quietschend an der Villa halten, kurz danach Hunde.

EXT. VILLA DORNBACH / UFER - NACHT

Simon hat Mühe, den Knoten zu lösen, aber dann gelingt es ihm und er reißt das Seil geradezu vom Ast, an dem es festgebunden war. Mit ganzer Kraft schiebt er das Boot ins Wasser und springt hinein. Auf der Wiese vor der Villa tauchen die Leute der Sicherheitsfirma auf.

EXT. BOOT - NACHT

Simon schaltet die Zündung ein und reißt am Seil des Außenborders. Ein paarmal zündet der Motor, dann stirbt er wieder ab. Das Boot dümpelt auf dem Wasser am Grundstück. Der Lichtschein einer Taschenlampe erfasst Simon auf dem Boot.

          SICHERHEITSMANN
  Stehen bleiben! Halt!
  Wir haben ihn!

Zwei-, drei-, viermal muss Simon das Kabel ziehen, bis der Motor anspringt. Tief ins Boot geduckt, fährt er den Motor hoch. Das Boot bäumt sich vorne auf, aber je schneller er fährt, umso flacher liegt es auf dem Wasser. Hinter ihm hallen Schreie über den See. Noch eine Weile verfolgen ihn die Scheinwerfer, dann verschwindet er um die nächste Biegung in die Nacht.

Fast hätte ich mit voller Geschwindigkeit die Uferböschung gerammt. Der schmale Kanal zur Glienicker Lake kommt so schnell auf mich zu, dass ich nur noch mit einem abenteuerlichen Schlenker, der das Boot fast zum Kippen bringt, in die Einfahrt steuere. Wenig später tauchen vor mir die Lichter der Glienicker Brücke auf. Sie erinnert mich daran, dass hier noch kurz vor Antons Ankunft in Deutschland Spione zwischen Ost und West ausgetauscht wurden. Anton kam ins geteilte Deutschland und verließ es vier Jahre später wiedervereinigt oder «angeschlossen», wie manche schimpften. Für eine Zeit stand er als kleines Aushängeschild für ein neues Verhältnis zwischen Ost und West. Dann wurde er für nicht wenige zum Symbol des neuen Raubtierkapitalismus.

Grace under pressure hat mein Englischlehrer einmal zu mir gesagt. Als Franke klang das eher wie *Gräs ander Brescha* mit gerolltem «R». Damit meinte er, dass sich meine Performance in der Schule immer steigerte, sobald ich unter Druck geriet. So erging es mir in den Sekunden, Aug in Aug mit Dornbach, bevor sein Hausdrachen und die Privatarmee anrückten. In meiner Vorbereitung auf das Wiedersehen mit Dornbach kam mir in den Sinn, dass ich einen Strang der Ereignisse um Anton bislang völlig unterschlagen hatte: SHELTA. Die Hilfsorganisation hat eng mit SBI zusammengearbeitet und eine so undurchsichtige Rolle in Bezug auf Anton gespielt, dass ich sehen wollte, wie Dornbach auf einen Angriff in dieser Richtung reagieren würde. Und obwohl er sich nicht gerührt hat, ist der Schreck zu sehen gewesen. In seinen wässrigen blauen Augen sind die Pupillen zu kleinen schwarzen Knöpfen geworden. Er hat sich gezwungen, nicht zu blinzeln, bis ich mich abwandte und in den Garten verschwand. Ich habe ins Schwarze getroffen. Shelta, Shevchuk alias Nazarenko, Dornbach, SBI, Minen, Igor bei den Goldbarren im Kanzleramt, Kopf, Grün, Wiese, Wasser, Leben, Stich, Blitz, lang, wartend, Schiff.

Hoffmann ist, wie immer, unter Spannung, aber oberflächlich freundlich. Wie einem kleinen Kind versucht er, ihm grob und ohne Vorwarnung eine Windjacke anzuziehen. «Komm, Anton, sonst erkältest du dich in dem Luftzug.» Dass Igor in einem Rapperhemd ohne Ärmel im Wind steht, ist ihm völlig egal.

«Ich habe nicht kalt.»

Hoffmann spricht leiser. «Das ist jetzt egal. Wir wollen nicht, dass du krank wirst.»

«Lassen Sie ihn doch, Hoffmann. Es ist wirklich warm.»

Hoffmann gehorcht Dornbach und steckt die Jacke ohne Kommentar zurück in seine Tasche, aber seine fahrige Körpersprache erzählt alles.

Sie stehen auf dem Flughafen, neben der Maschine der SBI. Der Pilot sitzt im Cockpit fest. Er hat ihnen eine Nachricht zukommen lassen, dass die Tür repariert werden muss. Das elektronische Schloss blockiert.

Der dicke Mann von Tessuti Amati ist da. Neben ihm steht Dornbach. Sie rauchen beide, obwohl man das hier auf dem Rollfeld nicht darf. Igor tritt auf sie zu und gestikuliert in Sachen Zigarette. Der Dicke schaut Dornbach fragend an. Dornbach nickt und Igor bekommt eine. Er nimmt dem Dicken das Feuerzeug aus der Hand, zündet sie sich an und lässt die Männer wieder allein. Mit Hoffmann schlendert er um das Flugzeug herum. Seltsamerweise versteht sich Igor gut mit Hoffmann. Er kann sich das nur so erklären, dass sie beide nichts voneinander wollen, sie sind gleichermaßen auf sich selbst bezogen.

«The boy is right. We have to sell what we are good at and that's quality.» Der Dicke deutet auf ihn. Er spricht mit italienischem Akzent. «Quality and nothing else. We will never be able to compete with Chinese costs of labour.» Bei der Art, wie er das «a» in *Quality* ausspricht, muss er an Qualle denken. Er mag die italienische Weise zu sprechen, sie ist leichter als das Ukrainisch seiner

Heimat, weicher als die deutsche und nicht so genau, da scheint immer noch Platz zu sein und ein Augenzwinkern, das Grazie hat, wie das italienische Danke.

Die Männer schauen beide auf den Boden. Dornbach antwortet leise.

«Nobody will rent clothes, Marco. The idea is brilliant but people are not ready for it. We need to lower costs, whatever it takes. That's the inconvenient truth and you know that.»

Der Dicke runzelt die Stirn und wechselt das Thema.

«Where's his mother?»

«In Ukraine.»

«She knows he's here?»

«Oh, yes.»

«Doesn't he go to school?»

«Hoffmann teaches him – Russian law allows homeschooling.»

Der Italiener verkneift sich einen Kommentar.

«And the other one?»

Dornbach versucht ein Lächeln.

«Oh, Igor. He's just sort of a loose companion. They're literally inseparable.»

Der Dicke schaut Igor und Hoffmann nach.

Ein Wagen mit Technikern fährt vor, auf dem Dach eine Hebebühne. Geschäftigkeit bricht aus. Man macht sich an der defekten Tür zu schaffen. Er kann Dornbach und den Italiener nicht mehr hören.

Der Wind weht immer stärker. Hoffmann hatte recht, er friert, aber er wird einen Teufel tun. Diese Genugtuung gönnt er Hoffmann nicht.

Das hat er sich von seiner Mutter abgeschaut. Wenn sie im Frühling, im kurzen Rock und weit ausgeschnittenem Top, nach Prypjat fährt und Oma Valja versucht, ihr Mantel und Schal aufzuschwatzen. Oft kommt sie völlig blau gefroren zurück, aber sie klagt nie. Sie würde eher sterben, als einen Fehler zuzugeben. Und sie macht viele Fehler. Er ist einer davon, das weiß er. Sie hat es ihm selbst gesagt, nicht verletzend, ganz einfach, beim Frühstück, als er sie einmal fragte, warum sein Vater nicht bei ihnen wohne. «Ich hab einen Fehler gemacht und daraus bist du entstanden.» Oma Valja hat noch versucht, es ein bisschen netter zu formulieren, aber er hat verstanden. Er ist der Fehler, den sie mit dem Mann, der sein Vater ist und dessen Namen sie nicht mal kennt, gemacht hat. Es gibt noch mehr Fehler in seiner Klasse. Die meisten leben bei ihren Müttern. Manche kennen ihre Väter. Es sind Arbeiter aus St. Petersburg, Kiew oder Moskau, die für ein paar Wochen im Jahr in Prypjat angestellt sind. Sein Vater war nicht da, seit der Fehler passierte, und wenn Anton nicht im Zimmer ist, sagt seine Mutter zu Oma Valja, sie wird sich davon nicht den Spaß verderben lassen.

Wenn die Mutter mit ihren Freundinnen in die Stadt geht, bedenkt Oma Valja sie mit einer Litanei von guten Ratschlägen: «Trink nicht zu viel. Lass deine Tasche nicht liegen und halt sie immer vor dem Bauch. Man wird so leicht beklaut, so eng, wie ihr in den Tanzlokalen zusammensteht. Und lass dich nicht mit dem Erstbesten ein, Frauen müssen sich rarmachen. Du solltest einen Nierengurt wie ich tragen, die Nieren sind ja ganz frei – schau nur das bisschen Stoff an!» Sie zupft an der leichten Bluse seiner Mutter herum, die ihre Hand wie eine lästige Fliege abwehrt. «Schau, du hast doch schon überall Gänsehaut! Und lass dich nicht wieder von Misha heimfahren, der trinkt zu viel und begrabscht selbst mich, wenn er blau ist. Krystina soll dich auf dem Rückweg mitnehmen.» Sie ruft ihr noch hinterher, bis seine Mutter kichernd und schnatternd in Krystinas Lada Niva eingestiegen ist.

Jetzt könnte er einen Nierengurt gebrauchen. Er vermisst Oma Valja mehr als alle anderen. Er kann ihren Ratschlag hören, aber er wird Hoffmann nicht nach seiner Jacke fragen. Vielleicht wird er krank, vielleicht kann er dann zum Arzt und von dort heimlich ausbüxen. Aber wie soll er Igor mitnehmen. Die Trennung ist ihm seit Osaka nicht mehr gelungen. Nachts, wenn Igor schläft, kann er sich weiter entfernen als tagsüber, aber irgendwann beginnt Igors Herz wild zu schlagen und seines mit.

Wie so oft vergingen die Wochen, ohne dass Maria das Verstreichen der Zeit wahrnahm. Erst als sie eines Dienstags von der Arbeit nach Hause kam und auf die Veranda trat, sah sie sich im Garten um, als käme sie von einer langen Reise zurück. Die Blätter des kleinen Ahorns hatten sich spät im Oktober nach oben zusammengerollt, als wollten sie die Wärme der Tage festhalten, die bis vor Kurzem für sommerliche Stimmung gesorgt hatten. Sie war früher nach Hause gekommen. Die Kinder und Jürgen würden frühestens in einer halben Stunde eintrudeln. In der Klinik war sie vom Tod eines sehr alten Mannes überrascht worden, dessen Schrittmacher sie seit Jahren überwacht hatte. Eine Dreiviertelstunde nach dem angesetzten Termin stand statt ihm ihre Kollegin Ulrike in der Tür und unterrichtete sie vom Anruf der Tochter. Maria wusste, wie sporadisch sein Kontakt zu den Kindern gewesen war, wie kühl die seltenen Anrufe. Als man ihm vor drei Jahren den Schrittmacher eingesetzt hatte, kam niemand zu Besuch. Seine Tochter scherzte am Telefon, jetzt habe er ja doch noch Zeit, seine Memoiren zu schreiben. Wenn sie das Lesegerät auf sein Herz drückte, pflegte er zu brummen, sie sei die einzige Frau seines Lebens, die sein Herz wie ein Buch lesen könne. Darüber lachten sie beide und Maria zitierte Goethe: «Es muss von Herzen kommen, was auf Herzen wirken soll.»

Ein weiteres welkes Blatt des Ahorns neben ihr löste sich vom Ast, aber es fiel nicht zu Boden, sondern schwebte ganz sacht auf der Stelle, obwohl kein Wind, nicht mal ein Luftzug, zu spüren war. Im Anblick dieser geheimnisvollen Schwerelosigkeit traf sie das beunruhigende Gefühl, an einen Wendepunkt gelangt zu sein. Als habe sie unbewusst in einer Zeit des Aufschubs gelebt, die in diesem Augenblick endete. Schon zweimal war ihr ein solcher Augenblick von fast unheimlicher Klarheit begegnet, mit der Gewissheit, dass sich hier und jetzt ihr Weg änderte. Das erste Mal, als sie Anton im Schulgarten begegnete, das zweite Mal in einem Zug am Pariser Gare de l'Est. Eben war sie eingestiegen, hatte ihr Gepäck verstaut, sich einen Platz gesucht und sich in den Sitz fallen lassen. Langsam setzte sich der Waggon in Bewegung. Die Fenster des Zuges auf dem Nebengleis zogen vorüber und sie lehnte sich zurück in Gedanken an die seltsame Begegnung mit dem Mann im Rollstuhl, dem sie vor ein paar Minuten aus dem von München kommenden Zug geholfen hatte. Zu dritt wuchteten sie den Mann und seinen Rollstuhl auf den Bahnsteig, aber bedankt hatte er sich nur bei ihr. Sein Blick dabei wollte ihr nicht aus dem Sinn gehen. Er hatte nicht gelächelt, sondern sie einfach ernst angesehen, mit einer Freundlichkeit, die keinem sichtbaren Ausdruck, sondern seinem Wesen entsprang. Kein Wunsch zu gefallen oder zu unterhalten, er war bei ihr, ganz und gar – und dann verschwunden, ohne sich umzusehen. Verwirrt und gefangen von der Intensität seines Blickes, hatte sie ihm nachgesehen. Jetzt starrte sie nach draußen, auf die vorbeiziehenden Waggons. Das Fenster wurde frei und zu ihrer Überraschung lag vor ihr noch immer die graue Halle des Gare de l'Est. Ihr Waggon stand still. Nur der Zug auf dem Nachbargleis hatte den Bahnhof verlassen und in ihr die Illusion von Bewegung erzeugt. Maria sprang auf. Anscheinend hatte die Zeit ganz allein für sie ein Schlupfloch gelassen. Sie wusste, was zu tun war. Mit einem Ruck fuhr der Zug an. Sie öffnete die Tür, schmiss ihren Koffer auf den Bahnsteig und sprang hinterher. Fünf Minuten später fand sie Jürgen am Taxistand auf einen Wagen wartend, der ihn mit Rollstuhl und Koffer aufnehmen würde. Er lächelte sie an und schien nicht im mindesten überrascht darüber, dass sie ihm gefolgt war.

Aus ihren Gedanken gerissen, als sie die Kinder kommen hörte, wandte sie sich zum Haus und bemerkte erst jetzt, dass Jürgen im Rollstuhl neben ihr stand. Sie hatte ihn nicht kommen hören, so abwesend war sie gewesen. Er hatte sie nicht stören wollen.

«Du bist früh da heute?»

«Ich habe gerade an den Gare de l'Est gedacht.»

Er freute sich sichtlich.

«Ich hab irgendwie gar nicht gemerkt, dass es so schnell Herbst geworden ist.»

«Der kleine Ahorn war schon vor vier Wochen braun.»

«Wie war dein Tag?»

«Ich soll dich grüßen …»

Er kam nicht weiter, weil die Kinder zu ihnen auf die Terrasse traten. Sie überhäuften Maria mit ihren Erlebnissen des Tages, doch Maria hörte nicht zu. Sie musste eine halbe Stunde regungslos auf der Terrasse gestanden haben. Ihr war es vorgekommen, als habe sie nur flüchtig innegehalten, einem losen Gedankengang folgend. Aber beim Blick auf die Wanduhr im Wohnzimmer wurde ihr klar, dass zwischen ihrer Ankunft im Haus und dem Moment, als sie die anderen gehört hatte, fast vierzig Minuten lagen. Wie war das möglich?

Aufräumen, kochen, essen, waschen, Hausaufgaben, Rechnungen zahlen, zum Sport und Klavierunterricht fahren, Verabredungen für die Kinder treffen, mit den Großeltern telefonieren, einkaufen, aufräumen, kochen, essen, waschen ... – es blieb keine Zeit für die eigenen Bedürfnisse, geschweige denn für Jürgen. Kein Wunder, dass sie aus allen Wolken fiel, wenn sie plötzlich und unerwartet alleine, ohne den alltäglichen Belagerungszustand, sich selbst begegnete. Natürlich musste sie sofort folgern, ihr Leben stünde am Scheideweg und das Schicksal sei ihr auf den Fersen. Aber welche große Revolution jetzt auf sie wartete, konnte sie nicht erkennen, und so atemlos und eintönig ihr Leben manchmal war, wusste sie, dass es sehr gefährlich war, alles für die letzten drei Prozent zum vollkommenen Glück zu opfern.

«Ach ja, ich soll dich grüßen», setzte Jürgen noch mal an.

Maria horchte auf.

«Ich hab die noch nie gesehen. Vale, also wahrscheinlich Valeria? Wir haben doch dienstags immer Führungen durch die permanente Ausstellung.»

Das Staatliche Bauamt Würzburg, in dem Jürgen als Architekt arbeitete, zeigte im Foyer Wechselausstellungen zur architektonischen Stadtgeschichte. Dazu gehörte auch eine kleine permanente Ausstellung mit einem filigran gearbeiteten Holzmodell der Barockstadt, die Würzburg vor der Bombardierung 1945 gewesen war. Für Besuchergruppen wurde einmal in der Woche eine Führung angeboten, die auch an Jürgens Arbeitsplatz vorbeikam.

«Plötzlich stand die neben mir und sah mir über die Schulter.

So eine Unscheinbare mit französischem Akzent. Ich hab gefragt, ob ich ihr helfen kann, aber die hat gelacht und gesagt, ‹nein, nein, aber Sie sind doch der Mann von der Frau Stoll›. Ich hab natürlich Ja gesagt, dann grüßen Sie sie ganz lieb von der Vale, aus Anderlecht. Dem alten Herrn geht es sehr gut. Er ist bei seiner Familie und kriegt dort alle Unterstützung, deshalb hat er sich nicht mehr bei euch in der Klinik gemeldet, meinte sie. Du sollst dir bitte keine Sorgen machen. Er will einfach seine Ruhe. So ähnlich hat sie es gesagt und dann nach den Kindern gefragt. Die anderen Leute waren schon weitergegangen, deshalb hat sie sich dann auch schnell verabschiedet.»

Maria stockte der Atem. Nachdem sie Anderlecht gehört hatte, war sie darauf gefasst gewesen, dass die Frau Jürgen von ihrer Reise mit Simon erzählen würde, aber diese Katastrophe war ausgeblieben. Dafür hatte ihr jemand ein Zeichen gesandt, das bedrohlicher kaum sein konnte. Aber warum erst jetzt und was hatte diese Leute so aufgescheucht?

«Verrückt», sagte sie, so beiläufig sie konnte, «das war die Tochter eines belgischen Kunden, dem wir einen Schrittmacher gesetzt haben und der sich dann nicht mehr zur Nachuntersuchung gemeldet hat, wir haben uns ein bisschen Sorgen gemacht.» Sie lachte angestrengt und stand schnell auf, um abzuräumen. «Dass die dich erkannt hat. Die muss dich und die Kinder auf dem Foto bei mir in der Klinik gesehen haben – anders kann ich mir das nicht erklären.»

«Bad, bad weather», singt Noah und legt sich zurück in einen großen Sonnenfleck auf den Holzbohlen. Er ist barfuß, sonst aber im Nadelstreifen-Dreiteiler, den er ganzjährig trägt. Warum der alte Hit der Spinners heute unser Ohrwurm ist, weiß ich nicht, vielleicht, weil das Wetter noch mal so schön geworden ist, mitten im

Oktober. Wir liegen auf dem Steg einer kleinen Hütte, die ihm und seiner Frau Birte gehört, eigentlich vor allem seiner Frau. Er ist Bildhauer, sie Schamanin. Sie stellt Familien und Kindergärten Tippi-Zelte in die Gärten und versorgt sie mit dem dazugehörigen schamanischen Segen. Zu Hause bietet sie verschiedene Programme für Gruppen an: Schwitzhüttentage, Schweigewochen, Navajo-Gesänge … Noah hilft ihr dabei, wenn er gerade keine Kunst-am-Bau-Arbeit plant.

Das Häuschen steht auf Stelzen im Ufergebiet eines Seitenarms des Mains. Wir sind seit drei Tagen hier, spielen Backgammon, trinken Campari-Orange und angeln. Nachdem mein Video von Magneten und Reaktoren endlich von der Firma abgenommen wurde und ich um ein Haar der Privatarmee des alten Dornbach in Potsdam entkommen konnte, habe ich eine wohlverdiente Pause eingelegt. Ich muss Maria vergessen und einsehen, dass ich bei den Recherchen nach Anton und Igor an einem Nullpunkt angelangt bin.

Victoria von Weidburg, die ich ursprünglich noch aufsuchen wollte, steht zwar auf der Shelta-Website, ist aber, wie ich von ihrer Schwester erfahren habe, schon 2002 verstorben. Unter www.stammbaum.de tauchten einige Angehörige von Weidburgs auf. Mit schlechtem russischen Akzent habe ich mich als ehemaliges Tschernobyl-Kind ausgegeben und bekam freundlich Auskunft. Von Weidburgs Schwester lebt bescheiden in einem Dorf bei Bamberg. Sie hatte größtes Verständnis für mich als «Vertriebenen», weil das Vermögen ihrer Familie wegen der Nazis im Osten verloren ging, wie sie es ausdrückte. Auch sie und ihre Schwester seien als arme Kinder aufgewachsen. Victoria habe ihr Leben der Organisation Shelta und den Kindern gewidmet. Nach ihrer späten Pensionierung sei sie in den Neunzigern in ihr Haus am Zürichberg gezogen und wenig später dort gestorben. Sie liegt auf dem Friedhof Eichbühl bei Zürich. Auf ihr Grab hat ihr Shelta einen monumentalen Tempel mit einer Nachbildung der Nike von Samothrake bauen lassen, als Würdigung ihres Engagements. Daneben einen kleinen betenden Engel. Vielleicht soll der die Dankbarkeit der vielen Kinder symbolisieren für die heroische Hilfe der großen Victoria.

Betont traurig, aber dankbar habe ich mich von der netten alten Schwester verabschiedet, mit der Frage im Kopf, wie sich Weidburg von ihrem Gehalt ein Haus in einer der teuersten Gegenden der Schweiz leisten konnte. Ich kann es nur ahnen, aber weiter bringt mich das auch nicht. Daher – Backgammon und Campari-Orange.

«Bad, bad, bad is the weather!» Noah grübelt über seinem nächsten Zug, während ich auf dem Handy die Minen und Steinbrüche der Nazarenko-Group recherchiere. Ich will ja aufhören mit Anton und Igor, aber ganz ohne ein halbwegs sinnvolles Projekt packt mich die Depression. Und bevor ich wieder zu trinken beginne, grabe ich mich lieber weiter in die Firmengeschichte der Shevchuks. Sollte ich diese Geschichte je als Film erzählen, werde ich mich zwischen meinen Eltern entscheiden müssen. Will ich den Glauben nähren, Anton habe tatsächlich hellseherische Fähigkeiten, oder bleibe ich bei der rationalen Wissenschaft? Ein bisschen Mystery im Film verkauft sich immer gut, aber im Fall Antons ist die Wahrscheinlichkeit hoch, dass es sich einfach nur um Zufälle handelt.

«Weißt was?!»

Ich schrecke aus meinen Gedanken auf. Noah schaut mich begeistert an.

«Vielleicht haben der Igor und der Anton einfach ihre Liebe zueinander erkannt und gelebt. Vielleicht haben sie in dem Schloss ganz kuschelig, in einem luxuriösen Separee, ihre ersten ‹Erfahrungen› gemacht.»

Er strahlt mich lachend an.

Ich frage gar nicht erst nach, wie er erraten hat, woran ich dachte. Meine Freunde wissen, dass ich mit diesem Projekt meine Leerzeiten fülle, und machen ihre Witze darüber. Aber sie haben keine Vorstellung davon, wie viel ich bereits zusammengetragen habe. Ich war im Schachmuseum, in Krankenhäusern und Archiven, habe mehrmals Wehner, meine Eltern, Siegwart und Adolf befragt. Die Videos, Fotos und Akten füllen eine ganze Regalwand in meinem Keller. Ich wollte ja schon einen Film über Anton machen, bevor Igor auftauchte. Nach der Reise mit Maria habe ich Jahresrückblicke und Quartalsberichte studiert und online im Raum Kiew und Minsk nach Shevchuks, Nazarenkos und Lukuschs geforscht. An meiner Wand im Büro hängt ein Zeitstrahl der Ereignisse, auf Karten, an die Wand ge-

193

pinnt. 1986 Gründung Shelta, 1987 Ankunft Anton und Igor in D / Wehner & Schach / Beim BK im Kanzleramt / Kontakt zu SBI / 1988 Umzug Henningsburg / Wehner Lotto / 1989 Italien & Streik / Wetten, dass …? / Ausbruch mit Maria / 1990 Japan NEC / Großmutter & zurück nach Kiew / 1991 Dornbach verlässt SBI / 1993 Hauptsitz des Shevchuk-Nazarenko-Konzerns wechselt nach Minsk. In der Mitte ein paar weiße Karten, dann 1997 Weidburg Villa Zürich / 2002 Tod Weidburg / 2006 Explosion Mine (ein Toter) / seit circa 2015 Igor angeblich «nicht mehr mit Anton» / 2019 Igor in Frankfurt & Anderlecht. Und jetzt?

Die Frage, ob Anton lebt und was mit ihm und Igor in der Zwischenzeit geschehen ist, bleibt verworren. Alles, was ich über die persönliche Verbindung Anton–Igor herausgefunden habe, erzählt von einem paranormalen Phänomen. Je mehr ich aber über Alexej Shevchuk alias Nazarenko erfahre, umso mehr spricht dafür, dass eine Gruppe von Menschen im Zusammenbruch des Warschauer Pakts ihre Verbindungen und vielleicht auch das Versprechen eines (angeblich) hellsehenden Kindes genutzt haben, um sich bis heute zu bereichern. Nur ein unbedeutender Steinbruch blieb Igors Vater nach Tschernobyl, der Rest seiner Standorte lag enteignet im Sperrgebiet. Ein Jahr danach tauchte Alexej Shevchuk in Simbabwe auf und wiederum sechs Monate später war er offiziell eingetragener Anteilseigner von drei Minen. Heute gehören der Nazarenko-Gruppe Minen in ganz Afrika, der Ukraine, Belarus und Kasachstan – vor allem aber Anteile an der größten, halbstaatlichen Diamantenmine in Simbabwe. Wie haben sie das geschafft? Wer hat ihnen Kredite gegeben, um sich einzukaufen? Woher kam die Idee, die Fühler nach Simbabwe auszustrecken? Ich habe mir die Quartalsberichte der Bergbaugesellschaften und der SBI online bestellt, aber, wie so oft, reicht das Gedächtnis der Industrie nicht sehr weit zurück. Vergessen gehört zum Geschäft.

Es hat mich stutzig gemacht, dass die NGO Shelta im direkten Zusammenhang mit der Reaktorkatastrophe gegründet wurde, von einer Frau, die bei Igor nie eine Rolle spielte und auf der Website gepriesen wird wie eine belarussische Mutter Theresa. Es macht mich stutzig, dass Shelta die meisten Kinder zufällig zwischen Simbabwe, Deutschland, der Ukraine, Belarus, Kasachstan und Belgien verschickt. Nicht, dass sie nicht auch in anderen Ländern tätig wären, aber von den anderen Aktivitäten gibt es kaum Bilder oder Berichte auf der Seite. Und es macht mich auch stutzig, dass die NGO überall große Büros unterhält, die in Häusern untergebracht sind, die den Shevchuks oder der SBI gehören. Meine Vermutung ist, dass die Shevchuks/Nazarenkos diese NGO vor allem gegründet haben, um Geld zu waschen für sich und andere. Wie sonst hätten sie als Unternehmer in so kurzer Zeit so erfolgreich werden können? Zuerst kamen ihnen Antons Berühmtheit und damit die Aufmerksamkeit der Presse wohl gar nicht so gelegen, aber dann merkte man, dass sie Glaubwürdigkeit und Cashflow brachte und dass Anton tatsächlich zu etwas gut zu sein schien. So könnte der Einstieg bei den Bergbauunternehmen Mugabes in Simbabwe zustande gekommen sein. Vielleicht ergaben sich der Kontakt zu Dornbach und somit auch die Arbeit mit der SBI erst nach dem Empfang im Kanzleramt. Das sind reine Hypothesen, die Schritt für Schritt ein klein wenig wahrscheinlicher werden, aber meine Hoffnung, im Knotenpunkt all dieser unsichtbaren Fäden Anton zu finden, scheint mir ferner denn je. Was ich bei dieser Suche jetzt brauche, ist ein Wunder, ein Sechser im Lotto.

«Wenn ich hellsehen könnte», sinniert Dana, «könnte ich jetzt schon die passende Marinade für genau den Fisch machen, den wir nachher an der Angel haben. Oder ich könnte mit der Birte einen ganz neuen Kurs anbieten, Titel: Nie wieder Zukunftsangst!» Wir lachen. Er immer lauter – und gleicht dabei einer Hyäne, wie er rhythmisch die Luft fast bellend einsaugt und die Mundwinkel ganz nach hinten zieht. Sein Lachen ist viel lustiger als seine Witze.

195

«Wenn du hellsehen könntest, Simon, könntest sogar du mit deinem Sparflammen-Arbeitspensum innerhalb kürzester Zeit unermesslich reich und sehr mächtig werden.»

Er hat mich wieder auf neue Gedanken gebracht: «Wenn man hellsehen kann, kann man eigentlich ausschließen, an einem unnatürlichen Tod zu sterben. Und auch bei den natürlichen Toden kannst du recht gut gegenwirken, weil du ja schon weißt, was auf dich zukommt – paranormale Krebsvorsorge. Aber du hast ständig die Schicksale der anderen Menschen vor Augen. Das ist sicher Mindfuck 24/7.»

Er hält die Hand auf. «Vier Euro fünfzig.»

Ich habe das Backgammonspiel verloren, weil ich nicht bei der Sache bin. Er hat mir in den letzten Stunden schon über dreißig Euro abgenommen.

«Ich zahl's beim nächsten Einkauf.»

«Nix da, jetzt auf die Kralle.»

Er schenkt uns Campari-Orange nach und räumt das Spiel weg. Ich klaube das letzte Geld aus der Tasche.

«Was ist mit Telepathie?», frage ich ihn.

«Was soll sein?»

«Wie kann man damit reich werden?»

«Du mit deinem reich werden.»

Er denkt nach.

«Mit einer Person oder allen?»

«Was?»

«Telepathie mit einer oder mit allen.»

«Einer.»

Er setzt den Campari auf seinem Bauch ab und denkt nach.

«Keine Ahnung, da gibt es viele Möglichkeiten. Im Casino zum Beispiel, beim Poker kann man damit sicher Geld verdienen. Man setzt sich an zwei benachbarte Tische, der eine schaut den Gegnern des anderen am Nebentisch in die Karten und schickt es telepathisch rüber.»

«Und sonst?»

«Reich werden kannst du doch heutzutage auch ohne Hokus-pokus», unterbricht er mich, «jedenfalls mit unseren westlichen, gutbürgerlichen Biografien. Es kommt nur drauf an, wie geil du darauf bist.»

Das ist seine Stärke. Im Kern glaubt er an den amerikanischen Traum à la Jimmy Cliff: You can get it if you really want. Deshalb ist er auch fast immer gut gelaunt und wunderbare Gesellschaft.

Seine Frau fragt manchmal, ob er den amerikanischen Traum auch mal nicht nur als Möglichkeit sehen, sondern konkret um-setzen könne, aber das interessiert Noah nicht. Allein der Ge-danke reicht ihm völlig. Birtes Tipi-Zelt-Geschäft läuft super, er hat Zeit für die Kinder und manchmal seine Kunst.

Er grinst mich an. «Stell dir vor, du hast so eine telepathische Standleitung wie Anton und Igor, dann ist das vielleicht wie der Campari mit dem Orangensaft. Wenn die in Bewegung sind, mischt sich das zu einem orangenen Gebräu. Wenn du das Glas aber stehen lässt – dann trennt sich das wieder. Die Orangen-stückchen setzen sich ab und vielleicht trennt sich der Saft vom Alkohol, oder der verdampft. Versteh? Vielleicht ist der Igor des-halb wieder alleine unterwegs und ganz anders als früher. Die sind zur Ruhe gekommen und haben sich sozusagen entmischt und dann ist die Standleitung getrennt.»

Ich komme nicht dazu, ihm zuzustimmen, weil mein Handy klingelt. AAAM steht auf dem Display. M für Maria. AAA, damit sie in der alphabetisch geordneten Adressliste ganz oben steht.

«Hallo, Maria.»

«Simon?»

«Ja?»

Sie ist ganz aufgebracht und fragt, ob ich weiter wegen Igor recherchiert habe. Ich antworte ein wenig ausweichend, weil ich schon merke, dass etwas nicht stimmt. Sie erzählt von einer seltsa-men Warnung: einer Frau, die bei einer Stadtführung durch Jürgens Büro kam. Ihr sei verklausuliert, aber unmissverständlich zu verstehen gegeben worden, dass wir die Recherchen einstellen sollten. Sie hat Angst um Jürgen und ihre Kinder. Sosehr ich sie verstehen kann, geht mir dieser Alarmton in ihrer Stimme auf die Nerven.

«Wir, also vor allem du, Simon, musst jetzt aufhören! Das ist es mir nicht wert, ganz ehrlich! Versprichst du mir das?»

«Verklausuliert, aber unmissverständlich – wie geht das?», frage ich erst mal, um Zeit zu schinden.

«Das heißt, dass es so formuliert war, dass nur ich es verstehen konnte, aber Jürgen nicht.»

«Was hat sie genau gesagt?»

«Ach, keine Ahnung, das war so kompliziert verpackt, als ginge es um einen Kunden von mir aus dem Krankenhaus, der angeblich aus Anderlecht kommt und der nicht mehr will, dass wir uns um ihn kümmern.»

«Hast du einen Kunden aus Anderlecht?»

«NEIN! Es war ganz klar an uns gerichtet – eindeutig.»

«Aha», ich bin nicht überzeugt. «Okay – ich meine – also, ja, wenn das so wäre, dann wäre das krass … das wäre unangenehm, das verstehe ich total.»

«Nicht WÄRE, Simon – und du musst mich auch gar nicht verstehen. Das ist mir egal. Du musst das Projekt begraben und diese Leute in Ruhe lassen.»

«DU warst doch so beunruhigt wegen Anton und wolltest ihn unbedingt sehen.»

«Ja, schon, aber wenn ich eine Wahl treffen muss zwischen seinem und meinem Leben, dann schütze ich meine Familie. Für ihn bin ich ja nicht verantwortlich, für den Jürgen und die Kinder schon. Außerdem haben wir uns jetzt dreißig Jahre nicht um Anton gekümmert, dann können wir es auch weiter bleiben lassen.»

«Du hast sicher keinen Kunden aus Anderlecht? Du hast ja viele Leute, die Herzschrittmacher brauchen – vielleicht …»

«NEIN» – sie spricht sehr laut und gedehnt – N E I Ö N. Es schmerzt im Ohr.

198

«Maria. Wir haben Indizien, wir haben einen», ich mache es jetzt extra juristisch, «begründeten Anfangsverdacht. Dem müssen wir nachgehen! Ich als Journalist jedenfalls.»

«Journalist?! Ach komm, Simon – du drehst YouTube-Clips für die lokale Bäckerei. Dieser Film ist deine Scheinbeschäftigung und du wirst ihn wahrscheinlich eh nie machen. Du findest es einfach toll, so ein Pseudoprojekt zu haben. Aber ich habe keine Lust, dass dein Hobby mein Grab wird!»

«Jetzt beleidigst du mich schon wieder! Nur wegen irgendeiner Trutsche, die bei Jürgen verklausuliert von Anderlecht spricht, führst du jetzt hier La Traviata auf – komm mal runter.»

Vielleicht hat sie ja recht, aber sie geht mir so auf die Nerven, dass ich nicht einfach nachgeben werde. Soll sie doch ein paar Nächte schlecht schlafen, dann spürt sie mal, was ich durchgemacht habe, seit sie mich geküsst hat und dann in ihr Nest zurückgekrochen ist.

Am anderen Ende der Leitung atmet Maria geräuschvoll aus.

«Überleg dir einfach, ob du dafür verantwortlich sein willst, dass mir oder meiner Familie etwas zustößt – oder deinen Eltern, oder Geschwistern. Ist es dir das wert …?»

Bevor ich antworten kann, hat sie aufgelegt.

Noah schaut mich an.

«Maria Magdalena?»

Ich nicke. Er fragt nicht weiter. Ich kann es noch nicht glauben, aber wenn Maria nicht völlig paranoid ist und das eine ernst gemeinte Warnung war, frage ich mich, mit was wir diese Leute so aufgescheucht haben. Es kann eigentlich nur mein Besuch in Potsdam gewesen sein …

Banana, Mugabe, Nationalfeiertag 1987,
dahinter Alexej Shevchuk alias Nazarenko

Oben: Inflationsschein 20 Billionen Simbabwe-Dollar in der Druckerei
Unten: Gold-Druckplatten in der «Geschenkhalle» des
Bundeskanzleramts

Marias Anruf hat mich beunruhigt. Ich muss zurück ins Büro. Wenn Dornbach, die SBI oder Shevchuks ihre Leute schon zu Jürgen schicken, muss ich vorsichtig sein.

Adolf sitzt auf der Bank am Kriegerdenkmal. Das heißt nichts Gutes. Wenn er am frühen Nachmittag schon da ist, hat er früher zu trinken begonnen, und das bedeutet, es gab ein Problem. Er hebt die Hand und sperrt die Augen auf zum Zeichen, dass ich bei ihm halten soll. «Achtung, Simon, die *Muddi* is sauer!» Anscheinend sehe ich aus, als sei ich nicht überzeugt, deshalb bestärkt er die Aussage noch mal: «*Fei* echt!»

Ich frage, warum sie sauer sei, aber er hebt nur die Hände. Wahrscheinlich weiß er es gar nicht, aber wenn seine Freunde wütend oder traurig oder auch allzu überschwänglich sind, bringt ihn das völlig aus dem Gleichgewicht und er besänftigt den inneren Sturm mit Alkoholika aller Art. Er nennt das seine Spirituoase.

An meiner Hofeinfahrt muss ich aussteigen, um das Tor zu öffnen. Meine Mutter hat mich kommen hören. Mit großen Schritten verlässt sie das Haus und stellt mich, bevor ich hineinfahren kann.

«Sag mal, bist du von allen guten Geistern verlassen?»

Ich verstehe nicht.

«Was hat das Tier dir getan?»

«Wovon redest du, Mama?»

«Von der Marlene!»

«Was ist mit der Marlene?»

«Was?! Du hast sie an den Küchenschrank genagelt! Du Scheusal!»

Was sie sonst noch sagt, höre ich schon nicht mehr. Den Weg zum Haus renne ich. Die Haustür ist offen. Ich stürze den Flur entlang und bleibe wie angewurzelt in der Küchentür stehen. Da ist sie. Man hat sie mit zwei dicken Nägeln durch den Panzer an den weißen Resopalschrank neben die Spüle genagelt. Meine

Mutter ist nachgekommen. Nach einer Weile legt sie mir die Hand auf die Schulter.

«Tut mir leid, Simon. Ich dachte ... tut mir leid.»

Ich wünschte, ich könnte laut weinen, aber die Trauer hat sich schon vor Jahren in mir zu einem dunklen Klumpen verdichtet, der nur als amorpher, schmerzhafter Druck in Lunge, Hals und Augen spürbar ist. Graue Flecken tauchen in meinem Sichtfeld auf. Mein Kreislauf. Ich kriege keine Luft mehr und muss mich setzen.

Mein Büro ist nicht mehr da. Die Lampe, ja, auch das Regal, die Pinnwand, der Stuhl, aber alle Papiere, Ordner, Bücher, Filme, ja sogar Bleistifte, die Kamerataschen, Stative, LED-Leuchten, der Laptop, einfach alles ist verschwunden.

Mit meiner Mutter im Schlepptau kehre ich in die Küche zurück und nehme Marlene vom Küchenschrank. Meine Mutter kommt sogar noch mit nach draußen zum Komposthaufen. Das ist ihre Form der gelebten Empathie – dabei sein. Sie empfindet nichts, hat aber gelernt, dass es Leuten hilft, sie in ihrer Trauer zu begleiten. So ist sie «bei mir». Ihre Wut ist schnell verflogen, als sie begriffen hat, dass es sich um einen wirklich tragischen Vorfall handelt. Sie kann sich sehr über uns Kinder entrüsten, wenn wir etwas falsch machen, aber wenn es um die tieferen Gefühle geht, dann steigt sie aus und zieht sich in ihren theoretischen Therapeutenkokon zurück. Nur einmal habe ich sie weinen sehen, das war, als man Anton von uns abholte. Für Anton hat sie sich immer mit ganzem Herzen eingesetzt. Irgendetwas hat sie tief mit ihm verbunden, vielleicht das Gefühl, von den eigenen Eltern im Stich gelassen zu werden.

«Willst du heute bei uns essen?»

«Gerne, Mama, danke.»

Marlene liegt jetzt oben auf dem Kompost. Von Weitem sieht es aus wie sonst. Das war ihr Lieblingsplatz. Hier gab es immer etwas zu essen. Sie wird hier verrotten, bis nur noch die knochige Schale ihres Panzers von ihr bleibt. Die Nägel habe ich herausgezogen. Sie hinterlassen blutige Löcher, wie die Einschussstellen in den Stahlhelmen des Kriegerdenkmals.

«Komm, ich mach Kartoffelpuffer.»

Ein bisschen Fürsorge für ihre leiblichen Nachkommen steckt also doch in ihr. Vielleicht schafft sie das, weil ich an einem absoluten Tiefpunkt angelangt bin, wie die anderen Leute, um die sie sich kümmert. Wie Adolf oder Anton oder ihre Durchgeknallten, wie wir sie immer nannten.

«Ich komm gleich nach.»

Wer auch immer Marlene gekreuzigt hat, war auch mit allem anderen brutal gründlich. Das ganze Haus ist sauber und vollkommen leer geräumt. Hier ging es nicht nur darum, meine Recherchen zu vernichten. Hier hat man mich selbst eliminiert. Das Bett ist abgezogen. Die Küchenschubladen leer. Sogar den Dachboden hat man ausgeräumt.

Später erfahre ich, dass meine Eltern den Tag über Adolf auf dem Sozialamt geholfen haben, seine Anträge zu stellen. Laut den Nachbarn sei ein Lkw vorgefahren, drei kräftige Männer und – wie der Bauer Heurich beschrieb – ein «Bürohengst» seien ausgestiegen und hätten sich über das Haus hergemacht.

Isolani. Der Bauer hat sich auf dem Feld zu weit vorgewagt. Meine Dame hat sich in die Deckung zurückgezogen und mich preisgegeben. Ich stehe in meinem leeren Haus. Warum bin ich vor dem Essen noch mal hierhergekommen? Was will ich hier? Marlenes Blut klebt noch auf dem Küchenschrank. Mir wird schlecht. Ich muss nachdenken. In der Schule sprach mal jemand von dem Philosophen Arnold Gehlen. Das ist mir geblieben: Der Mensch als Mängelwesen – kein Fell, keine Klauen, kein scharfes Gebiss, keine scharfen Augen und keine nützlichen Instinkte. Mängel pur! Innerlich reizüberflutet stehe ich da, als die Tür aufschwingt.

«*Dabisdeja*», sagt Jochen Wehner ohne Einleitung. Obwohl es draußen schon kalt geworden ist, trägt er nur ein enges T-Shirt mit dem rosa Schriftzug WINNERS ALL RIGHT.

Er schüttelt mir so kräftig die Hand, dass ich fast in die Knie gehe.

«Du!»

«Ja?» Ich ahne, warum er da ist.

«*Ichsagsgleich,* lass es sein. Vergiss den Anton! So verstrahlt, wie der war, lebt er wahrscheinlich eh nicht mehr. Und gebeten hat euch auch niemand drum, da herumzusuchen. Es lohnt sich nicht, sich mit solchen *Dübbn* einzulassen. Glaub mir, ich weiß das. Du ziehst immer den Kürzeren.»

Ich weiß nur zu gut, dass Jochen am Heuchelhof so manche Erfahrung mit dem Milieu gemacht hat. Deshalb zogen sie um, und auch deshalb begann er, der zum Ingenieur bestimmte Busfahrer, immer wahnsinniger zu trainieren, bis ihm kein Hemd mehr passte.

«*Ziehsde* um?»

«Was?»

«Ziehst du um?»

«Nein.»

«Renovierst du?»

Ich schüttle den Kopf. Er stutzt und langsam kommt ihm, was hier los ist.

«*Des waren aber ned die wo ...*, oder?»

«Doch.»

Da staunt er.

«Scheiiißßßße – *desisgrass.*»

Ich nicke nur.

«Und du?»

«Bin grad erst nach Hause gekommen.»

«Das ist echt krass», wiederholt er in fränkischem Hochdeutsch mit gerolltem R und schaut sich dabei in der Wohnung um.

«Na ja – dann brauch ich ja wohl nix mehr zu sagen, oder?»

Wir sehen uns wortlos an. Im senkrechten Deckenlicht des Flurs verschwinden unsere Augen in tiefen Schatten. Ich mag ihn, aber ich lasse mich nicht unter Druck setzen, nicht von meinen Feinden und schon gar nicht von meinen Freunden. Ich bin weiß Gott ein Mängelwesen, aber mit diesen Mängeln werde ich kämpfen, bis man mich, wie Marlene, an die Wand nagelt.

«Oder?» Er will wirklich ein Versprechen von mir.

«Was willst du hören, Jochen?»

«Dass du den Igor und diese Leute in Ruhe lässt, Simon.»

«Erst wenn ich meine Sachen wieder hab. Und auch dann muss ich mir das schwer überlegen.»

«Vergiss es, Simon. Sei froh, dass du nicht zu Hause warst. Viele Warnungen kriegst du nicht mehr.»

«Ich will meine Sachen zurück, und ich will wissen, was mit Anton ist.»

Jochen Wehner kommt plötzlich sehr nah.

«Nein, Simon. Du lässt diese Leute in Ruhe, okay. Das ist jetzt keine Bitte! Und wenn Maria oder ihrer Familie irgendetwas passiert, weil du deinen Sturkopf nicht abschalten kannst, dann komme ich wieder. Das garantier ich und dann kommts aus einem andern *Fässle.*»

Einen Moment lang bleibt er so drohend vor mir stehen, dann klopft er auf meine Schulter und tritt einen Schritt zurück.

«Der Anton war ein schlaues Kind, aber das ganze *Gedöns* um ihn wär gar nicht nötig gewesen. Er konnte halt gut Schach spielen – aber mehr auch nicht. Das ganze Chichi und Huhu hätte man sich sparen können», sagt Jochen Wehner, der so besessen von Antons übermenschlichen Fähigkeiten war, dass er in die Henningsburg einstieg, um sich ein paar Lottozahlen bei ihm abzuholen.

Er kann sie nicht sehen, aber sie sind fast den ganzen Tag da. Er hört sie auf ihren Tastaturen klappern, ihre Stimmen, ihr Schnaufen, wenn sie schweigen. Der Vorhang ist durchsichtig. Dahinter sehen sie aus, als stünden sie in strömendem Regen. Sie grüßen und verabschieden sich nicht, kommen einfach und gehen wieder – spätestens, wenn es draußen dunkel wird. Dann klappen sie die Rechner zu und verschwinden. Dann ist Anton alleine mit seinen Pflanzen.

Ihre Fragen sind länger geworden, aber er kennt sich aus mittlerweile. Und er antwortet einfach – zu einfach für die Fragen, aber das gibt ihnen zu denken, beschäftigt sie erst mal. Nachfragen kostet extra. Es sind nie lange dieselben. Sie kommen ein paarmal, manchmal auch viel später noch mal, nach langer Zeit, wenn sie sich an ihn erinnern oder in der Klemme stecken. Er redet leise mit ihnen, damit die anderen im Raum nicht mithören. Früher haben sie auf Klemmbrettern mitgeschrieben, mittlerweile haben sie ihre Rechner, ihre Tablets und Handys dabei. Man befiehlt ihm, besonders leise zu sprechen, sie sollen sich anstrengen, ihn zu verstehen. Das verstärkt die Erfahrung.

Wenn der Tag zu Ende geht, kann er in der Stille die Tropfen in den Bewässerungsschläuchen hören. Die Blätter der Gebetspflanze Calathea richten sich auf. Der Hibiskus schließt seine Blüten. Es wird einen Hauch kühler. Zu dieser Tageszeit ist Igor immer zu ihm gekommen – als er noch kam. Sie haben schweigend zusammengesessen. Manchmal haben sie im Dunkeln Schach gespielt.

«e4.»

«c6.»

«d4.»

«d5.»

«Springer c3.»

«d schlägt e4.»

«Springer schlägt e4.»

«Springer f6.»

Igor hat sich tief in den Sessel sinken lassen.

«Réti gegen Tartakower 1910.»

«Mal sehen.»

Irgendwann kreuzte Igor hier auf und hatte ein Schachbrett unter dem Arm. Anton wusste nicht, dass er begonnen hatte zu spielen, und er war besser als erwartet. Das viele Zuschauen bei Antons Partien muss ihn wohl inspiriert haben. Meist kam er, wenn es draußen fast schon dunkel war. Wenn nur noch die hellen Ränder der Blätter und Sessel auszumachen waren, spielten sie. Igor rauchte. Er kam und ging, wie es ihm gefiel. Manchmal stand er mitten im Spiel auf und verließ den Raum, dann blieb die Partie ein paar Tage liegen. Dabei war er nie weit weg. Er konnte ja nicht – noch nicht.

Sie spielen unterschiedlich. Datenbank versus Intuition. Igor ist immer schon ein zäher Arbeiter gewesen, wenn er etwas wirklich wollte. Er, der nie las, der nur seinen Körper stählte, während er die ständige Beweihräucherung intellektueller Fähigkeiten verachtete, hat sich später, im Stillen, online durch die Schachbibliotheken gefressen. Tausende Partien hat er sich eingeprägt, abgespeichert und verarbeitet.

Schon in Deutschland, bei den Ritters, den Wehners, in der Schule und auf der Henningsburg, hat man Igor unterschätzt. Igor war das egal. Er wollte stark sein und Furcht unter den Klassenkameraden verbreiten. Dabei sehnte er sich einfach zurück nach seiner Kindheit im Steinbruch. Er hatte es geliebt, die großen Maschinen zu fahren, am Abend verstaubt mit den Männern nach Hause zu kommen. Nacheinander hatten sie geduscht und sich dann zur Mutter an den Küchentisch gesetzt. Igor hatte ganz selbstverständlich mit dem Vater und dem Bruder über Schäden an Maschinen, über Kunden und Mitarbeiter diskutiert. Er hatte seinen Platz in der Welt gehabt, bevor der Reaktor explodierte und die ungewollte Lebensgemeinschaft mit Anton sein Schicksal wurde.

Anton hat das alles vor seinem inneren Auge gesehen und spürt es bis heute. Die Sehnsucht nach der zerstörten Welt ihrer Kindheit verbindet die beiden, sodass er auch jetzt keinen Groll gegen Igor hegt. Dieser finstere Block von einem Menschen ist schon so lange selbst Opfer der seltsamen Umstände und seines aggressiven, expansiven Clans gewesen, wie soll man ihm da böse sein wegen ein paar Aussetzern, wegen seiner andauernden finsteren Laune?

Der runde Knauf des Treppengeländers liegt in ihrer Hand. Maria lässt sich herumschwingen, dass das Geländer knarzt. Mit zwei Sprüngen ist sie oben angelangt, am großen Zimmer mit den übereinanderliegenden ausgetretenen Teppichen, den alten Porträts und den Fenstern, die hinausblicken lassen auf den verwunschenen Garten. Ihre Großmutter ist da. Sie ist nicht erstaunt, dabei ist die Großmutter seit Jahren tot. Sie schläft. Die weißen Haare ha-

ben sich aus der Hornklammer gelöst, umranken weich ihr einge-
fallenes, ruhiges Gesicht. Ihr Mund steht offen. Unter der markan-
ten Nase, die braun ist von Altersflecken, hängt ein Sauerstoff-
schlauch. Maria dreht den Rollstuhl vorsichtig. Die Sauerstoff-
flasche hängt hinten an der Lehne. Sie ist blau mit einem gelben
Rand unter dem Aufbau mit dem Manometer, das den Luftdruck
anzeigt. Sie haben Witze darüber gemacht, weil Oma immer laut
«mannometer» rief, nachdem sie mit ihnen geschimpft hatte. Das
Manometer kriegt sie nicht mehr los. Ganz langsam sinkt der Zei-
ger auf der Anzeige, ohne die Null je zu erreichen. Wird sie er-
sticken? Nein, sie ist schon tot. Maria dreht den Rollstuhl vorsichtig
zurück. Wenn sie schläft, darf man Oma nicht stören, sie erschrickt
sonst und weiß nicht mehr, wo sie ist. Maria hat eine Frage, die
nicht warten kann, aber was sie fragen wollte, will ihr nicht einfal-
len. An den Stellen, wo der Atemschlauch von der Nase über die
Ohren hinter dem Kopf aufliegt, sind Rötungen auf der hellen
Haut entstanden. Das ist nicht Großmutter. Anton!? Er ist dicker
geworden, denkt sie. Durch die zusammengekauerte Stellung
zeichnet sich der Schmerbauch deutlich unter dem Pullover ab. Er
schläft nicht. Seine blauen Augen empfangen sie freundlich, als sie
den Rollstuhl ganz zu sich dreht, und plötzlich weiß sie, was sie fragen wollte: «Warum hast du dich nicht verabschiedet, warum dich
nie gemeldet? Warum hast du meine Briefe nicht beantwortet?» Er
sieht sie nur an, wie früher im Schulgarten. Sein Schweigen ist er-
lösend und erstickend zugleich. Seine Hände ruhen in seinem
Schoß. Da sind sie, fein säuberlich mit einem Band zusammenge-
schnürt, ihre Briefe. Ein Jahr lang hat sie jeden Tag geschrieben …

«Ria!»

«Was?»

«Ich hab dich was gefragt, manno.» Jochen Wehner sagt *manno*
statt Omas *mannometer*.

«Sorry, ich musste gerade an was denken.»

«*Sagglzement* MARIA, du bist noch genauso *verbennd* wie früher.»

«Ich hab nichts mehr von denen gehört.»

«Gut. Vielleicht hat sich's ja wirklich erledigt – wenn der Simon stillhält.»

Jeden Tag auf dem Weg zum Briefkasten in der Gartenmauer verkrampft sich ihr Magen. Sie rechnet fest damit, einen Zettel zu finden mit aufgeklebten Buchstaben aus einer Zeitung: WIR HABEN IHREN SOHN. Unbekannte Anrufer lässt sie immer auf den Beantworter sprechen.

Ihr Vater sieht an ihr herunter.

«Du hast abgenommen, *Madla*.»

Sie lächelt schwach. Die Tür des Reisebusses öffnet sich zischend.

«Mach dich ned *verrüggd, Marria*!»

Das ist der Standardspruch ihres Vaters, wenn er versucht, ihr gute Laune zu machen. Sie gibt ihm einen Kuss auf die Backe und steigt aus. Wahrscheinlich hat er recht und die Sache wird bald vorübergehen, wie eine leichte Grippe. Am Ende der Straße hupt er nochmals, dann verschwindet der braungoldene Reisebus in der Kurve.

Wenn Maria ihre Eltern besucht, bringt ihr Vater sie danach oft mit dem großen Bus zurück in die Siedlung zu Jürgen und den Kindern. Wie oft hatte sie sich als Jugendliche ausgemalt, mit welchen Autos sie unterwegs gewesen wären, wenn sie den Lottoschein mit Antons Zahlen abgegeben hätten. Aber sie, Maria, hatte sich dagegen entschieden. Sie hatte damit gerechnet, dass Anton die Zahlen wissen würde, hatte ihre Eltern beobachtet in der Gespanntheit, nachdem Jochen von der Henningsburg zurückkam. Sie hatte die unausgesprochenen Gedanken gelesen, darüber, was sie alles machen würden, wenn das Geld erst auf dem Konto wäre. All das hatte ihr nicht gefallen. Sie war zu der Überzeugung gelangt, dass sich diese zwei seltsam unterschiedlichen Menschen – ihre Mutter mit ihrer mühsam konservierten

Schönheit, ihrem Anspruch, trotz allem etwas Besonderes zu sein, und Jochen mit seiner Leidenschaft, seiner kompensatorischen Körperkultur und seinem Enthusiasmus – in kürzester Zeit auseinandergelebt hätten. Sie alle drei wären unglücklich geworden. Ihr Vater bewahrte schon immer alles Wichtige in seinen Jackentaschen auf. Sie hatte den Schein ohne Mühe gefunden. Am Abend vor der Lottoziehung war sie allein zu Hause gewesen und hatte das Stück Papier im Aschenbecher ihrer Mutter verbrannt. Kurz hatte ihr damals das Bild von einer Million Deutscher Mark in kleinen Scheinen vor Augen gestanden, die langsam von den Flammen verzehrt wurden. Aber zu ihrem eigenen Erstaunen empfand sie gar nichts dabei. Nicht einmal Befriedigung. Es musste einfach so sein. Es gab Wichtigeres als diesen Sechser im Lotto.

Unversehens ist sie in Gedanken am Gartentor stehen geblieben. Jochens Bus verschwindet um die Ecke. Im Haus kann sie Jürgen und Elias in der Küche sehen. Neben dem Gartentor öffnet sie den in der Wand eingemauerten Briefkasten. Rechnungen, Werbung, eine Postkarte von Elias' Patentante. Irgendetwas regt sich in ihr beim Anblick der Briefe. Im Gespräch hätte sie gesagt: «Es liegt mir auf der Zunge.» Hat es mit der Erinnerung an den bedruckten Lottoschein zu tun, mit Jochen, mit Henriette, mit Anton – nein. Und doch, beim Aufschließen der Haustüre steigt plötzlich das Bild ganz ins Bewusstsein auf. Sie sieht den roten Stempel vor sich.

Es war der einzige ihrer unzähligen Briefe an Anton, der jemals zurückgekommen war, Jahre, nachdem er Deutschland verlassen hatte. Der Stempel war rund, mit einigen Zahlen und einer Ortsbezeichnung. Sie hatte sich die russischen Buchstaben übersetzen lassen. Der Brief war bis ins Postamt eines kleinen Ortes gekommen und von dort zurückgeschickt worden. Sie hatte die kleine Stadt auf der Karte gefunden und sich gewundert, denn sie lag nicht in der Ukraine, sondern weit in Belarus, damals Weißrussland. Aber warum kommen diese Erinnerungen, dieser Traum, die Assoziation angesichts der Briefe jetzt plötzlich an die Oberfläche ihres Bewusstseins? Ist es Vorsehung, dass sie sich heute erinnert, ist es Zufall, oder lenkt hier jemand, wie man es früher über Anton gesagt hat, telepathisch ihre Gedanken?

Nein – *mach dich ned verrüggd* – Papa hat recht, geht es ihr durch den Kopf. Man sollte dem Übernatürlichen bloß nicht zu viel Raum im Leben geben ...

Clemens-August-Universität, Bad Mergentheim
Klinikum für Psychologie, Psychosomatik, Psychiatrie

30.06.1987

Prof. Dr. Busse
Klinikum II
Im Hause

Herrn Prof. Dr. Ritter
Klinik für Neurologie und klinische Neurophysiologie
Klinikum I
Im Hause

Betrifft: Bericht über Anton Lukusch

Sehr geehrter Herr Kollege

Ärztlicher Bericht über Anton Lukusch

Psychostatus:
Kleingewachsener dreizehnjähriger Junge in sehr wachem, vollständig orientiert
Zustand. Auffassung und Konzentration überdurchschnittlich gut. Im Kontakt sc
erreichbar, affektiver Rapport nur schwer herstellbar. Antrieb eher vermindert. V
Affekt her wenig schwingungsfähig, teils gleichgültige Stimmung, sehr in sich g
Innere Unruhe. Hinweise für autistische Wesenszüge. Hinweis für hohes Intellig
niveau. Das formale Denken ist geordnet, teils beschleunigt. Inhaltlich kein Hin
für paranoide Denkinhalte, keine produktiv psychotische Symptomatik. Ich-St
en wie Gedankeneingebung nicht auszuschließen.

Neurologischer Befund:
Hirnnervenstatus unauffällig bis auf leichte Deviation der Augen i. S. eines leic
Strabismus bei Abduzensschwäche rechts. . Kein Meningismus. Eher angespa
Muskeltonus mit erhöhten Muskeleigenreflexe an der oberen und unteren Extre
Zeichen eines zentralen neurologischen Geschehens. Kraftgrad der Arme 4
Koordination unauffällig. Keine Pyramidenbahnzeichen. Sens
tiver Anspannung. Abnahme der Herzfreque
einem Kompagnon.

30.06.1987

Prof. Dr. Busse

Klinikum II

Im Hause

Herrn Prof. Dr. Ritter

Klinik für Neurologie und klinische Neurophysiologie

Klinikum I

Im Hause

Betrifft: Bericht über Anton Lukusch

Sehr geehrter Herr Kollege

Ärztlicher Bericht über Anton Lukusch

Psychostatus:

Kleingewachsener dreizehnjähriger Junge in sehr wachem, vollständig orientiertem Zustand. Auffassung und Konzentration überdurchschnittlich gut. Im Kontakt schwer erreichbar, affektiver Rapport nur schwer herstellbar. Antrieb eher vermindert. Vom Affekt her wenig schwingungsfähig, teils gleichgültige Stimmung, sehr in sich gekehrt. Innere Unruhe. Hinweise für autistische Wesenszüge. Hinweis für hohes Intelligenzniveau. Das formale Denken ist geordnet, teils beschleunigt. Inhaltlich kein Hinweis für paranoide Denkinhalte, keine produktiv psychotische Symptomatik. Ich-Störungen wie Gedankeneingebung nicht auszuschließen.

Neurologischer Befund:
Hirnnervenstatus unauffällig bis auf leichte Deviation der Augen i. S. eines leichten Strabismus bei Abduzensschwäche rechts. Kein Meningismus. Eher angespannter Muskeltonus mit erhöhten Muskeleigenreflexen an der oberen und unteren Extremität als Zeichen eines zentralen neurologischen Geschehens. Kraftgrad der Arme 4+, der Beine 4-. Koordination unauffällig. Keine Pyramidenbahnzeichen. Sensibilität intakt. Zeichen erhöhter vegetativer Anspannung. Abnahme der Herzfrequenz bis Asystolie bei höherer Distanz von über 50 m zu seinem Kompagnon.

Zusatzuntersuchung:
EEG: unregelmäßiger Alpha-Beta-Rhythmus mit Spitzenfrequenzen über 15 Hz/s, während der einstündigen Untersuchung keinerlei Einstreuen von niederfrequenten Anteilen, insbesondere keine Gamma- oder Theta-Anteile. Unter Hyperventilation und Photostimulation kein beta driving. EEG wenig moduliert, Hinweis für abnorm hohe Vigilanz.

Nächtliche Polysomnografie:
Fast durchgehend REM-Schlafphasen. Schlafphasen zwei, drei und vier werden nicht erreicht. Keine Tiefschlafphasen. Vermehrte Hyperarousal, keine Schlafspindeln.

MRT Kopf:
In Spezialschichtungen deutliche Atrophie im Bereich des limbischen Systems und des Hippocampus bei gut erhaltener kortikaler grauer Substanz. Deutliche Marklagerhypodensitäten.

Hamburg-Wechsler-Intelligenztest:
Überdurchschnittlich.

Prozedere:
Bitte um finanziellen Hilfsfonds für weitere medizinische Abklärungen, zum Beispiel PET und SPECT, funktionelles MRT etc.

Hochachtungsvoll
Prof. Dr. h.c. Busse

Ich habe den ärztlichen Bericht von Prof. Busse vor mir. Wir sitzen in der Sitzecke vor dem Fernseher, der aber noch nicht läuft, weil es zehn vor acht ist. Meine Eltern schalten immer erst um Punkt acht an. Mein Vater hat mir den Brief gebracht. Ich glaube, er will mich beruhigen und mir zu verstehen geben, dass ich, wie er damals, auf den Holzweg geraten bin. Anton war ein intelligenter, begabter, ganz normaler Junge mit autistischen Zügen, der sehr gut Schach spielte – nicht mehr, nicht weniger. Dabei hat mein Vater selbst meiner Mutter noch vor ein paar Tagen das Gegenteil zu beweisen versucht. Ich lese das Dokument mehrfach. Es ist in Wahrheit ein Plädoyer für die Besonderheit Antons. Es stellt noch mal alle Anomalien fest: das Abnehmen der Herzfrequenz bei fünfzig Meter Entfernung von Igor, die ungewöhnliche Intelligenz und Wachheit, seltsame Schlafstörungen. Am Ende der Wunsch nach mehr Forschungsmitteln, wie im Antrag meines Vaters. Wir sitzen schweigend beieinander. Meine Mutter ist ins Zimmer gekommen. Sie hat gesehen, dass ich den Bericht lese, und den Guten-Abend-Tee, den sie immer bei den Nachrichten trinken, leise auf den Biedermeiertisch gestellt. Ich schaue sie an. Es ist längst nach acht. Die Nachrichten, sonst ein unverrückbarer Tagesordnungspunkt, sind ihnen heute egal.
    Ihre unterschwellige Botschaft nervt mich, wie schon als Kind.

Warum sagen sie mir nicht einfach, dass ich endlich aufhören soll, dieser fixen Idee nachzujagen?

«Das ist schon interessant.»

Genau das wollten sie nicht von mir hören, aber so leicht gebe ich nicht auf.

«Ja, das ist interessant, Simon.» Meine Mutter ist, wie meistens, meinem Vater zuvorgekommen. «Das ist durchaus interessant, ja. Aber es ist wiederum auch nicht so interessant, dass dem Papa damals das Forschungsprojekt mit Anton und Igor finanziert wurde.»

Eine kurze Pause, voller Anspannung.

«Nein.» Mein Vater sagt das wie ein verstocktes Kind.

«Was, nein?»

«Das stimmt so nicht.»

«Doch, Burkhard.»

«NEIN, Agnes, das stimmt so nicht. Nein. Der Busse war schi renommiert, aber uns wurde klar zu verstehen gegeben, dass wir dafür auch in Zukunft keinen Grant bekommen würden. Die Ablehnung war schon grenzwertig ideologisch. Und DU fandest ja eh, man muss Anton und Igor als banales psychologisches Phänomen betrachten und nicht als ein außergewöhnliches oder gar parapsychologisches. Die Ablehnung durch die DFG war nicht der einzige Grund, warum ich aufgehört habe, das weißt DU sehr genau, Agnes.»

«Wie dem auch sei.» Das sagt sie, weil sie das letzte Wort haben will, betont ruhig, mit dem unsichtbaren Untertitel: Stimmt nicht, aber ich werde jetzt nicht darauf herumreiten, weil ich nicht immer recht haben muss – im Gegensatz zu dir.

«Aber die laufen da draußen weiter herum. Jedenfalls einer. Das Phänomen und Igor und Anton sind nicht verschwunden, nur weil ihr aufgehört habt, über sie zu forschen.» Das sage ich, weil ich weiß, dass mein Vater selbst zweifelt, ob er sich als Arzt und Forscher nicht zu sehr in esoterisches Terrain begeben hätte.

«Ich finde, ihr seid beide Hasenfüße, was das betrifft. Die Psychologie und schon gar die Psychiatrie war immer skeptisch gegenüber der Parapsychologie, gegenüber Spiritualität und Esoterik und Glaube und Handauflegen und Wahrsagerei! Das hat man alles mit gerümpfter Nase und spitzen Fingern behandelt. Dabei ist die Vorstellung absurd, man könnte einem Tauben die Gefühle erklären, die uns die *Matthäuspassion* beschert, indem man ihm die Noten oder die Funktionsweise der Instrumente erklärt. Der hat doch eine ganz andere Erfahrungswelt, die nicht weniger wert ist, aber einfach anders! Und ihr glaubt, dass wir mit ein paar bildgebenden Verfahren und Gesprächen und Elektroden am Kopf Träume, Gedanken und die völlig unerforschten Kommunikationsweisen zwischen den Lebewesen verstehen können? Das ist grotesk. Und dass man heute mit ein paar stärkeren Computern ein bisschen mehr weiß, ändert daran gar nichts!»

«Wie dem auch sei …»

«Nein! Nicht, wie dem auch sei. Ihr …»

«Simon! Jetzt halt aber mal die Luft an! Was glaubst du, warum Harvard und Princeton ihre parapsychologischen Wissenschaftsbereiche in den Siebzigern eingestellt haben? Keiner einzigen seriösen Studie ist es je gelungen, Telepathie, Spontanheilung, Wahrsagerei und ähnliches Zeug nur ansatzweise zu reproduzieren oder zu beweisen. Wir Psychologen sind davon überzeugt, dass neunzig Prozent daran Placebo ist. Das heißt nicht, dass wir alles erklären können, aber wir geben eben auch nur Erklärungen über Phänomene ab, über die wir wirklich etwas wissen. Und dieses evidenzbasierte Prinzip hat großen Erfolg gehabt. Die Menschheit weiß mehr als je zuvor. Das Wissen wächst exponentiell, und ohne das, was wir heute wissenschaftliches Arbeiten und Denken nennen, würden wir immer noch an jeder kleinen Schnittwunde sterben.»

«Liebling!» Jetzt schreitet mein Vater ein. «Simon hat schon einen Punkt! Wir wissen immer mehr, aber … ich denke … mit all diesem Wissen sind wir eigentlich wie ein Baum, der mit seinen Wurzeln in die Erde wächst. Je tiefer und breiter seine Wurzeln ausgreifen, umso mehr ‹Terra incognita› liegt zwischen diesen Wurzeln und um sie herum. Mit jeder Erkenntnis stellen sich uns tausend neue Rätsel. So bescheiden solltest du schon sein, Agnes.» Er macht eine Pause. «Und, Simon, ich habe eben nicht aufgegeben, sondern ... ich wurde aufgegeben!» Das ist jetzt sehr dramatisch formuliert. Er schaut meine Mutter mit seinem wässrigen Bassetblick an. Nicht umsonst hat sie diese Nur-die-Harten-kommen-in-den-Garten-Attitüde entwickelt. Bei so viel Selbstmitleid des Partners kann man vielleicht nicht anders. Vater war sicher tief enttäuscht, aber immerhin hat er nach der Ablehnung durch die DFG noch ganz fröhlich über ein Jahrzehnt an der Uni weitergearbeitet. Jetzt wird den beiden, glaube ich, gerade bewusst, dass sie ihr Ziel, mich von weiteren Nachforschungen abzubringen, gründlich verfehlt haben.

In meiner Tasche brummt es. Meine Mutter nutzt den Moment und schaltet den Fernseher an. Caren Miosga entspannt sie beide. Ich schaue erstaunt auf mein Telefon. Maria sendet mir einen Google-Maps-Link zu einem Ort in Belarus. Omnyvichi.

Ich sehe Igor vor mir, der mich an die gefliese Wand der Autobahntoilette drückt und mir auf Russisch etwas entgegenzischt. War es Omnyvichi? Ich habe ihn nicht verstanden und konnte mir keinen Reim darauf machen. Hat Igor von diesem Ort gesprochen und wenn ja, warum? Wahrscheinlich habe ich ihn falsch verstanden oder Maria mich, als ich ihr davon erzählte. Aber warum schickt mir Maria diesen Link, nachdem sie Papa Jochen auf mich hetzt, damit ich die Füße still halte. Diese Wankelmütigkeit geht mir auf die Nerven, und heimlich liebe ich sie dafür, weil sie nicht loslässt, nicht aufgibt und nicht will, dass ich aufgebe. *Gräs ander Brescha* – wie mein Lehrer zu sagen pflegte –, wenn Jürgen nicht wäre, hätten wir eine Zukunft zusammen haben können.

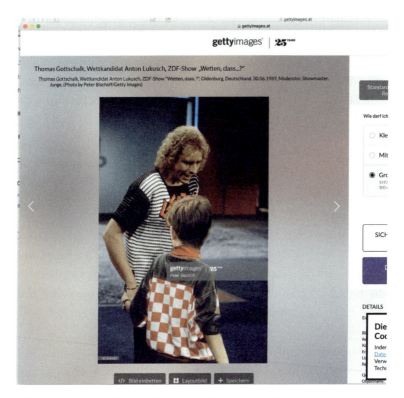

«Wetten, dass …?»-Wettkandidat der *Schachwette* ist der Tschernobyl-Flüchtling Anton Lukusch.

«So Jane, you've heard about Anton before, you've met him just now. What do you think, can he do it?»

Thomas Gottschalk rannte die Stufen hoch von der Bühne, auf der die Wetten aufgebaut waren, zum Sofa der Promigäste.

«Well, Thomas, this is so hard. Karpow and Kasparow couldn't do it, right, Thomas?»

«That's right, Jane.»

«And only Mr Frederic Friedel here knows the answer?»

221

Friedel nickte. Anton trug ein rot-weiß kariertes Oberteil, was sein bleiches Gesicht noch bleicher machte.

«I don't know. I can't think of having all these difficult moves and chess problems in my head. It seems impossible. But. When I look at Anton. He has this – determined look in his eyes and», sie lachte laut auf und auch Anton lächelte, «he's a hell of a chess player. Soooo – yes, Anton, you can do it. You can do it!»

Applaus.

«Jane sagt, du kannst es schaffen, Anton. And Jane, what if you lose, what are you going to do?»

Alles wurde live übersetzt.

«Well Thomas. As I have learned, Anton was brought to Germany by the great organization called Shelta. And if I lose I will take the children from Tschernobyl currently visiting Germany to the Babelsberg Studios where we are shooting my next film and show them around there.»

Applaus.

«Halunken», stieß Jochen Wehner hervor.

Gottschalk wiederholte Janes Ankündigung noch mal auf Deutsch, obwohl sie übersetzt worden war, dann wandte er sich wieder Anton zu.

«Also du wirst jetzt vorbereitet mit der Schlafbrille und einem Kopfhörer, damit du dich voll und ganz konzentrieren kannst. Wir haben hier das Schachbrett und vollziehen die Aufgabe nach. Anton, wie fühlst du dich?»

«Gut.»

«Anton fühlt sich gut. Are you feeling good, Jane?»

«Me, haha, yes, Thomas and no – I'm so nervous. Fingers crossed, Anton!»

«Okay, Anton, Jane drückt dir die Daumen – bist du bereit?»

«Ja.»

«Okay, dann heißt es ab jetzt eine Minute – top die Wette GILT!»

«Rätsel: Eine Folge von Zügen beginnt aus der Grundstellung

222

mit dem ersten Zug: Bauer nach e4 und endet im fünften Zug mit ‹Matt durch Springer schlägt Turm›. Wie verlief sie?» Frederic Friedel legte den kleinen Zettel, von dem er wegen der Nervosität abgelesen hatte, auf das Stehpult vor sich und atmete versehentlich laut in sein Ansteckmikro aus. Anton stand regungslos, den Kopf mit der Schlafbrille ein wenig erhoben. Friedel war neben Gottschalk an das riesige Schachbrett in der Mitte des Studios getreten.

Gottschalk sprach leiser: «Das ist der erste Zug», er hob den großen weißen Bauern in die Höhe und trug ihn zwei Felder vor. «Und beim letzten, fünften Zug muss einer der Springer einen Turm schlagen und damit Schachmatt machen, richtig, Frederic?»

«Genau.»

«Noch vierzig Sekunden.»

Jochen Wehner lehnte sich so weit nach vorne, dass sein Kopf nur noch einen halben Meter vom Fernseher entfernt war. Maria saß ganz aufrecht, mit großen Augen, zwischen ihren Eltern. Ihre Mutter widmete sich demonstrativ anderem. Sie strich Falten aus ihrem Kleid und fuhr sich mit dem Finger über die Augenbrauen.

Die Konzentration in Oldenburg war vollkommen. Selbst der so entspannte Ion Țiriac war auf dem großen Sofa ganz nach vorne gerutscht. Obwohl wahrscheinlich kaum jemand unter den Zuschauern im Saal war, der der Lösung ansatzweise nahekam, wanderte die Saalkamera über zahllose verkniffene Gesichter von Menschen, die versuchten, die Aufgabe vor Anton zu lösen.

Bei Sekunde achtundvierzig begann Anton zu sprechen. Nicht laut, aber bestimmt und vollkommen ruhig.

«Bauer e4, Springer f6, Dame e2, Springer schlägt e4, Bauer f3, Springer g3, Dame schlägt e7, schwarze Dame schlägt zurück e7, König f2, Springer schlägt Turm h1 – matt.»

Sechzig Sekunden, der Gong. Gottschalk hatte Weiß, Friedel hatte Schwarz gezogen. «Das stimmt!» Tosender Applaus brach in der Halle los. Jochen riss die Arme hoch.

«Der Hammer, der Anton – der Hammer! *Henriedde*, er hat's gemacht!» Er küsste Henriette vor Begeisterung auf den Mund. Für einen Moment erstrahlte ihr Gesicht. Sie kicherte fröhlich, die Hand mit der Zigarette an der Schläfe.

Anton zog sich Maske und Kopfhörer ab. Er lächelte, bevor Fonda auf ihren hohen Schuhen angestakst kam und ihn stürmisch umarmte. Der *Wetten, dass...!*-Schriftzug hüpfte auf und ab. «Das ist die Lösung, er hat geschafft, was Kasparow und Karpow nicht vermochten! Kann man das als Weltrekord bezeichnen, Frederic? Anton, komm zu uns.»

Jane legte Anton den Arm um die Schulter und führte ihn in die Mitte des Studios zu Gottschalk und Friedel. Nochmals wurde laut applaudiert. Für einen Moment zeigte die Kamera Victoria von Weidburg, die in der ersten Reihe aufgestanden war und frenetisch klatschte.

«Die ist natürlich wieder ganz vorne mit dabei», schnaubte Jochen. Er ließ sich erschöpft neben Maria zurück ins Sofa fallen. Seine gute Laune verflog.

«Wir haben eine Sensation, Anton! Fantastisch. Anton, was ist eigentlich deine Lieblingsfigur? I'm asking, what his favorite chess piece is.» Fonda reagierte bei allem mit Verzögerung, wegen des Übersetzers, der ihr via Kopfhörer ins Ohr sprach. Anton sah Jane an und dann in die Kamera – «die Dame.» Das Publikum war begeistert. Jane lachte auch, mit Verzögerung, und umarmte ihn von Neuem. Antons Blick blieb in die Kamera gerichtet, und Maria spürte, wie sich die Haare auf ihrem Arm aufstellten. Er hatte zu ihr gesprochen. Er hatte ihr ein Zeichen gegeben.

«Anton, du bist mit der Hilfsorganisation Shelta nach der Tschernobyl-Katastrophe hierher nach Deutschland gekommen. Du hast die Wette gewonnen und Jane damit auch, aber wir wollen den Moment nicht ungenutzt lassen, um darauf hinzuweisen, dass man Shelta unterstützen kann, wo auch noch einige Jahre nach Tschernobyl ganz tolle Arbeit für Kinder in Not geleistet wird. Die Spendennummer wird eingeblendet. Und ich bedanke mich bei ANTON LUKUSCH! Ein heißer Kandidat für die Wahl zum Wettkönig am Ende der Sendung.»

«Die quetschen den Jungen doch aus wie eine *Zidrone!*», schrie Jochen Wehner. «Das sind Blutegel – diese Weidburg – des is doch *egelhafd!*» Der Doppel-*Egel* in seinem Satz fiel ihm nicht auf. Er stampfte an Henriette vorbei in die Küche und holte sich ein Bier, was er sonst, seinem Körper zuliebe, fast nie tat.

Maria war ganz gerade sitzen geblieben, in Gedanken versunken über die Nachricht, die Anton ihr gerade übermittelt hatte. In der Sendung drehte sich nun alles um eine Wette mit einem Traktor auf einer Riesenwippe, aber weit hinten, im Schatten, konnte man manchmal Anton sitzen sehen. Wenn man jetzt zuschaltete, musste man ihn für einen Zuschauer halten, der seltsam unbeteiligt am Rand dieses Spektakels herumsaß. Zum Ende der Sendung wurde er nochmals auf die Bühne geholt, als es darum ging, den «Wettkönig» zu küren. Gottschalk stellte sich hinter ihn und legte väterlich beide Hände auf seine Schultern, während er die Wette nochmals für die Zuschauer beschrieb und die Endziffern der Telefonnummer ansagte. Anton ließ alles über sich ergehen. Zuletzt tauchte er auf der Bühne auf, als schon die Schlusstitel liefen und alle für ein Gruppenbild nach vorne gerufen wurden.

Wehner schaltete ab. Maria sagte Gute Nacht und zog sich in ihr Zimmer zurück. Sie grübelte, wie sie es fertigbringen würde, Anton eine Nachricht zukommen zu lassen, in seiner Burg oder anderswo.

Oldenburg war im Herbst 1989 gewesen, aber es sollte bis ins Frühjahr 1990 dauern, bis Maria zu ihm durchdrang. Sie hatte geschrieben und angerufen, aber all das wurde von ihm ferngehalten, oder aber er selbst wollte nicht antworten, denn es kam keinerlei Reaktion zurück. Dennoch war sie überzeugt, dass Anton sie im Fernsehen hatte ansprechen wollen. Deshalb war sie wild entschlossen, irgendwie Kontakt zu ihm aufzunehmen. Schließlich half ihr ein Zufall.

Es war der 18. März. Nach einer Schulstunde Geschichte über die deutsche Teilung, den Ostblock, die DDR und die BRD hatte sie ihr Lehrer früher nach Hause geschickt mit der Aufgabe, anlässlich der ersten freien Wahl der Volkskammer der DDR einen Aufsatz über die politischen Unterschiede der deutschen Bundesländer im Osten und Westen zu schreiben.

Ohne dass es ihr selbst richtig bewusst wurde, trennte sich Maria im Gemenge der Jugendlichen, die aus der Schule drängten, von ihren Freundinnen. Wozu nach Hause gehen? Den Aufsatz würde sie sowieso nachts im Bett schreiben.

Die Luftschleuse zerzauste ihr die Haare. In der Mall war es warm. Sie könnte nach einer neuen kurzen Jeansjacke schauen. Das würde sie am Take-away vorbeiführen, wo sie so oft mit Anton gesessen hatte. Manchmal kam sie nur in die Mall, um dort ein Weilchen zu sitzen, in der Hoffnung, seine strohblonden Haare würden jeden Augenblick über dem Rand der Rolltreppe auftauchen, wie die Sonne hinter grauem Horizont.

«Einen Cheeseburger mit viel Senf und vielen Zwiebeln, bitte.» Ungläubig drehte sie sich um. Hatte da jemand Antons Lieblingskombi bestellt? Zuvorderst in der Schlange stand ein junger Mann in dunklem Anzug. Er fiel auf, weil er ein neumodisches mobiles Telefon am Ohr hatte und den kleinen Koffer mit dem dazugehörigen Sender an einem Band über der Schulter trug. Noch während er die Bestellung bezahlte und entgegennahm, telefonierte er laut.

Ich kann nur hoffen, dass sie meinen Trick nicht durchschauen. Wenn ich zum Fenster hinausschaue, kommt es mir vor, als seien die 1514 Kilometer meiner Reise eine Illusion, als sei ich erst eine halbe Stunde unterwegs auf dem Weg durch Oberfranken oder die Oberpfalz. Eine hügelige Mischung aus Mischwäldern und

Hecken dazwischen, Wiesen, kleinen Seen und riesigen Feldern. Genauso, wie wir uns die Tschernobyl-Flüchtlinge fälschlicherweise grau und verhärmt vorstellten, ist auch mein Bild von dem, was wir damals Ostblock nannten, bis heute grau. Dabei trifft das bei dem, was an mir vorüberzieht, nur auf die großen, schnell gebauten Wohnblocks zu. Ansonsten färbt das Licht des viel zu milden Winters die Wälder warm-rot und die hoch stehenden Wiesen sind noch immer von sattem Grün. Viele Häuser hat man bunt gestrichen, viel freier, vielleicht auch wurstiger als bei uns. Ich habe in Westdeutschland gelernt, nach Westen zu schauen. Erst in einem kleinen Volkshochschulkino im fünften Stock warf ich als Schüler einen Blick auf polnische, tschechische und russische Filme und begann zu begreifen, dass die Länder hinter dem Eisernen Vorhang vielleicht mehr mit unserem Leben zu tun hatten als das ferne Amerika. *Eva will schlafen, Die Liebe einer Blondine, Der Feuerwehrball* und *Asche und Diamant* waren Filme, die genauso in Oberfranken oder Thüringen hätten spielen können. Sie waren hintergründig und zart und kraftvoll zugleich.

Wenn ich jetzt aus dem Fenster blicke, könnte der Schwalbenhof auf der Hochebene am Ende des Waldes auftauchen. Ich wäre 1500 Kilometer gereist und wieder zu Hause. Das Einzige, was meine schweifenden Gedanken stört, ist Aljoscha neben mir. Der Mann wiegt dreimal so viel wie ich und trägt einen verfilzten Bart, der seine ganze riesige Brust bedeckt. Er spricht auf mich ein, in der einen Hand eine Flasche mit einer Mischung aus Orangensaft und Wodka, in der anderen die Tüte mit seinen Habseligkeiten, die er anscheinend nie weglegt.

Früher, in der Schule, haben wir uns bei Busreisen immer um die Rückbank geprügelt. Hinten konnte man zu fünft oder sechst sitzen. Man hatte die ganze Klasse vor, die Straße hinter sich und war vor allem am weitesten von den Lehrern entfernt, die vorne beim Fahrer saßen. Im Busbahnhof von Minsk hätte ich dieser Gewohnheit besser nicht folgen sollen, denn nun sitzt dieser freundliche Koloss neben mir, dessen Geruch mich fast umhaut. Die meisten Leute waren schlauer und haben das Weite im vorderen Teil des Busses gesucht. Sie haben geahnt, dass Aljoscha sich hinten, weit weg vom Fahrer, seinen Platz suchen würde. Kaum sitze ich, kommt er auf mich zu, lässt sich grunzend neben mir auf den Sitz fallen und beginnt sofort einen Monolog. Seit Minsk hat er nicht aufgehört zu reden. Wie er mir begeistert erzählt, hat er seit Jahren mit niemandem mehr Deutsch gesprochen, dabei kommt er anscheinend aus einer Künstler-Community von Russlanddeutschen in Minsk. Nach seiner Fahne zu urteilen, muss er heute schon eine halbe Flasche Schnaps geleert haben. Wenn sein Deutsch nicht mehr ausreicht, wechselt Aljoscha zu Englisch.

«Ich war in diesem Haus – *on hill*. Ich schaue raus aus Fenster jeden Tag. Nice Landschaft! Alle Leute in diesem Haus rauchen shit, meth, feiern. Ich nicht. Ich nix brauche zum haben diese Gedanken kreative, diese Traume. Ich trinken ein nur Wein, schon traume. Nur Wein. Vor diese Haus Haufen wood für Feuer. So gestellt, wie Dach.» Er macht es mit den Händen. «Art – it was art.» Ich nicke einfach und konzentriere mich darauf, dass mir nicht übel wird bei der holprigen Fahrt, in seiner Wolke aus Schweiß, Urin und Alkohol.

«Ich drei Jahre da, ich gesagt – wenn diese *art*, diese Holzhaufen fällt zusammen, das ist Zeichen für gehen. Heute Morgen, ich schaue aus Fenster – Holzhaufen gefallen. Ich gehe. Nicht sagen byebye zu andere Leute – nix. Haufen gefallen, ich gehe.» Er schaut mich mit großen Augen an. «This wood Haufen is a piece of art. Verstehe? Understand?!» Ich nicke.

«You are a piece of art ... what's your Name?»

«Charly», antworte ich.

«Charly. You are a piece of art and I am a piece of art.» Er deutet nach draußen. «This telegraph pole is a piece of art, this woman is piece of art ...» Und so geht es weiter, zwei Stunden lang, bis ich hochschrecke und merke, dass ich geschlafen habe. Aljoscha hat mich angerempelt. «Omnyvichi – zehn Minuten.» Ich danke ihm. Er schaut mich etwas komisch an und plötzlich wird mir klar, dass der Bart, den ich mir angeklebt habe, verrutscht ist. Außer Aljoscha hat das hoffentlich niemand bemerkt. Er zwinkert mir zu, während ich den Bart zurechtrücke: «You ARE a piece of art.» Wir müssen beide lachen.

Die Landschaft draußen hat sich gar nicht verändert. Ich schaue nach hinten aus dem großen Fenster. Der blaue Hyundai, der uns vorher eine Weile folgte, ist verschwunden. Das beruhigt mich. Vielleicht habe ich Glück und bin tatsächlich unerkannt und ohne Verfolger bis Omnyvichi gekommen. In Würzburg habe ich mich im Reisebüro für eine Thailandreise beraten lassen. Mit dem Prospekt unterm Arm fuhr ich später zum Flughafen und stellte mich in die Schlange der Thai-Airways. Am Check-in gab ich der Frau meinen Boarding Pass nach Minsk und fragte, wo das Gate sei. Sie sah mich erstaunt an und zeigte mir den Weg. Jemand, der mich von Weitem beobachtete, musste denken, ich habe eingecheckt. In Wahrheit machte ich die Flugbuchung mit dem Pass meines Cousins Charly. Wir sehen uns noch heute sehr ähnlich und er ist in seinem Leben nie weiter als bis Bad Mergentheim gekommen, braucht seinen Pass also nie. So bog ich nach der Security ab und wanderte zum Gate der Belavia-Airlines, wo ich als Charly Bleuer das Flugzeug bestieg. Mein Konto ist leer. Wenn ich zurückkomme, werde ich eine Weile auf Kosten meiner Eltern leben müssen – falls ich zurückkomme.

In meiner Unterkunft in Omnyvichi hat man die Räume komplett mit Nut-und-Feder-Brettern verschalt. Das verleiht den Zimmern ein finnisches Sauna-Feeling. Draußen, an zwei kleinen künstlichen Teichen, stehen überlebensgroße Rehe und Hirsche aus Plastik. Daneben eine Hollywoodschaukel aus Holz mit einem

Dach, dessen Unterseite auch im Sauna-Look gestaltet ist. Man hat mich sehr freundlich auf Englisch begrüßt. Ein deutscher Geschäftsmann auf Reisen ist anscheinend nichts Ungewöhnliches. Die Unterkunft sei beliebt, viele Gäste seien Geschäftsleute aus Minsk, Moskau, Kiew oder von noch weiter her, erklärt mir der Portier freundlich beim Einchecken. Der vierschrötige Mann trägt einen olivgrünen Jägerpullover mit abgewetzten Lederpolstern an den Schultern. Sein Haar ist verschwitzt, unter den Fingernägeln klebt schwarzer Dreck, den er beim ersten Waschen wohl nicht herausbekommen hat. Er muss eben erst von der Jagd zurückgekommen sein. Warum die Geschäftskunden gerade hier, im Nirgendwo, dreißig Kilometer außerhalb der Kreisstadt, übernachten, frage ich nicht.

Als der Bus hinter mir abgefahren ist, hat Aljoscha mir aus dem großen Rückfenster zugewunken. In den Augen der Mitreisenden hat mich das wahrscheinlich viel suspekter gemacht als meine halbseidene Maskerade.

Der Ort Omnyvichi erweist sich, wie Google Maps es schon gezeigt hat, als eine ungeordnete Ansammlung von Wohnhäusern. Neben dem übergroßen Plastikreh im Garten stehend, kann ich fast den ganzen Weiler überblicken. Die Häuser aus Baumaterialien aller Art wirken gepflegt. Man schmückt sich mit kleinen Blumenkästen und frisch gestrichenen Fassaden, hier und da einer Gipsfigur oder farbigen Glaskugeln. Zwischen den gemähten, frischgrünen Grundstücken wuchern braun gewordene Gräser, Unkraut, Sträucher und Antons Baumwolle. Irgendwo im Ort kreischt eine Kreissäge. Als sie verstummt, wird der Wind in den trockenen Gräsern hörbar, flüsternd, perlend, wie die zerplatzenden Bläschen meiner Aspirintablette. Die Stille macht mir Angst. Ein paar Minuten stöbere ich auf meinem Telefon in den Nachrichtenseiten aus aller Welt, aber alles scheint für mich vollkommen irrelevant, wie für andere geschrieben, die im Leben stehen. Angst vor mir selbst umfängt mich drohend. Ich habe gelernt, sie durch mich hindurchströmen zu lassen, aber hier, ungeschützt im belarussischen Niemandsland, beginnen unaufhaltsam die Erzählungen, die alle mit meinem Tod enden. Jeder einfahrende Zug, jeder Balken einer Scheune, jeder vorbeidonnernde Lkw hat mir diese Geschichte erzählt. Auf der langen Reise, in Aljoschas Wolke aus Alkohol und Anekdoten, in den Vorbereitungen meiner «Thailandreise» mit meinen Eltern, mit Noah und in der Zeit mit Maria habe ich die weiche Decke aus Alkohol und Aktivität über mich gebreitet. Aber hier im fernen Omnyvichi hat dieser Weg sein Ende erreicht.

Ich habe keine Angst vor Gewalt und Verwundung. Der Schmerz wird mich zurück ins Leben führen, aus dem Nichts, in dem ich mir selbst begegne. Ein Kind an der Hand eines Toten gehend.

Kleine, blassgrüne Sprösslinge wuchsen durch die Fläche der feuchten Blätter, mit denen sie sich nachts zugedeckt hatten. Ihr schauerte, wenn sie mit der Hand über den getrockneten Schlamm auf seiner Wange fuhr. Sie mussten lachen, weil ihre Zähne regelrecht klapperten vor Kälte. Der frühlingshafte Wald wirkte einladend in der Morgensonne, aber die nächtliche Nässe und der Morgentau waren eisig durch die Jacken und Mäntel bis auf ihre nackte Haut gekrochen. So hielten sie sich ganz eng umschlungen, um wenigstens zwischen ihnen die Wärme zu bewahren. Wieder und wieder küssten sie sich und lachten ausgelassen über die Erde, die zwischen ihren Zähnen knirschte.

Bis in die frühen Morgenstunden hatten sie Taschenlampen um das Schloss wandern sehen. Sogar Tilda, die alte Hündin des Verwalters, hatte man als Suchhund einsetzen wollen. Aber sie bellte nur verwirrt, und Anton flüsterte, von ihr sei in Sachen Spürnase nichts zu befürchten, denn Igor habe ihr so viel Käse und Schokolade verfüttert, dass sie nachts den Verwalter selbst gebissen habe, weil sie ihn für einen Einbrecher hielt.

In ihrem unwirtlichen Bett aus Blättern und Kleidern hatten sie sich entdeckt und geliebt, zärtlich und schüchtern, vorsichtig, zufrieden mit der innigen Berührung, nach der sie sich so lange gesehnt hatten. Das Leuchten in Antons Augen war geblieben von dem Augenblick an, als er sie heimlich aus der langen Limousine klettern sah. Fast hätte sein Blick sie verraten, aber der Chauffeur der SBI war damit beschäftigt gewesen, Anton die Bestellung aus dem Auto zu reichen. Sie waren in den Garten gerannt und hatten sich überschwänglich begrüßt. Noch nie hatte Maria ihn so froh gesehen. In der Küche hatten sie sich Sandwiches und Getränke in eine Plastiktüte gepackt, waren an den Zimmern der Angestellten und den Kameras vorbei durch die kleine Tür im Ostflügel geschlichen, über die Brücke und auf den großen Wall zwischen den Burggräben. Anton hatte sie in der Dunkelheit geführt. Er kannte jeden Winkel der Henningsburg. Er hatte den Ausbruch schon lange geplant.

«Wärst du nicht zu mir gekommen, hätte ich dich besucht, übermorgen», flüsterte er ihr zu. Sie drückte seine Hand und konnte sehen, wie er lächelte.

Im Nordosten stieg der Wall in länglichen Stufen an bis zu einer Aussichtsfläche über den Wassergräben. Von dort öffnete sich der Blick auf eine riesige Wiese, auf der Anton oft in den frühen Morgenstunden eine große Rotwildherde beobachtete.

Sie stiegen über die Brüstung und kletterten außen an der Mauer hinab auf einen Absatz über dem Wasser, den Anton ausgespäht hatte. Unter ihnen befand sich eine Schleuse, die das Wasser des äußeren Burggrabens staute, bevor es in einem überwucherten Kanal zum nahen Fluss geleitet wurde. Vier massive Metallpfosten verstärkten die Schleuse. Sie ließen sich nacheinander hinabgleiten und balancierten mit schlafwandlerischer Ruhe von Pfosten zu Pfosten. Auf der anderen Seite empfing sie der angrenzende Wald. Einander zwischen den Bäumen jagend, rannten sie die dicht bewachsene Böschung hinauf, bis sie sicher außer Sicht- und Hörweite des Schlosses waren. Maria riss Anton mitten im Lauf zu Boden und sie rollten spielerisch kämpfend durch das Gestrüpp, sprangen auf, tanzten lachend, brüllten ausgelassen durch den schlafenden Wald.

Er küsste sie, ohne Vorwarnung, ohne langsame Annäherung, ohne zu fragen, aber nicht grob – sie war viel kräftiger als er –, sondern verschmitzt und zugleich entschieden. Er hatte sich so sehr nach ihr gesehnt … Sie ließen sich in einen riesigen Blätterhaufen sinken und küssten sich, bis ihre Lippen schmerzten. Danach lagen sie ganz still, den Geräuschen des Waldes lauschend, aber je länger sie schwiegen, desto lauter schienen die Schatten zu werden. Die Sorgen des Tages krochen näher, flatterten vorüber, riefen krächzend aus den Wipfeln der Bäume. Erst jetzt wurde Maria bewusst, wie weit sie sich vom Schloss entfernt hatten. Anton antwortete auf ihre ungestellte Frage: «Wenn ich mich ganz konzentriere – auf ihn –, kann ich mich von ihm entfernen. Ich kann ihn bringen zur Ruhe, ohne mich – wenn er schläft, nur wenn er schläft.»

Der kleine Fußballplatz ist leer. Ein halb verrotteter Handball liegt im Tor. Die Kinder seien in der Schule, sagte mir eine rosige alte Frau in einem der Häuser, an denen ich geklingelt habe. Sie hat ganz elegant Französisch mit mir gesprochen, mit einem strahlend weißen Gebiss und roten Haaren, die am Scheitel schon weiß nachwuchsen. Sie war die Einzige, die sich über den Besuch freute. Ich habe systematisch am Dorfrand nachzufragen begonnen, dort, wo ich Stimmen und Geräusche hörte. Eine kleine Ansammlung aus flachen braunen Holzhäusern entpuppte sich als

Bauernhof. Zwei Männer in Plastikschürzen schlachteten ein Schwein. Sie hatten es in der Durchfahrt an Haken aufgehängt. Ich blieb in einigem Abstand stehen, um nicht in die rote Lache auf dem Boden zu treten. Einer der Männer rührte bedächtig in einem Eimer Blut, der andere brannte die Borsten des Schweins mit einem Camping-Gasbrenner ab. Aus einem scheppernden Radio tönte ukrainischer Dancefloor. Es stank nach verbranntem Horn und Zigaretten. In einer Ecke, halb unter einem Tisch, lag ein langer Dackel, der als Erster Notiz von mir nahm. Er sah mich unverwandt an, während er ganze Fettschwarten in sich hinein-schlürfte, die von einem zuvor geschlachteten Schwein stammen mussten. Ich überwand den aufkommenden Ekel und fragte auf Englisch nach Shevchuk und Nazarenko und Lukusch. Die Män-ner grunzten etwas Unverständliches, ohne auch nur einen Au-genblick von ihrer Arbeit aufzuschauen, aber ich meinte eine leichte Verzögerung der Bewegungen wahrzunehmen, ein Sich-mir-Zuwenden der Körper, als zwangen sie sich, ihr erwachtes Interesse an mir nicht zu zeigen. Vielleicht war ich doch nicht so falsch in Omnyvichi.

Ich folge dieser Ahnung eine bemooste Treppe hinab in eine fla-che Senke, zu einem Haus, das mehrfach mit Wohncontainern erweitert wurde. Die Holz- und Kunststoffverschalung hatte man sehr ordentlich weiß gestrichen, dafür die Dachlandschaft mit allerlei farbigen Wellblechpaneelen ausgebessert, als sei dem pe-niblen Gestalter des Grundstücks und der Fassade auf zweiein-halb Metern Höhe die Lust vergangen. In den Fenstern, die nicht von Jalousien verdeckt sind, brennt kein Licht. Auf dem Schotter-platz vor dem Haus parken drei teure Mietwagen. Ich drücke die blank geputzte Messingklingel unter dem Firmennamen Omny Business Consulting. Wenn ich etwas nicht in dieser gepflegten Bretterbude erwartet hätte, ist das eine Unternehmensberatung für ALLES. Omnyvichi hat offensichtlich: *more than meets the eye* im Angebot. Ich schaue vorsichtshalber zu Boden, damit mein Gesicht in der Kamera über der Türe nicht zu deutlich erkennbar ist.

Marina, schlank, weißblond, mit gezupften Augenbrauen, stahlblauem Blick und dunklem Businesskostüm, öffnet. Mehr als ihren Namen verstehe ich nicht. Das muss sie mir angemerkt haben.

«Sorry, Sir, I thought you spoke Russian. Hi, I'm Marina, you are very early, Mr Hischier.» Sie hält mir die Tür auf, während sie fortfährt: «Please take a seat in the waiting area to your left. Would you like something to drink? I can offer you Espresso, Cappuccino, Latte macchiato, Beer, Coca-Cola, Orangina, Seven-Up, Vodka or sparkling water.» Im Wartebereich sitzen bereits zwei Männer, einer im dunklen Anzug, der andere leger im Kapuzenpulli von Givenchy. Kurz erwäge ich die Option, mich weiter als Mr Hischier auszugeben, aber wenn der Mann tatsächlich zu früh kommt, fliege ich auf.

«So sorry, Marina, this is a misunderstanding. My name is Bleuer.»

«Oh, I'm sorry. Do you have an appointment?»

«No. I'm just on a business trip, traveling through. I'm staying at the Bila Hilka Lodge and I took a walk through the village and I saw the sign outside.»

Jetzt sieht sie mich genauer an.

«Ah, well alright Mr ...»

«Bleuer, Charly.»

«Okay, Mr Charly, how can we help you?» Sie ruft eine Seite auf ihrem Smartphone auf. «The next appointment I can offer is between 12:55 and 13:10 pm. But that is a group slot.»

«Okay. And what kind of consulting can I get – by whom?»

Sofort ist Marina in ihrem Element.

«We offer high profile consulting for businesses, which is to say that although most of the requests are business oriented, also private matters of any kind can be addressed. Customer reviews are at a positive rating level of 85%, which is one of the highest in the

235

market. We offer three different categories. Expert level is a consultation with up to five other clients and a moderator. Premium level offers a private consultation with only one other customer and executive level is an exclusive coaching for one costumer only. Expert level is available at 15 euro per minute, premium at 50 euro and executive level at 100 euro per minute.»

Mir schießt es durch den Kopf: Bin ich hier in einem Special-Interest-Bordell gelandet und wer wird mich gleich allein zu zweit oder zu fünft «beraten»?

«And I don't need to provide any information about my business in advance?»

«No, Sir.»

«And … how did you say … matters of really any kind can be addressed?»

«That is correct, Sir.»

«Thank you, Marina, please give me a minute to make up my mind.»

«Absolutely Mr Charly, take your time.»

Abgesehen von der Theke aus schwarzem Marmor und Marinas makelloser Erscheinung macht hier äußerlich wirklich nichts McKinsey oder Roland Berger Konkurrenz. Der Warteraum sieht eher aus wie bei meinem Chiropraktiker: unbequeme Alustühle mit farbigen Sitzkissen und ein paar Businessmagazine auf dem Hellholztisch in der Mitte. Letzteres bringt mich auch von meiner Bordelltheorie ab. Marina wollte mir einen Kaffee bringen, aber bevor sie dazu kommt, ist ein Mann eingetreten, der sich als Mr Hischier vorstellt und den Premiumtarif gebucht hat. 50 Euro pro Minute. Wer auch immer da drin sitzt, verdient Zigtausende Euro am Tag. Das kann fast nur Prostitution sein, und doch scheint es mir absurd, in dieser Gegend und diesem Haus ein so teures Etablissement anzusiedeln. Außer es handelt sich um etwas komplett Gruseliges wie Kindesmisshandlung oder andere schreckliche Quälereien. Aber hätte man mir dann einen Termin angeboten? Oder aber Marina hat mir Fantasiepreise genannt, um mich loszuwerden. Diesem Plan folgt sie wenn, dann nur sehr versteckt, denn sie steht jetzt mit dem Tablett vor mir, auf dem sie einen Espresso für mich und einen Cappuccino für Mr Hischier mitgebracht hat.

«Have you made up you mind, Mr Charly?»

«Thank you! One more question: What's the name of the consultant? You didn't tell me yet.»

«That's right, Mr Charly. The identity of our consultant is of no relevance. He wishes to stay anonymous. We respect his wish and it is of no relevance at all for our customers. The success of our services makes credentials irrelevant.»

Genial, das muss ich mir merken, wenn mich meine Kunden auf Referenzen ansprechen. Marina macht Laune. Die destruktive Tristesse ist verschwunden, ich bin hellwach, seitdem ich zur Tür hereingekommen bin. Entweder mich erwartet eine große Schweinerei oder Igors Leute kommen gleich durch die Tür hereingestürmt und nehmen mich mit. Aber noch bin ich nicht aufgeflogen und noch weiß ich nicht, was es mit dieser «Beratung» hier auf sich hat.

«Can I pay by credit card?»

«I'm afraid not, Sir. Cash only – Belarus rouble or euro or dollar.»

«I'll be back.»

An der Bushaltestelle habe ich einen Geldautomaten gesehen, aber ich nutze den kleinen Ausflug auch, um einen näheren Blick auf das Haus zu werfen. Erst jetzt fallen mir die Kameras auf, die seitlich und hinter dem Haus installiert sind. In die Fenster kann man von der anderen Seite auch nicht sehen, denn eine mannshohe Mauer umfasst den von der Straße abgewandten Anbau. Schützt man sich hier vor Ein- oder Ausbruch?

300 Euro gibt mein Konto noch her. Ein bisschen was habe ich noch in meinem Zimmer, aber das brauche ich, um nach Hause zu kommen. Keine Ahnung, was mich bei Omny Consulting erwartet. Die Wahrscheinlichkeit, dass ich da drinnen einem wie

auch immer begabten belarussischen Consulting-Medium gegenübersitze, ist nicht besonders hoch. Na ja, falls ich falsch bin, kann ich gleich wieder gehen. Das wären 15 Euro.

Der Lärm ist ohrenbetäubend. Zwei junge Männer neben mir und die ältere Frau vorne an der Maschine scheinen das gar nicht wahrzunehmen. Wie eine auslaufende Flugzeugturbine kreischt das MRT in der Echokammer aus weiß gestrichenen Nut-und-Federbrettern. Nicht umsonst hat man uns durch eine Schleuse hineingelassen, in Schutzkleidung, mit Masken und sterilen Anzügen. Das kleine Zimmer muss mehrfach von außen isoliert sein, sonst wäre der Lärm im ganzen Ort zu hören. Man hat uns gesagt, einmal Blinzeln bedeute Ja, zweimal kurz hintereinander Nein. Sollte das Medium nicht antworten, solle man die Hand heben. Sobald der Techniker das Zeichen bestätigt habe, solle man die Frage wiederholen und parallel werde ein Scan gemacht, von dem sichere Antworten generiert werden könnten. Der erste Scan sei im Preis inbegriffen, alle weiteren würden mit 100 Euro Aufschlag berechnet. Das «Medium» ist vollkommen zugedeckt, bis auf den Kopf, der für das MRT in einer Schalung fixiert liegt. Seine oder ihre Haare sind grau und ganz leicht. Sie bewegen sich im Wind der Lüftung. Die Haut liegt durchsichtig wie Pergament über eckigen Wangenknochen. Ich kann die Augen offenstehen sehen. Kein Blinzeln für eine gefühlte Ewigkeit. Zweimal kommt eine junge Frau in Schutzkleidung herein und verabreicht Augentropfen. Ein seltsames eng geknöpftes Klinikhemd drückt den Hals des Patienten zu einem Doppelkinn nach oben. Ich bin einen Moment länger stehen geblieben, um die Gesichtszüge besser sehen zu können. Antons Gesicht ist wie aus meiner Erinnerung gelöscht, aber mir fällt die Beschreibung aus einem Artikel anlässlich seines Spiels in Japan wieder ein: ein unscheinbarer blonder Junge, schmal, mit graublauen Augen, hohen Wangenknochen, leicht abstehenden Ohren. Die Person auf der Liege bringe ich nicht mit dieser Beschreibung zusammen, aber das Alter und vor allem das Leben in dieser weißen Vorhölle hier kann jeden bis zur Unkenntlichkeit entstellt haben.

Sobald die Maschine ausgelaufen ist, höre ich wieder die ukrainische Fahrstuhlmusik. Die Augen werden mir schwer. Wieder steigt der singende Ton an, pfeifend, zu einem unerträglichen Kreischen. Man hat Kopfhörer verteilt, aber nur ich habe einen aufgesetzt. Ich muss die Augen schließen. Liegt es daran, dass ich nichts gegessen habe, oder betäubt mich der Gestank der desinfizierten medizinischen Geräte, die um das Medium herumstehen. Eine Blutkonserve, irgendeine durchsichtige Flüssigkeit und ein Urinbeutel hängen an einem Infusionshalter. Ich rücke meinen Stuhl in eine Ecke, um mich anlehnen zu können. Einen

Moment später rüttelt man mich an der Schulter. Ich muss geschlafen haben. Es ist die Frau mit den Augentropfen. Ich will schon aufstehen, aber ich bin noch nicht dran. Wie lange habe ich geschlafen, mein Gott, wie teuer wird das werden. Meine Uhr und mein Telefon musste ich wegen des MRT draußen lassen. Von der Ecke, in der ich sitze, kann ich die linke Hälfte des Bettes sehen. Auf dieser Seite liegt der Arm des Mediums auf der Decke, die Handfläche nach oben, sodass die Vene in der Armbeuge frei liegt. Unter schlampig kreuzweise geklebten Pflastern hat man den Zugang für die Infusionen gelegt. Ein breiter Stoffgurt, mit dem der Arm wohl festgebunden wurde, hängt seitlich am Bett herunter. Wäre der Gurt geschlossen gewesen, hätte ich es für möglich gehalten, dass die Hand an den Arm transplantiert wurde, so vollkommen irreal mündet die bleiche Haut des Arms in die Hand, die von jahrelanger harter Arbeit zeugt. Lange Risse ziehen sich über die raue Handfläche, rötliche und braune Flecken von zahllosen verheilten Verletzungen, dunkle Striemen, in denen sich der Schmutz bis unter die Haut eingegraben hat. Mein Herz beginnt zu rasen. Unter dem Nagel des kleinen Fingers ist die Haut schwarzblau. Man hat den Nagel gepflegt und geschnitten, aber die Färbung ist geblieben.

Die Hunde fanden Anton und Maria. Obwohl es regnete, hatten die beiden tief geschlafen. Unsanft wurden sie von den Sicherheitsleuten auseinandergerissen und am äußeren Wassergraben entlang zum Haupttor gebracht. Keiner sprach ein Wort, bis der Sicherheitsmann Maria in die wartende Limousine schob. Sie hatte Anton zum Abschied umarmen wollen, aber alles ging zu schnell. Er rief ihr etwas zu, was sie nicht verstand, und riss sich los. Eben als die schwere Tür ins Schloss fiel, streckte Anton die Hand nach ihr aus. Sein kleiner Finger wurde zwischen Rahmen und Tür eingequetscht und er schrie auf. Die Sicherheitsleute ließen sich nicht aus der Ruhe bringen. Einer öffnete die Tür, der andere zog den schreienden Jungen weg und der Wagen fuhr los.

Kurz bevor Anton zurück nach Kiew geholt wurde, erschien der letzte Artikel über ihn, in einer Lokalzeitung. Ich habe den Text beim Googeln entdeckt. Der Ausdruck ist mit allem anderen bei der «Säuberung» meiner Wohnung verschwunden. Die Autorin ließ sich Seite an Seite mit Anton ablichten. Gemeinsam hielten sie das Trikot der örtlichen Fußballmannschaft hoch. Die Mittvierzigerin lächelte strahlend, Anton verzog keine Miene. Ein unscheinbarer blonder Junge, schmal, mit graublauen Augen, hohen Wangenknochen, leicht abstehenden Ohren. Unter dem Titel «Lukusch glaubt an den Aufstieg» berichtete die Journalistin über ihre Freude, so illustre Prominenz auf der Henningsburg zu haben. Der kleine schwarze Fingernagel an Antons Hand fiel mir auf, und der einzige zitierbare Satz, zu dem man ihn hatte nötigen können, blieb mir in Erinnerung: «Es ist gut.»

Die Putzmittel kratzen mir in der Nase. Ich muss niesen und werde von allen streng angesehen. Es ist mir jetzt egal, ob ich alle zehn Minuten hundertfünfzig Euro ärmer werde. Endlich wird der Platz am MRT frei. Ich stehe schon. Die ältere Frau vor mir murmelt einen Fluch, weil ich so schnell nach vorne komme, dass ich sie fast anremple. Endlich kann ich das Gesicht ganz sehen. Ob die Ohren abstehen, weil sie vom Kissen hochgedrückt werden oder weil sie natürlich so sind, weiß ich nicht, aber die Erinnerung an das Bild aus der Lokalzeitung hat mir Antons Gesicht wieder ganz präsent werden lassen. Er ist so alt und abgehärmt, dass ich ihn nie auf einem Foto erkannt hätte, aber er ist es. Seine graublauen Augen sind wässrig geworden, wahrscheinlich durch die konstante Behandlung mit Augentropfen. Er starrt nach oben.

«Anton?»

Ich habe nicht damit gerechnet, dass er reagiert.

«Ich bin's, Simon – Ritter, aus Deutschland.»

Nichts.

«Please place your questions in English», ertönt es aus dem Lautsprecher.

Ich hebe die Hand, zum Zeichen, dass ich verstanden habe. Irgendwie muss ich eine Antwort kriegen.

«Maria – Maria Wehner wants to know, if the boy she knew is still alive?»

Wie kann man so lange die Augenlider offen halten? Die Schmerzen müssen unerträglich sein, wenn sie ihm nicht ständig Schmerzmittel durch die Infusion verabreichen.

Die junge Schwester kommt herein und lässt zwei Augentropfen über die graublauen Pupillen fallen. Einer rinnt seitlich an der Schläfe herab in die weichen weißen Haare. Die Tür zur Schleuse fällt zu, nur noch die ukrainische Fahrstuhlmusik ist zu hören.

«Anton – soll ich dich hier rausholen?»

«English please, Sir – or he will not understand. Should we start the scanner?»

«No!»

Ganz langsam, mit größter Anstrengung schließen sich die Lider über die wässrigen Augen und gleich noch ein zweites Mal. Kurz hält er sie geschlossen. Mir scheint, die weiße Bettdecke würde sich bewegen. Ja, er atmet stärker. Was war noch mal der Code? Einmal heißt Ja, zweimal heißt Nein.

«That was an answer, Sir. You have one more question, before the time is up.»

Die Stimme aus dem Lautsprecher ist bestimmter geworden. Ich frage mich, wann Anton wohl das letzte Mal geblinzelt hat. Die Leute werden nervös. Mein Zeitlimit kann noch nicht erreicht sein.

«Maria Wehner wants to know –»

Das MRT springt an. Ich winke ab.

«Stop that noise!»

Die Maschine läuft weiter. Ich muss schreien, damit Anton mich über das Tosen des MRT hinweg hören kann.

«Willst du sterben, Anton?»

Eine starke Hand fasst mich schmerzhaft am Arm und zwingt

mich aufzustehen. Der schwere Mann im schwarzen Pullover ist mit der Pflegerin hereingekommen.

«Your time is up, Sir.»

In der Schleuse gelingt es mir noch, einen Blick auf Anton zu werfen. Anton hat die Augen wieder geschlossen und öffnet sie gerade, dann wird er vom MRT verdeckt, das heulend über seinen Kopf fährt. Draußen schnauzt mich der Mann an, was ich das Medium gefragt habe. Der Techniker starrt gespannt auf den Monitor des MRT, der Antons Gehirn in Scheiben darstellt. Ich erzähle eine krude Geschichte, von einer Erbschaft einer Firma und dem Tod des Sohnes meiner Tante. Sie sind misstrauisch. Die Pflegerin sitzt jetzt neben Anton. Eine Frau im weißen Overall kommt mit einer Spritze in der Hand aus einem Nebenzimmer und verschwindet durch die Schleuse. Die jungen Männer, die mit mir bei Anton warteten, werden zurück ins Wartezimmer geschickt.

Dreimal muss ich meine Geschichte wiederholen, dann steht Marina vor mir. Wie bei der Entlassung aus dem Gefängnis hält sie mir eine Plastikschale mit meiner Uhr, meinem Telefon und meiner Geldbörse entgegen. Ich kann nur hoffen, dass sie nicht auf die Idee gekommen sind, meine Karten und Ausweise zu prüfen.

«So, Mr Charly, that is 875 euro, please.»

«What?!»

Ich schaue auf die Uhr.

«But I was in there for – a maximum of twenty-five minutes – that's 425 euro in the – what's it called …»

«Expert level. That is correct, Sir, but you posed three questions instead of two which makes an additional of 450 euro.»

Sie hält mir den Prospekt entgegen. Die Ärztin hat das Krankenzimmer wieder verlassen. Alle Augen sind mir zugewandt. Der Mann in Schwarz hat sich vor den Ausgang gestellt.

Ich nehme die drei Hunderter aus Marinas Schale, die ich schon gezahlt hatte, und lege meine Uhr hinein. Die Rolex (wenn sie überhaupt echt ist) sollte deutlich mehr wert sein als

875 Euro, und mein Gefühl sagt mir, dass ich nicht mehr zu lange in Omnyvichi bleiben sollte, falls man mich je diesen Raum verlassen lässt.

Marina nimmt die Uhr mit spitzen Fingern aus der Schale und gibt sie dem Techniker am MRT, der damit im Nebenzimmer verschwindet.

«Just a minute, Mr Charly.»

Marina lässt mich stehen. Aus ihrem Anzug holt sie einen Packen Karten und wendet sich damit den anderen Kunden zu. Sie überreicht jedem Gast eine. Wahrscheinlich erklärt sie auf Belarussisch die besonderen Umstände. Ein Mann schimpft, verstummt aber schnell unter dem Blick des Wachmanns an der Tür. Sie werden nach draußen gelassen. Ich versuche einfach mal, mich anzuschließen ...

«Smoke a cigarette?»

... aber der Wachmann schüttelt nur den Kopf.

Jetzt wird sich zeigen, was das rätselhafte Zeichen wert war, das mir Igor hinterlassen hat, nach seinem seltsamen Verhalten auf dem Rastplatz, wenn es denn ein Zeichen war:

Kurz nach der Reise hatte unser Automechaniker in Ückershausen das Seitenfenster ersetzt. Als ich den Wagen abholte kam seine Frau Sandra auf mich zu. *«Da schaust, gell?! Des lag underm Beifahrersitz. Da häd ich mir und dem Fred a was ganz Subriges gönnen gegönnt, da hättstde ganix gecheggd.»* Das sagte sie mit einem fragenden Blick auf ihre Hand, auf der eine Rolex lag, leicht verkratzt, aber sonst vollkommen intakt. Auf dem Rücken fand ich die eingravierten Ziffern: 1.d4. Die klassische Eröffnung des d-Bauern. Zu Hause rätselte ich, ob Igor mir tatsächlich ein Zeichen gesendet oder einfach meinen Wagen mit der letzten Erinnerung an Anton demoliert hatte.

Maria schlug die Decke so hastig zurück, dass sie versehentlich Jürgen einen kräftigen Schlag versetzte. Er grunzte nur im Schlaf, ohne zu merken, wie sie fahrig aufstand und zum Fenster stolperte. Etwas nahm ihr den Atem. Das Herz schlug ihr bis zum Hals und in ihrem Auge schob sich eine graue Wand in ihre Sicht. Erst als sie das Fenster aufgerissen und mehrmals tief Luft geholt hatte, kam sie ganz langsam zur Ruhe. Die Kopfschmerzen schwanden. Blut rauschte in ihren Ohren und langsam konnte sie wieder sehen. Sie nahm die Häuserreihe mit den kleinen Gärten durch den dichten Nebel wahr, in dem das Licht der Straßenlaternen der Dunantstraße in schmalen Balken zwischen den Bäumen stand. Sie hörte das Abwasser des Regens in den Gullys, das stetige Rauschen der Autobahn hinter dem Park.

Sie konnte sich nicht erinnern, geträumt zu haben. Was sich wie ein Anfall angefühlt hatte, war ohne Vorwarnung über sie gekommen. Für einen furchtbar langen Moment meinte sie, ihr Herz würde mit einem heftigen letzten Schlag stillstehen, wie sie es von den Elektrokardiogrammen ihrer Patienten kannte. Im Aufwachen war sie sich der absoluten Stille in ihrem Inneren bewusst geworden, dann war nach dem Erstaunen die Panik in ihr aufgestiegen, die sie zum Handeln zwang.

Seit den letzten Nachrichten von Simon wartete sie Tag für Tag auf eine Katastrophe. Seit der ominösen Besucherin in Jürgens Büro hatte sie niemand mehr aufgesucht, keine Anrufe, keine Drohbriefe. Die «andere Seite» schien sich zurückgezogen zu haben.

Anfangs hatte sie im kalten Luftzug geblinzelt, jetzt rannen ihr die Tränen übers Gesicht. Sie erinnerte sich an die Nacht, als sie das erste und einzige Mal von einem solchen Anfall heimgesucht worden war.

In besagter Nacht war sie schweißgebadet aufgewacht, wie heute, in einer schier endlosen Synkope des Herzens. Damals hatte sie vor dem Anfall wirr von Anton und Igor geträumt. Ihre Gesichter ganz ruhig, die Züge entspannt, ob im Schlaf oder Tod. Auch damals hatte sie sich am offenen Fenster beruhigt. Viel spä-

245

ter, im Wald, unter der feuchtwarmen Decke der Blätter, hatte sie Anton davon erzählt, und er wusste sofort, von welcher Nacht sie sprach. Auch er war damals von einem Stromstoß, der seinen Körper durchfuhr, erwacht. Neben sich sah er Igor liegen, der wie er selbst von einer Schar Ärzte bearbeitet wurde. Weiter hinten im Raum standen Simon und Professor Ritter. Was mit den beiden Jungs geschehen war, hatte man ihnen nie erzählt.

Maria wischte sich die kalten Tränen aus dem Gesicht, schloss die Augen und rief sich Antons und dann Igors Gesicht in Erinnerung. Sie versuchte, die zwei in Momenten zu sehen, in denen sie glücklich gewesen waren. Anton neben ihr in den Blättern, ganz nah, im Mondlicht, oder in der Mall, sein Lieblingseis schleckend, immer ihr zugewandt, in vollkommener Ruhe. Ihr wurde bewusst, dass sie bei Igor länger forschen musste, um ähnliche Momente zu finden. Zuletzt musste sie lächeln bei dem Gedanken an einen Moment, etwa eine halbe Stunde nach dem Stopp bei der Eisdiele. Yvonne und Igor waren vorausgegangen zum Shoppen. Igor war an diesem Tag bester Laune. Er hatte am Vortag die Würzburger Ringermeisterschaften der Junioren gewonnen und war vom Bürgermeister mit dem riesigen goldenen Pokal ausgezeichnet worden, auf dessen Deckelspitze zwei Ringer, verschlungen wie die Laokoon-Gruppe, den krönenden Abschluss machten. Die vielen Gratulationen und die Anerkennung in der Schule hatten ihm gutgetan. Yvonne, seine Freundin, hatte nur Augen für ihn, und zusätzlich zum Preisgeld hatte Anton ihm von seinem «Gehalt» der SBI einen 200 D-Mark-Shopping-Gutschein geschenkt. Maria und Anton hatten die zwei auf der zweiten Etage der Mall in einem Skaterladen wiedergefunden. Lange mussten sie nie suchen, weit konnten sie nicht sein. Das Bild vor Marias innerem Auge war auf eine komische Weise rührend. Igor trug eine weit geschnittene Kombination im Gangster-Rapper-Stil, inklusive Kappe und einer Goldkette mit riesigem goldenem Dollarzeichen. Jacke und Hose hatten eng abschließende Bündchen, sodass Igors massige Gestalt in dem weiten Outfit noch mehr als sonst wie ein Elefant auf tönernen Füßen stand. Sein rundes Gesicht mit dem flaumigen Bartwuchs und den zusammengewachsenen schwarzen Brauen strahlte in vollster Zufriedenheit beim Anblick seiner selbst im Spiegel. Yvonne versuchte derweil, ganz leise Zweifel an dem neuen Look zu äußern, ohne seine gute Stimmung zu zerstören: «*Es drägd scho aweng auf, also scho subbageil, so als Ganzes, es bedond hald mehr so – die Midde – findste ned?*» Igor strahlte nur, ohne sie überhaupt zu hören. Wie ein silbern schimmerndes Michelin-Männchen lief er in den kommenden Monaten mit der Kombination herum, und in Yvonne wandelte sich die Ablehnung in Begeisterung, als ihr klar wurde, dass die Kleider das Glück seines Triumphes und die damit einhergehende Offenheit und Zugänglichkeit immer wieder ein Stückchen verlängerten. Nicht selten, wenn sich seine Brauen düster vor unverstandener Unzufriedenheit zusammenzogen, nahm sie das Tenue aus dem Schrank und bat ihn, es anzuziehen. So zauberte sie ein Lächeln auf das Gesicht des Jungen, der ohne seine untrennbare, berühmte «bessere» Hälfte ein kräftiger, normaler Junge in einer Familie aus Handwerkern und Unternehmern gewesen wäre.

So hatte es Yvonne erzählt und so sah Maria ihn vor sich.

«Lieber Gott, ich weiß nicht, ob Anton und Igor jetzt bei dir sind. Bitte nimm sie gut bei dir auf. Bitte mach, dass keine Wut und kein Hass aus ihrem Tod entstehen, und falls doch, beschütze Jürgen und die Kinder und mich und auch Simon. Lieber Gott, beschütze und behüte alle Menschen auf der Welt, die leiden oder hungern oder es sonst schwer haben.»

Den letzten Satz fügte sie hinzu nach der Erkenntnis, zuletzt an dem Tag vor ihrer Einschulung gebetet zu haben. Sie fühlte sich wohl in den unbeholfenen, kindlichen Sätzen ihrer damaligen Gebete. Sie schienen direkter zu einem möglichen Gott zu sprechen als alles, was ihr erwachsenes Selbst geschliffen und durchdacht hätte formulieren können.

MD.COM/WORLD
22.2.2020

BELARUS SANKTIONIERT SIMBABWE
von Chris Scraper

Minsk (MD.com/World) – Die belarussische Regierung verhängte am Freitag Reisesanktionen gegen hochrangige Mitglieder der Regierung Simbabwes unter Berufung auf die politische Krise des Landes und das Versäumnis seiner Regierung, die Rechtsstaatlichkeit zu unterstützen, nach Anschuldigungen belarussischer Quellen bezüglich der angeblichen Ermordung des Geschäftsmannes und Schachgroßmeisters Igor Nazarenko am Freitag. Die Sanktionen werden sofort wirksam. Die Sanktionen verhindern die Einreise namentlich nicht genannter hochrangiger Mitglieder der Regierung und anderer Personen, die seitens Belarus für die Ermordung von Nazarenko verantwortlich gemacht werden. Igor Nazarenko starb am 2. Februar unter noch ungeklärten Umständen in seinem Hotel in Minsk, Belarus. Laut einer Quelle war Nazarenko nach einem Abendessen mit Geschäftspartnern aus Simbabwes Hauptstadt Harare im Aufzug des Hotels zusammengebrochen.

Die Familie Nazarenko hält die Aktienmehrheit am belarussischen Bergbaukonzern SNMC (Shevchuk Nazarenko Mining Company), der seit geraumer Zeit stark in Bergbaustandorten in Simbabwe engagiert ist. Medien berichteten seit Mitte 2019, dass Produktionsengpässe der SNMC aufgrund von politischen und sozialen Spannungen innerhalb des afrikanischen Landes zum Zerwürfnis verschiedener Akteure im Aufsichtsrat geführt hätten.

Igor Nazarenko, Bruder des SNMC-Konzernchefs Misha Nazarenko, hatte sich in den vergangenen Jahren besonders in der ukrainischen NGO SHELTA engagiert, die sich weltweit für Kinder in Krisengebieten einsetzt. Als international anerkannter Geschäftsmann und Schachgroßmeister sammelte er Spenden für die Organisation, die 1986, nach der Reaktorkatastrophe in Tschernobyl, von seiner Großtante Dunja Shevchuk gegründet worden war, um Kindern aus dem verstrahlten Gebiet Erholung und medizinische Behandlung im Westen zu ermöglichen.

Man bekommt nicht jeden Tag ein Leben geschenkt, um ein anderes zu nehmen. Das dachte ich in Omnyvichi, als der finstere Schrank in der Tür auf Geheiß Marinas beiseitetrat und mich wider Erwarten ins Freie ließ. Sie haben zwar die Rolex genommen, aber dafür konnte ich mit den 300 Euro einen Wagen leihen und werde kaufen können, was ich brauche, um meinen Auftrag zu erledigen und nach Hause zu kommen. Einen Umweg über Tschernobyl werde ich machen müssen – so schwer es mir fällt und so sehr mir die Vernunft davon abrät. Google Maps hat mich über verschlungene Wege zum nächsten Baumarkt geführt. Und wie ferngesteuert bin ich durch die Regalreihen gegangen, absorbiert von Gedanken an die vielen Menschen, die Antons Weg bestimmten, der ihn schließlich hierher ins belarussische Hinterland brachte – und mich auch.

Mein Auftrag ist längst erfüllt. Ich habe Anton gefunden. Eigentlich habe ich das für Maria getan, die nichts mehr davon wissen will, weil sie ein neues Leben hat, um das sie fürchtet – zu Recht –, im Gegensatz zu mir. Als ich Anton im MRT mit all den Schläuchen sah, musste ich an die Heiligen denken, die, von Pfeilen durchbohrt, gerädert und verstoßen, zu Ikonen der Ergebenheit wurden. Das Leid dieser Welt ertragend, rein im Herzen und in der Seele. Vielleicht waren auch sie, wie Anton, gleichmütige Spielbälle ihrer Umstände, Projektionsflächen für all die Träume, das Mitgefühl, die Liebe, den Hass und die Begehrlichkeiten der Menschen. Vielleicht bestand ihre Heiligkeit vor allem darin, nicht zu werten, nicht zu wollen, sondern lediglich zu sein. Für Anton könnte das gelten.

In meiner Erinnerung sehe ich ihn nie alleine. Seit ich ihn kenne, hat er immer in der seltsamen Verbindung mit Igor gelebt, seiner anderen Seite, die dunkel sein musste, weil er so hell leuchtete. Ich habe den Gedanken beiseitegelegt, dass Igor sterben wird, wenn Anton stirbt. Er ist heute allein in ganz Europa unterwegs und ich glaube nicht mehr an Quantenverschränkung und existenzielle Telepathie. Ich glaube an Placebo, an Psychologie, Computertomografie und Dialyse. Und an Antons Augen, die mir eine klare Antwort gegeben haben. Wovon man nicht sprechen kann, darüber muss man schweigen, hat Ludwig Wittgenstein festgestellt. So will ich es halten und handeln.

Jetzt liegen dicke, orange leuchtende Lkw-Spanngurte vor mir an der Kasse. Sie werden den Zug aushalten. Ob der Wagen stark genug ist, wird sich zeigen.

EXT. LANDSTRASSE – ABEND

Ein weißer, bulliger SUV nähert sich auf der Landstraße, biegt ab und rumpelt kurz hinter dem Ortsschild «Omnyvichi» auf einen Feldweg. Am Rand einer kläglichen Hecke bleibt er stehen. Simon steigt aus. Er geht um den Wagen, öffnet die Heckklappe und befördert ein Abschleppseil und mehrere lange Spanngurte zutage. Im abnehmenden Licht des Tages beleuchten die grellen Scheinwerfer einen ländlichen Unort: ein schiefer Baum an der Hecke, dahinter ein überwachsener Entwässerungsgraben, in dem sich allerlei Abfall gesammelt hat, und ein verwitterter Strommast mit einer Laterne. Simon knotet die Spanngurte aneinander. Von der Abschleppöse des Autos aus zieht er sie um den Baum zum Laternenmast. Immer wieder hält er inne und lauscht. Hinter den letzten drei Straßenlaternen der Dorfstraße verschwindet die Reihe der Masten in der leicht hügeligen Landschaft aus großen Feldern und vereinzeltem Buschwerk langsam in der Dunkelheit.

Simon steigt in den Wagen. Er faltet die Hände und schließt für einen langen Moment die Augen. Nur der Wind und das Wasser im Graben sind zu hören, irgendwo im Dorf quiekt ein Schwein. Der Lüfter im Motor des Wagens springt an. Simon schaltet das Licht aus und startet den Motor. Der Wagen rollt rückwärts. Das Seil und die Gurte spannen sich, bis die Dehnbarkeit ein Ende hat und ein Zittern durch den Strommast geht.

Steine werden von den Reifen gegen die Radkasten geschleudert. Der Wagen heult auf. Immer wieder lässt Simon den Wagen zurückrollen und nimmt erneut Anlauf. Ächzend beginnt sich der Mast Richtung Hecke zu bewegen. Das Knacken im Holz übertönt den Motor. Weiter und weiter neigt sich der Mast, bis die Stromleitungen unter Spannung geraten, die von seiner Spitze aus einerseits ins Dorf, andererseits über Land führen. Aber es gibt kein Zurück mehr. Der SUV hat festen Boden gefunden und zieht immer stärker, bis plötzlich Blitze über die Straße zucken, die Laterne erlischt und der Mast vorwärts kracht, in die dürre Hecke. Kabel zischen funkenstiebend über Simon hinweg. Auch die angrenzenden Masten sind in Schieflage geraten. Dunkel ragen sie in aufsteigender Linie über das Feld.

Vorsichtig öffnet Simon die Tür. Mit einiger Mühe gelingt es ihm, das Seil vom Mast und vom Wagen loszubinden. Immer hektischer arbeitend, rafft er alles an sich und schmeißt es zuletzt wahllos in den Kofferraum.

INT. WAGEN - NACHT

Zurück auf der Straße, kann er im Rückspiegel die Schemen des vollkommen dunklen Dorfes sehen. Taschenlampen werden sichtbar. Die Lichtkegel huschen über die Häuser auf der Suche nach der Ursache des Stromausfalls.

                    SIMON
          Das war's, Anton.

Erst einige Hundert Meter weiter schaltet Simon die Scheinwerfer des Wagens ein. Seine vollkommen verdreckten Hände zittern. Er lehnt sich erschöpft zurück. Bis zur nächsten Ortschaft begegnet ihm niemand. Es ist getan.

ERZÄHLER
(sonore Stimme, leise und
suggestiv gesprochen)
Die Chaostheorie hat ein eindrück-
liches Bild ins kollektive Bewusstsein unserer Gesellschaften
gepflanzt: Der Flügelschlag eines
Schmetterlings am Amazonas kann in
Florida einen Wirbelsturm aus-
lösen. So unwahrscheinlich dieser
Zusammenhang ist, hat allein die
Möglichkeit seiner Existenz eine
geradezu magische Faszination auf
die Menschen ausgeübt, denn er
suggeriert uns einen mathemati-
schen Beweis unserer potenziellen
Macht. Mögen wir uns noch so unbe-
deutend fühlen auf dieser Welt,
kann doch jede Bewegung, jede Idee
weltumspannende Wirkung entfalten.

EXT. STADT / TANKSTELLE - NACHT

Der weiße SUV steht hinter einer Tankstelle.
Simon spritzt mit einem Hochdruckreiniger den
Wagen sauber.

ERZÄHLER
Dabei wird aber unterschlagen,
dass der Schmetterling den Wirbelsturm kaum je bewusst hervorbrin-
gen wird, denn die Wahrscheinlichkeit eines Zusammenhangs ist so
gering, dass zahllose Schmetter-
linge millionenfach flattern könnten, ohne mehr als ein laues Lüft-
chen zu erzeugen. Oder aber der
allererste Schmetterling macht
ganz bewusst einen einzigen Flügelschlag und löst - oh Wunder -
tatsächlich einen Sturm aus, sich
berauschend der wahr gewordenen

                    ERZÄHLER (WEITER)
          Macht, die in Wahrheit kaum
          zufälliger sein könnte.

EXT. STADT / HINTERHOF - NACHT

Der SUV fährt von einer breiten Straße ab in den
Hinterhof eines industriellen Gebäudekomplexes.
Über einer Tür hängt das Schild einer Autovermietung. Simon steigt aus, schultert seinen
Reiserucksack und schließt den Wagen. Ein Güter-
zug donnert auf den an das Grundstück angrenzenden Schienen vorbei. Währenddessen:

                    ERZÄHLER
          Nicht, dass sich Simon der ganzen
          Konsequenzen seines Handelns be-
          wusst gewesen wäre, aber er hatte
          einen weitreichenden Entschluss
          gefasst und in die Tat umgesetzt.
          Ihm war klar, was für ein Risiko
          er einging, und auch, dass neben
          Anton, Igor und Maria noch andere
          von seiner Tat betroffen sein
          könnten.

Den Autoschlüssel lässt er in einen Briefkasten
neben der Tür der Autovermietung fallen, dann
macht er sich zu Fuß auf, an den Bahngleisen
entlang.

INT. HAUS / OMNYVICHI - NACHT

                    ERZÄHLER
          Er hätte aber die heimliche Reise
          und auch die «Rettung» Antons,
          wie er es innerlich nannte, nicht
          durchführen können, wäre er nicht
          innerlich ganz auf sein Ziel
          konzentriert gewesen und hätte er
          sich nicht mit aller Macht dazu
          gezwungen, sich alle weiteren
          Erwägungen zu verbieten.

Anton Lukusch liegt in seinem Bett, die Augen entspannt auf das Fenster gerichtet. Ein-, zwei-, dreimal hebt und senkt sich sein Brustkorb, dann wird er ruhig. Licht strömt durch die verglasten Türen der Schleuse. Das medizinische Personal hastet herein, reißt die Fenster auf und schließt einen Notstromgenerator an.
Die Ärztin prüft Antons Puls und beginnt mit der Reanimation.

> ERZÄHLER
> Aber Kettenreaktionen überraschen
> oft jene, die sie selbst in Gang
> gesetzt haben.

INT. HOTEL / BELARUS – NACHT

Igor steht mit einem weiteren Mann und zwei aufgebrezelten Frauen lachend in einem gläsernen Aufzug eines Hotels. Mitten im Gespräch kippt er gegen die Glasscheibe, sackt erst auf die Knie, dann zu Boden. Der Mann schüttelt ihn, schreit ihn an, eine der Frauen bearbeitet ihr Telefon. Igors massiger Körper bewegt sich nicht. Auf den Teppich hat man den Wochentag «Saturday» gestickt. Sein Kopf liegt seitlich. Er hat die Augen geschlossen, als würde er schlafen.

> ERZÄHLER
> Als Anton seinen letzten Atemzug
> tat und Igor ihm folgte, war aus
> dem Flügelschlag des Schmetter-
> lings ein Windstoß geworden, der
> Wolken verschob und Feuer ent-
> fachte.

●◀▶●

EPILOG

Die Küche eines Bauernhauses. Niedrige Decke, ein großer Flachbildfernseher, weiße Holzmöbel, drei orthodoxe Kruzifixe, ein Brotkasten aus Plexiglas. Das gute Geschirr wird in einem Glasschrank aufbewahrt. Nachdem ich Omnyvichi verlassen hatte, musste ich hierherkommen zu Anton Lukusch junior, seiner Mutter Jelena Lukusch-Shevchuk, Antons Halbschwester und seiner Urgroßmutter Valja Lukusch. Die drei sitzen nebeneinander am Küchentisch. Wie ich später erfahre, lebt Anton seniors Mutter Katerina mit Misha in einem riesigen Haus in Minsk, während Jelena mit dem Kind zurück zu Valja in die verbotene Zone bei Tschernobyl gezogen sind, gegen den Willen der anderen.

Der kleine Anton jr. sitzt zwischen den beiden Frauen. Er ist schmal gebaut, etwas blass und trägt eine gestrickte Kappe. Vor ihm auf dem Tisch liegt aufgeschlagen ein Fotoalbum. Die Verwandtschaft der beiden Frauen ist nicht zu erkennen. Die alte Valja aufrecht, drahtig wie ein Raubvogel neben ihrem Urenkel, dessen Mutter Jelena so dick ist, dass ihre Augen fast in Sehschlitzen zwischen Backen und Augenbrauen verschwinden. Die Alte muss über neunzig sein, hat nur zwei tiefe Falten, die gerade von den Backenknochen an den Mundwinkeln vorbei nach unten führen, und Altersflecken auf der Haut, ansonsten ist sie so stoisch und würdevoll wie eh und je. Anton Lukusch juniors schmales Gesicht bewegt sich nur, wenn er einen Schluck aus dem Glas vor sich nimmt. Seine Augen ruhen mit buddhagleicher Gelassenheit auf mir, dem seltsamen, unangemeldeten Gast aus dem Westen, aus dem Land, in dem sein Onkel berühmt wurde.

Valja Lukusch behauptet, mich wiedererkannt zu haben. Im

Fotoalbum hat sie tatsächlich Bilder von mir und Anton, aber ich selbst würde mich heute darauf nicht wiedererkennen. Das Gespräch verläuft in einem immer gleichen absurden Muster: Wenn eine Frage gestellt wird, herrscht erst mal beharrliches Schweigen, so lange gedehnt, bis ich schon zur nächsten Frage übergehen will. Sobald ich aber zu sprechen beginne, atmet der kleine Anton Lukusch ganz leise ein, als hole er aus, um auf die Frage zu antworten. Bevor er jedoch sprechen kann, fallen ihm Urgroßmutter oder Mutter mit ihren tiefen Stimmen ins Wort und beantworten mit wenigen gewählten Sätzen die Frage. Der kleine Lukusch atmet wieder aus. Ich frage mich unweigerlich, ob die Frauen verhindern wollen, dass der Junge spricht, oder ob sie einfach etwas länger zum Nachdenken brauchen. Es rührt mich, den Kleinen zu sehen, der wie eine Reinkarnation seines Onkels als nächstes Glied die Ahnenreihe dieser stolzen Ukrainer fortsetzt. Draußen hört man das Öffnen einer Tür. Eine raue Stimme ruft laut ins Haus. Anton Lukusch junior wendet sich zu seiner Mutter. Sie nickt ihm zu. Er steht auf und verneigt sich kurz, wie sein Namensvetter früher. Mutter und Urgroßmutter sehen ihm nach und schauen danach verlegen vor sich auf den Tisch. Beide heben noch an, etwas zu sagen, aber der Sinn scheint mit dem kleinen Anton verschwunden zu sein. Stattdessen stellt Jelena drei Schnapsgläser auf den Tisch und schenkt ein. Gerade will ich das Gespräch wieder aufnehmen, da spricht Valja.

«Anton ist tot. Das Sie wissen?»

Ich kann mich gerade noch davon abhalten zu nicken oder mit «Ja» zu reagieren. Zwei Tage sind vergangen, seit ich den Zug über die belarussische Grenze nach Kiew genommen habe. Natürlich kann sie die Nachricht längst erreicht haben. Aus diesen ungleichen Gesichtern ist nichts herauszulesen. Es fließt keine Träne, keine fahrige Bewegung verrät Trauer oder Ergriffenheit. Im Bruchteil einer Sekunde entscheide ich mich, gar nicht zu reagieren, sehe die beiden Frauen einfach nacheinander an. Diesmal spricht Jelena: «Igor die too, Wednesday – heartattack – or something else. You know?»

Ich nicke nun doch. Ja, ich habe es gelesen. Sogar die *Frankfurter Rundschau* berichtete online vom plötzlichen Tod des kürzlich erst zu Besuch gewesenen Schachgroßmeisters. Ich bin zum Mörder geworden, aber die Erschütterung blieb aus. Die Anstrengungen der Aktion machten es leicht, sich von ihrem Ziel abzulenken. Ich hätte Anton nicht vergiften oder erdolchen können, aber so war es gegangen. Auf dem Weg zurück hatte ich um ihn getrauert, vielmehr aber darüber, was ihm widerfahren war, was man ihm angetan hatte. Alles in Omnyvichi hatte mir die Tat erleichtert: die verschlossenen Bauern im Blut der geschlachteten Schweine, der verlassene Fußballplatz, das seltsame Beratungsunternehmen und Antons Augen, die mich zum letzten Mal grüßten.

Erst beim Lesen der Nachricht über Igor wurde mir bewusst, dass ich mir eine selbstgerechte, kolonialistische Agentenpersönlichkeit angeeignet hatte, mit dem Recht, verdeckt in fremde Länder zu reisen und – notfalls mit Gewalt und ohne Rücksicht auf Kollateralschäden – für meine Vorstellung von Recht und Ordnung zu sorgen. Die Moral ganz auf meiner Seite wähnend, hatte ich insgeheim gehofft, das unsichtbare Band zwischen Igor und Anton habe aufgehört zu existieren. Immerhin hatte Igor Tausende Kilometer entfernt gemütlich Schach gespielt, während Anton halb tot durch das MRT geschoben wurde. Es wäre möglich gewesen, aber es ist anders gekommen.

Aber ich war kein Agent, sondern im besten Fall Wahrheitssucher auf einer Mission, die nicht die meine war, die ich mir angeeignet hatte, wahrscheinlich um ein Loch zu stopfen, das aufkam nach jedem abgeschlossenen Projekt, jeder Rückkehr vorbei am Kriegerdenkmal in die Bedeutungslosigkeit, zu Marlene und meinen Eltern. Die Zweifel kamen zurück wie klebrige Fäden, die Unklarheit bezüglich Igors Rolle, bezüglich seines Verhaltens auf dem Rastplatz, bezüglich seines letzten rätselhaften Zeichens, der Rolex, mit der er mir für einen Beratungsgegenwert von 875 Euro die Freiheit in Omnyvichi erkaufte. Die Freiheit, ihn selbst und Anton zu töten.

«Anton …» Mir versagt die Stimme im Angesicht dieser zwei ungleichen ukrainischen Felsen. Ich weiß nicht, wo ich anfangen soll. Habe ich überhaupt das Recht, so in ihr Leben einzugreifen. Ich bin kein Verwandter. Anton hat sein – und Igors – Todesurteil mit einem Wimpernschlag besiegelt, dafür würde man mich zu Hause mit Recht hinter Gitter bringen, wie man es mit den Altenpflegern getan hat, die beschlossen haben, ihre Schutzbefohlenen auf eigene Verantwortung zu «erlösen».

Aber Valja spricht, bevor ich meinen Satz fortsetzen kann: «Unfall in Korosten, Zhytomyr, 2006.»

«Sorry?»

«2006, Unfall in Mine. Er hat gelebt mit Shevchuk-Familie – Nazarenko.» Bei dem neuen Namen der Shevchuks scheint zum ersten Mal so etwas wie ein verächtliches Lächeln über das Pharaoninnengesicht von Valja zu gleiten.

«Mit Igor?»

Sie hebt den Kopf einmal hoch und lässt ihn fallen. Fast muss ich lachen, so schwindlig macht mich die Nachricht. Jelena fährt fort.

«Explosion in Mine, er dort – und gestorben.»

«Oh, das tut mir leid. Das wusste ich nicht.»

«Wir haben ihn begraben, hier in seine Garten.»

Der Kopf der Großmutter fällt wieder. Wir sitzen alle schweigend am Tisch, die Augen gesenkt, in Gedanken versunken. Schließlich hebe ich mein Schnapsglas.

«To Anton.» Sie stoßen mit mir an. Ganz langsam, geradezu majestätisch kommt es mir vor.

«To uncle Igor», sagt Jelena.

Danach schweigen wir wieder eine gehörige Weile, bevor Valja Lukuschs Gesicht sich erhellt. Sie langt ins Regal neben sich und öffnet einen verstaubten Band aus der Sowjetzeit. Ganz ruhig blättert sie durch die Seiten. Schließlich findet sie, was sie gesucht hat. Sie dreht das Buch und präsentiert es mir wie einen guten Wein. Das Foto zeigt den Kontrollraum des Kraftwerks. Ich kenne das Foto. Sie deutet auf die schematische Darstellung der Brennstäbe. «Schach.» Sie lächelt.

261

Саймон Риттер

45 лет, Припятский район.

06.02.2020 около 15:00 его видели в последний раз и с тех пор его местонахождение неизвестно.

Приметы: рост 185 см, среднего телосложения, волосы русые, глаза зеленые.

Был одет: куртка серая удлиненная, черные брюки, синие кроссовки, черная шапка

Может находиться в любом регионе!

Всех, кто обладает информацией о пропавшем, просим звонить по телефонам:

8-800-700-54-52
(бесплатно по РФ) или 02, 102

ПОМОГИТЕ НАЙТИ этого человека

НУЖНА ПОМОЩЬ ДОБРОВОЛЬЦЕВ!

Für Informationen über den Verbleib des Gesuchten haben seine Eltern eine Belohnung von 10 000 Euro ausgesetzt. Sachdienliche Hinweise nimmt die Bundespolizei weiterhin unter der Rufnummer 0931181818 entgegen. Sie können auch unter www.ritter.help eingesandt werden.

PERSONENVERZEICHNIS

Familie Lukusch
Anton Lukusch (1974)
Antons Großmutter Valja (1936)
Antons Mutter Katerina (1958)
Antons Halbschwester Jelena
Lukusch-Shevchuk (1988)
Antons Neffe Anton jr.

Familie Shevchuk/Nazarenko
Igor Shevchuk (1973)
Igors Vater Alexej (1940)
Igors Großtante Dunja (1940)
Igors Bruder Misha (1960)

Familie Ritter
Simon Ritter (1974)
Simons Vater Prof. Dr. Burkhard
Ritter (1940)
Simons Mutter Agnes Ritter (1945)

NGO Shelta
Victoria von Weidburg
(1935)

SBI
Dr. Daniel Dornbach (1942, CEO)

Schulthess Mechanics
Bernd Schulthess (1955, Gründer
& CEO)

Dorf (Ückershausen)
Rene Doll (1972)
Adolf (1942)
Noah (1974)
Birte (1972)

Familie Wehner
Maria Stoll-Wehner (1972)
Marias Vater Jochen Wehner
(1951)
Marias Mutter Henriette Wehner
(1949)
Marias Mann Jürgen Stoll-Wehner
(1965)

Schwalbenhof
Siegwart (1961)

Henningsburg
Matthias Hoffmann (1960,
Antons Lehrer/Betreuer)

NACHWEISE

Die Bilder in diesem Buch wurden mehrheitlich vom Autor bearbeitet. Die im Folgenden angegebenen Bildrechte beziehen sich teilweise nur auf Anteile der Bilder.

S. 10, Foto von Helmut Kohl, © picture-alliance / dpa / Martin Athenstädt

S. 16, Frank Zander, «Hier kommt Kurt». Musik: Frank Zander / Text: Frank Zander & Hanno Bruhn, Verlag © 1989: Zett Records Produktion & Verlag GmbH.

S. 18, Zen-Aphorismus: https://media.sodis.de/open/melt/17_Text.pdf

S. 30, Friedrich Schiller, «Die Kraniche des Ibykus», in: Schillers Werke, Bd. 1: Gedichte in der Reihenfolge ihres Erscheinens 1776–1799, Nationalausgabe 1943.

S. 47, Hans Kmoch, «Die Kunst der Bauernführung», Verlag das Schacharchiv, 1998.

S. 49, Schachcomputer, © Bill Redick

S. 53, Prokudin-Gorskii Collection, Library of Congress, Prints & Photographs Division.

S. 54, The Beatles, «Revolution». M & T: John Lennon, Paul McCartney. © Sony/ATV Tunes LLC. Mit freundlicher Genehmigung der Sony Music Publishing (Germany) GmbH.

S. 54, Brumfield photograph collection, Library of Congress, Prints & Photographs Division.

S. 55, Frau, © Jürgen Wagner / Timeline Images

S. 61, Siamesische Zwillinge: https://de.wikipedia.org/wiki/Chang_und_
Eng_Bunker

S. 75, Explosion, © Dmitry Kalinovsky / Shutterstock

S. 89, Schachkuchen, © Denker Family

S. 105, Isolani: https://wiki.remoteschach.de/index.php/Isolani

S. 117, Helmut Kohl, © picture alliance / AP Photo/Heribert Proepper

S. 117, Helmut Kohl, © picture alliance / AP Photo / Fritz Reiss

S. 117, Helmut Kohl, © picture alliance / ZB / Matthias Hiekel

S. 121, Winston Churchill, «Blood, Sweat and Tears», in: «The Finest
Hour», Rede, 1940.

S. 153, National Cancer Institute / Unsplash

S. 168, Udo Jürgens und Michael Kunze, «Ich war noch niemals in
New York», Lied, 1982.

S. 187, Goethe-Zitat: J. W. von Goethe, Faust. Der Tragödie zweiter Teil,
1832. 3. Akt, Schattiger Hain. Phorkyas.

S. 165, Christian Morgenstern, «Die unmögliche Tatsache», in: Alle
Galgenlieder, Diogenes 1981.

S. 186, Damir Bosnjak / Unsplash

S. 200, Mugabe, © Pete Maxey / Shutterstock

S. 203, © Bauernhof Schwendihof

S. 221, Thomas Gottschalk bei *Wetten, dass...?*, © Peter Bischoff / Getty Images

Leider konnten wir nicht alle Inhaber der Rechte erreichen. Wir bitten deshalb gegebenenfalls um Mitteilung. Der Verlag ist bereit, berechtigte Ansprüche abzugelten.

DANKSAGUNGEN

Peer Klehmet für die Idee, dieses Buch zu schreiben, und für wichtige Mitarbeit bei der Stoff- und Charakterentwicklung.

Christoph Hochhäusler für entscheidende Ideen in der frühen Entwicklung der Geschichte.

Jonathan Beck für die Idee, überhaupt literarisch tätig zu werden, und dafür, dieses Buch zu verlegen.

Agnes Brunner für ein genaues, kluges und komplexes Lektorat in Zusammenarbeit mit Lisa Breitsameter und Martin Hielscher.

Karin Graf für treffende Kommentare und die Freude, durch dieses Projekt Teil ihrer Agentur geworden zu sein.

Katrin Näher für die langjährige großartige Beratung und Vertretung.

Dr. med. Benedikt Buse für das neurologisch-psychiatrische Gutachten über Anton Lukusch und die langjährige profunde Beratung.

Apollonia Heisenberg für wichtige Kommentare und präzises Korrigieren.

Robert von Weizsäcker und Heinrich von Weizsäcker für ihre Beratung in Sachen Schach.

Frederic Friedel für die Erlaubnis sein Schachrätsel und seinen Namen verwenden zu dürfen.

Julius Deutschbauer, Lorenz Dangel, Lukas Miko für die Erlaubnis, ihre Porträts nutzen zu dürfen.

Martin Heisenberg, Martin Prinz, Mahrokh und Wolfgang Beck, Eva Pampuch, Max Zihlmann für wertvolle Kommentarsessions und Leseimpressionen.

Meiner Frau Alexandra und unseren Söhnen Johannes und Lukas für die Inspiration, die Kraft und die Zeit zum Schreiben im Lockdown.